鸳鸯奇缘
春灯情缘
大名府
美狄亚
倩女离魂
马蹄声碎
乱世枭雄
汤显祖与临川四梦

宋捷戏曲剧作选

宋捷 著

中国文联出版社

图书在版编目（CIP）数据

宋捷戏曲剧作选 / 宋捷著． -- 北京 ：中国文联出版社，2024.12. -- ISBN 978-7-5190-5745-9

Ⅰ．I230

中国国家版本馆CIP数据核字第2024ZU6935号

作　　者　宋　捷
责任编辑　周小丽
责任校对　尹利青
装帧设计　晓　攀

出版发行　中国文联出版社有限公司
社　　址　北京市朝阳区农展馆南里10号
邮　　编　100125
电　　话　010-85923025（发行部）010-85923091（总编室）
经　　销　全国新华书店等
印　　刷　天津和萱印刷有限公司

开　　本　710毫米×1000毫米　1/16
印　　张　23.75
字　　数　294千字
版　　次　2024年12月第1版第1次印刷
定　　价　78.00元

版权所有·侵权必究
如有印装质量问题，请与本社发行部联系调换

前　言

1977年后，我分别参加了中国文化部（2018年改为文化和旅游部）、北京市文化局（2018年改为北京文化和旅游局）举办的"编剧学习班"学习并完成创作作业。在"编剧学习班"授课的老师有汪曾祺、范钧宏、杨毓珉、吕瑞明等老一辈的京剧编剧名家，他们不仅熟悉传统剧目，熟悉京剧创作规律，也都在现代"样板戏"中担任编剧（他们讲课的笔记我至今尚保存）。

我在20世纪70年代是演员中的业余编剧，毕业于中国戏曲学校，谙熟戏曲表演规律。"样板戏"时曾以青年身份加入"老、中、青三结合创作组"，为老一辈的汪曾祺、杨毓珉、迟金生等出谋划策。自己也创作过剧本《银海红心》（为表演艺术家马长礼先生写的现代戏），"文化大革命"结束后执笔改编创作《逼上梁山》。后来又与中国京剧院合作创作《闯王旗》，并长期得到了著名戏曲编剧吴祖光的具体指导，曾经参加京剧《红娘子》京剧剧本的写作。

这些不值得一提的历史，并不是为了显示自己，而是为了说明我曾有过一些京剧剧本创作经验。1978年恢复传统剧目上演后，北京京剧团和北京市京剧院合并，我的主要精力投入舞台演出方面。1987年，我考入中央戏剧学院导演系，毕业后就彻底做了专职导演。为什么没有继续做编剧呢？一是我所在的北京京剧院艺术处（1986年我由演员队调到艺术处任副处长，后任处长）与我同龄的专职编剧王新纪、臧里等文学水平比我高；二是当时北京京剧院更缺的是戏曲导演。北京市文化局提议我专门接受戏曲导演知识的学习。1987年我考入中央戏剧学院导演专修班，毕业后我便担任了北京京剧院的专职导演。1991年，我导演的《画龙点睛》获首届"文华"奖，后来连续参加各剧种导演工作，因此中断了剧本创作。但是导演的实践，和编剧、演员、舞台美术等部门的合作，使我更加熟悉剧本创作的规律。

2002年，上海市提出了创办戏曲导演专业的要求，我亦感到培养新生代戏曲导演重于自己个人的导演实践。因此应聘上海市文化局的人才引进，在我55岁那年，踏上了戏曲导演教学的道路。在我的性格中，有干一行、爱一行、一定要干好这一行的优点。在高校创办戏曲导演专业的过程中，我更体会到：编、导、演是分不开的艺术，正如著名编剧家范钧宏所说："一出成功的戏曲新作都是编、导、演在一起滚出来的。"教学的一开始便证实了这个规律。一个小品的创作首先离不开学生自己写，然后在自己导演、自己演出中不断修改和锤炼剧本，在我创办的戏曲导演专业，两年中学生需要完成七个小品的创作，这不仅锤炼了学生，也锻炼了老师。到了本科三、四年级，我才发现中国的戏曲导演专业没有毕业剧目的创作，教学的经费又不允许外请编剧。于是我提出了自编、自导、自演的创作思路。对于本科学生来说，自己写作戏曲大戏，确实是不实际的，一个完整的戏曲剧目剧本，要符合戏曲的规律，其中包括情节结构、冲突设置、人物情怀的抒发、戏曲唱词的格律、念白的语境、唱腔的布局，等等。然而我提出设想的底气就在于我有经验和能力指导学生完成大戏的写作。有些较突出的学生有构思大戏的积极性，为什么不可以在教学中推他们一把呢？当然我自己的水平也没有那么高，于是我提出我们的毕业剧目"要从我国戏曲宝库（元杂剧、明传奇）、外国经典名剧中挖掘"——这里也有"二度"创作的意味，从写作的角度上，可以在学习中外名著中提高自己的文学水平。我在职11年的毕业剧目，最后统一全稿的写作担子都落到我的身上。但是学生自编、自导、自演这个课题的开发，获得了学校经济方面的支持，上海戏剧学院戏曲分院确是开创了本科学生创作毕业大戏的历史先河，后来也促进和影响了中国戏曲学院。这无疑是对高等教学中本科戏曲导演专业发展的一大贡献。

在我十多年的教学生涯中，先后带领学生创作了京剧《印象·墙头马上》（根据元杂剧白朴《墙头马上》改编）、京剧《培尔·金特》（根据挪威著名剧作家易卜生原作改编）、京剧《风四娘》（根据古龙小说改编）、京剧现代戏《希望》（根据2006年甘肃文学报道改编）、京剧《温莎的风流娘们》（根据英国莎士比亚喜剧改编）、京剧《倩女离魂》（根据元杂剧郑光祖《倩女离魂》改编）、昆曲《南柯记》（根据明传奇汤显祖《南柯梦》改编）、京剧《乱世枭雄》（根据英国莎士比亚名剧《理查三世》改编）、现代京剧《生存·1945》等13出剧目。我感觉每一次戏曲剧本的创作，对我来说都是一次对古今中外戏剧文学的学习和素养的提高。元杂剧和明传奇是在诗经、汉赋、建安文学、唐诗、宋词的传统基础上发展起来的中华文化，是我们的根，在我们的教学和我自己的实践中，沿着根发展就会根深叶茂，迎来硕果满园。在前面列举的各个大戏当中，我没有局限于中国的元杂剧和明传奇，其中也有不少外国名剧的经典，这也与我在戏曲导演教学中秉承的"东海西海，心理攸同；南学北学，道术未裂"（钱钟书语）的教学理念分不开。国际文化是一个大家族，凡成经典，必有其根，学为我用；必然开拓艺术眼界，提高自己戏剧的品位。比如《乱世枭雄》（莎士比亚的《理查三世》改编为中国五胡十六国时代的故事），这是莎翁剧本中最长的剧作，剧中有大段的理查三世独白，我们搬到京剧舞台上，巧妙地运用了美国戏剧理论提出来的分离形象"在表现一个人丰富内心的冲突时，可以把同一人分作两个形象进行对话"——这是分离形象的定义，在对外演出时收到了极好的效果；莎翁的另一喜剧《温莎的风流娘们》在上海国际莎士比亚学会演出时，受到了意外的好评，并在征得了我的意见后，被英国刊物《莎士比亚研究》发表；又如《培尔·金特》，这是2006年首届毕业生的毕业剧目，我带领学生到挪威领事馆，了解挪威的生活，我们不仅受到他们的热烈欢迎，而且在我们提供了剧本后，他们请来了易卜生国际研究协会来看演出，一位负责人看完戏后上台和我们的演员说，这是他们看过所有的《培尔·金特》中演得最精彩的戏剧。

中国传统剧目中的"高台教化"虽然有概念化观念，从内容上看"惩恶扬善"还是主流。外国的经典剧目中，更讲究人性化，但是其主流也是褒颂"真、善、美"。由此，在我的创作中，从人性化中挖掘"真、善、美"便成为创作的原则。

因为自己当过演员、做过导演，所以对李渔所说："手则握笔，口却登场，全以身代梨园，复以神魂四绕，考其关目，试其声音，好则直书，否则搁笔。"及"立主脑""密针线""减头绪"都有深刻体会。戏曲剧本的创作遵照李渔《闲情偶记·词曲部·演习部》并用之于自己的剧本创作，是守正创新的关键。这里所发表的剧本，就是我自己学习研究后的实践。

我的教学生涯早已结束了。但是我认为我的这些对戏曲的学术认知和体会，应当记录下来，尤其是看到当今舞台上只求大投资、大形式而不注重刻画鲜明的人物形象时，我更感到自己身上还有创作的责任。在纪念谭富英先生去世70周年时，我写了《正气歌》（文天祥的故事）。今年恰逢纪念梅兰芳130周年诞辰，我院青年教师郑爽想和学生一起排练一出梅兰芳最早创作的新戏《牢狱鸳鸯》（当时称梅兰芳穿传统戏服装的新编戏），现存资料仅有梅先生的二段唱，和齐如山先生最早提纲式的剧本，他们邀请我做编剧。这便重新激起了我创作的欲望。我重新结构了故事，把梅先生的二段唱有机地融入其中，演出时得到了专家和观众的赞誉。我认为，纪念梅兰芳大师，创作演出他失传的新编剧目是非常重要的课题，相关部门领导仅重视梅兰芳大师流传下来的一些传统戏，实在是遗憾的事。我认为有意义的事就要继续做，所以我又把梅先生的早期创作剧目《春灯谜》（也是仅留下唱片的四段唱）重新结构了剧本的故事，也算是我完成了一个戏曲人应尽的责任。

在这里，感谢上海戏剧学院戏曲分院的老领导徐幸捷先生，在学术和戏曲理念上对我各个方面的支持，我的每一个戏的成功都离不开他四处奔走的呼吁。还要感谢杨晓辉老师（原江苏省京剧院鼓师、作曲，退休后长期在我院教学）我创作的每一出毕业剧目，都是由他写音乐、作曲、组织乐队。他也是在艺术上一丝不苟的创作人才，比如创作《培尔·金特》时，他特地找来挪威著名作曲家格利高为培尔·金特所写的"索尔维格组曲"，把它融化在京剧音乐和唱腔当中；在现代戏《马蹄声碎》中又把长征组歌、江西民歌元素有机地融合在全剧的唱腔和音乐中。几乎每一出戏最先得到专家和观众肯定的都是这出戏的作曲。

中国的戏曲是丰富多彩的，但是各个剧种的戏剧结构，唱腔平仄，唱腔布局，唱腔、音乐与形体间的配合，却各有各的特性。戏曲既是诗化的艺术，也是俗文化的代表。站在这二者之间，提笔写戏真不是一件容易的事。尤其京剧是中国戏曲文化国粹的代表，生行、旦行戏的规律都有所不同。如今我年事已高，愿把自己理解下的京剧创作规律、学术观念及所创作过的京剧剧本以图书的方式保留下来，也是为后人提供借鉴或研究的资料。

最后声明：本集剧本，版权均属于本人。

目录

鸳鸯奇缘 001

春灯情缘 040

大名府 085

美狄亚 133

婴　宁 145

倩女离魂 175

马蹄声碎 206

乱世枭雄 258

汤显祖与临川四梦 292

正气歌 332

鸳鸯奇缘

创作背景

《牢狱鸳鸯》是根据齐如山本、老戏考残本改编创作，是梅兰芳大师1915年创作的第一部新编戏，当时由齐如山先生编剧（现在我们看到的只是他大纲式的剧本）。也发现了老戏考中存有与齐如山先生不同的残本。1929年、1934年，上海百代公司、胜利两大唱片公司唱片社追着为梅先生录制了其中的两段唱。这佐证了梅兰芳大师的《牢狱鸳鸯》曾经演红多年的事实。

自1915年《牢狱鸳鸯》创作演出后，梅兰芳大师连年不断推出各种类型的新编历史戏和当时的"时装戏"。这也从侧面说明了梅兰芳大师以创作新戏引领着京剧艺术的发展。因此，1915年创作的《牢狱鸳鸯》有着特殊的意义。

上海戏剧学院戏曲分院优秀青年表演教师郑爽（戏曲导演硕士），在"梅派"学术研究过程中，十分重视挖掘梅兰芳大师失传剧目的工作，2022年就开始准备《牢狱鸳鸯》的整理工作。她拿着各种资料找到我，希望我能帮她整理出一出完整的、符合这个时代审美的、梅兰芳大师早年创作的新戏。我为她的精神所感动，开始在这些资料上重新结构剧本故事，可惜2023年、2024年由于学院经费紧张没有拿到创新的经费。2024年年初，上海戏剧学院教务处长沈亮老师也为她的坚韧不拔，追求继承、发展的精神感动，拨给这个项目启动经费，于是该项目在纪念梅兰芳先生130周年诞辰之际上马了。郑爽老师为了这出戏开创了"新戏剧目"教学课。《鸳鸯奇缘》(《牢狱鸳鸯》的新剧名) 上半年排出以后，让学生在一出完整的大戏中领略梅派艺术的精髓。全剧演出后得到了专家和观众的充分肯定。

2024年10月18日，该剧在上海"天蟾舞台"上演师生同台版，反响强烈，以实际行动纪念梅兰芳大师130周年诞辰。作为编剧和艺术指导，我也为参加这次双重实践的课题而感到骄傲和自豪。

京剧形成有将近200年的历史，有许多长演不衰的京剧传统剧目，也有各个大师和领军人物创作的新剧目。我希望能够有更多的像郑爽这样的青年演员和教师能够挑起这两副重担，认真研究各流派的学术和精髓，为成为各个行当的领军人物努力，使京剧真正地发扬光大！

剧情梗概

山西五台县有一位裁缝金二朋，好色、口吃，且有狐臭。有一名秀才卫玉，才华出众，是年赴京赶考。县城富户郦端甫之女郦珊珂与嫂子上五台山进香，见卫玉钟情，思念成病。其父另许婚于巴州太守之子吴延福。金二朋嫉之，混入洞房自称卫玉，逼胁郦珊珂，郦珊珂呼救，吴赶至，金将吴刺死，并拔郦珊珂金钗而逃。吴家怀疑郦珊珂与卫玉通奸杀夫，报官，抓捕卫玉，屈打成招，判死刑。

巡按周天爵重审，疑而不明，乃命狱官将郦珊珂、卫玉同监一室，在外窃听，始知二人人品和冤情。再审，抓捕金二朋，真相大白。卫玉亦高中榜眼，周天爵当堂主婚，成就牢狱鸳鸯。

人物表

郦珊珂 （旦） 山西五台县富户郦端甫之女
卫　玉 （小生） 山西五台县才子

周天爵　（老生）　八府巡按

嫂　子　（花旦）　郦珊珂嫂子

金二朋　（丑）　山西五台县裁缝

媒　婆　（丑）　山西五台县媒婆

郦端甫　（老生）　山西五台县富户，郦珊珂之父

县　官　（丑）　山西五台县县令

吴延福　（丑）　巴州太守之子

贾文明　（丑）　吴延福好友，秀才

傧　相　（丑）　山西五台县傧相

狱　官　（老丑）　山西五台县老狱官

吴二郎　（小生）　吴延福弟弟

宾　客　四家丁　四校尉　二丫鬟　四文堂　四衙役

第一场

【金二朋上。

金二朋　（内）啊——啊——哈——哈——

（念"数板"）山——山西五——五台——台县：
山西有五——五台——台县——县城有裁——裁——缝，
裁——裁——缝要——要数我——我金二——二朋第一名；
啊……我——我……是——是——个结——结——结巴。他们都让我念数板，结巴念数板非把观众听急了不行。所以我呀，我数板别结巴。念完词儿再回人物。
说这裁缝的门道——
裁缝的窍门人人有，

唯有我属第一等，
两个门道要精通。
第一捧好做官的，
官管官税自然松。
做官的官衣前头要长，
官场上趾高气扬必然腆着胸。
贪污万亿也腆着脖梗，
我做的官衣得为他遮盖丑形。
我给做官的拍了马屁，
我的买卖自然也兴隆。
第二裁缝离不开色，
色不迷人人自懵。
裁缝好色的窍门你们不懂，
唯有裁缝能进闺房内庭。
拿根布尺量脖子，
两眼向下拉衣领，
量胸双手揉蓬松，
这窍门本是我的生意经，
想多了可要闹事情。
这出戏讲的就是好色案，
剧情发展奇人、奇事儿都在剧中。
写剧本的不让我在数板儿里边搞剧透，
所以我现在不让你们听，我不让你们听！
话说回来了你——们别——怪我——好色，话——说回——来，哈……哈这是闲话吧：五台县——郦——员外有——一女儿，名——唤珊——珂，都——传——她长——得十——分美貌，沉、鱼、落、雁———一般，听得我——是心——里

　　　　　头燥——热难耐。可是郦——府从——来不——不找我——做衣裳。（想）有了，我上——后——边儿找——几条——鲜——艳的绫——罗——绸缎。到郦——府周——围招——摇招——摇，兴许那——郦——小姐能见我——一面，我就是这个主意，我——上后——边收拾——收拾——去！

　　　　【金二朋到后桌上看料裁衣。

媒　婆　（内）卫相公随我来！

　　　　【媒婆引卫玉上。

卫　玉　（唱）自幼儿失父母家门不幸，

　　　　　头悬梁苦读书奋上青云。

媒　婆　金裁缝家到了。

卫　玉　啊，妈妈，一个赶考的举子还讲什么穿戴呀？

媒　婆　如今社会上那考官们，看人也得看衣帽穿戴，谁乐意取个穷酸当状元？这金裁缝是咱们五台县的第一家裁缝，让他做两件像样的衣服，那才是才貌双全。

卫　玉　如此有劳妈妈。

媒　婆　正是（进门）人要衣装马要鞍。

卫　玉　世风不古人心寒。

媒　婆　我说金二朋啊金二朋，我说金二朋啊，买卖来了。

　　　　【金二朋手拿剪子迎接媒婆。

媒　婆　怎么把剪子也拿出来了？

金二朋　啊——媒——媒婆——婆婶子。

媒　婆　（用手帕扇）这股子味儿。

金二朋　什什么么——味儿，我怎么闻——不着？

媒　婆　臭胳肢窝，自个还感觉挺香。

金二朋　揭——人不——揭短。咱们坐着说话，求——您——大媒。给——我——找媳妇儿怎——怎——么样了？

媒　　婆　　这事儿能这么着急吗？今儿个我是给你带买卖来了。

金二朋　　买——卖好——好，我——正好也缺——钱。

媒　　婆　　来来来，给你介绍介绍，这就是咱们五台县大大有名的才子卫玉。

金二朋　　卫——玉——，卫——玉——，不就是个花洒！

媒　　婆　　大才子。

卫　　玉　　小生才疏学浅，讲什么名望。

媒　　婆　　人家学富五车，才高八斗，立刻就要上京赶考了。

金二朋　　可就是这褶子……子穷点儿。

媒　　婆　　要不找你干什么？我说卫相公，这是咱们五台县的第一裁缝金二朋。

卫　　玉　　到此叨扰金裁缝。

金二朋　　好——说，好——说，（拉）媒——媒婆——婆姊子，他——是个穷——酸。

媒　　婆　　人家三个月之后就是状元，你给做不给做？

金二朋　　状——元……官、官——给做——给做！（用眼打量卫玉身材）哦——我这有现成的，你先穿着（从后桌拿花褶子，为卫玉穿衣），来来我伺候您，您先穿着。

卫　　玉　　但不知需要多少银两？

媒　　婆　　你先换上衣裳，凭你的文才还怕考不中吗？到那时候再说，二朋你说是吧？

金二朋　　你要考中状元，你——可——得给我——扬——名。

媒　　婆　　将来的状元，这有什么？我先垫上。

卫　　玉　　来日加倍奉还，告辞了！正是：

　　　　　　且喜赶考换新装，

媒　　婆　　蟾宫折桂转还乡。

　　　　　【卫玉下。

金二朋　卫——玉——，卫玉——！

媒　婆　你喊什么？

金二朋　他——要是——考——不上呢？

媒　婆　我不说了吗？钱我垫上，你急什么？

金二朋　不——急……（背拱）我——记准了，他叫卫——玉。婶子……那给我说媳妇儿的事儿？

媒　婆　包在我身上。

金二朋　我可要找郦府郦珊珂小姐那样的。

　　　　【媒婆吓晕，金二朋腋臭将媒婆熏醒。

媒　婆　就您这身臭味儿，还想找郦府郦珊珂小姐。

金二朋　你——先想——个法子让我给她量——衣——服，我——就——是想——看看她一眼。

媒　婆　这还差不多。看在你给卫相公做衣服分儿上，包在我身上了。

金二朋　谢——谢——谢媒——媒婆——婆婶子。

媒　婆　（念）正是：琢磨个巧机会，

金二朋　（接念）定要会佳人。

　　　　【二人下。

　　　　【压光。

第二场

　　　　【音乐声中幕起。

　　　　【舞台正中有一花卉屏风，舞台一侧可见摆放整洁的书架。

　　　　【灯光反投郦珊珂看自己刚刚写好诗的侧影，吟唱声传来。

郦珊珂　（吟唱）惜花春起早，爱月夜眠迟。

【随着郦珊珂吟唱声舞台光起,郦珊珂在胡琴过门声中走出。

郦珊珂　(唱)春花三分蕾欲喷,

　　　　　　却映心头觅红云;

　　　　　　游人浪说春归去,

　　　　　　隔叶黄鹂尚自吟……

　　　　　　春归去尚自吟啊……尚自吟。

　　　　【郦珊珂唱时嫂嫂暗上,郦珊珂唱完,拍郦珊珂。

嫂　子　妹子!好个"隔叶黄鹂尚自吟"!

郦珊珂　嫂嫂到了,快快请坐!

嫂　子　坐着,坐着……

郦珊珂　参见嫂嫂。

嫂　子　妹妹,咱们时时日日的见面,还跟我这么客气,又写的什么大作,给嫂子瞧瞧。

郦珊珂　嫂嫂请看。

　　　　【郦端甫上。

郦端甫　(念)辞官隐居家财殷厚,

　　　　　　诗书传家子孝女优。

郦珊珂　爹爹来了,快快请坐。爹爹万福。

嫂　子　公公万福。

郦端甫　罢了,一旁坐下。

郦珊珂　爹爹到此必有训教?

郦端甫　我儿这几日可曾吟诗作赋?

郦珊珂　孩儿近日曾作春柳诗四首,请爹爹斧削。

　　　　【郦端甫接诗。

郦端甫　待为父看来。(郦端甫看)

郦端甫　我儿诗学大有进益,颇有李杜之风,叫为父好不欢喜也!

　　　　(唱西皮原板)　女儿绝代名姝享,

容貌才华世无双。
通史赋诗才学广，
　胜须眉郦家有女郎。

郦珊珂　（念）爹爹！
　　　　（接唱）老爹爹你何必如此夸奖，
　　　　留春驻细润笔慢写花黄；
　　　　儿虽然守闺阁身为女子，
　　　　遵父命习诗文嗜翰墨香。

嫂　子　哟……妹妹，公公夸奖，你就别谦虚了，从古至今那么多女才子，咱们就是要胜过大丈夫。

郦端甫　所言甚是。只是还有一事不可耽搁。只因你母在世之时曾许大愿，每年此时要到五台山烧香净佛。只因为父与山西省城会友约定，这几日要商议大事。我意欲命你姑嫂二人前去替母进香，不知你二人可愿往？

郦珊珂　孩儿遵命就是。

嫂　子　儿媳去年在五台山佛前为夫君许下的功名心愿未还，正想前去还愿。

郦端甫　如此甚好，我命家院雇车护送你二人，早去早回。你二人准备去吧！
　　　　（唱）五台山在县内离家不远，
　　　　早去进香早回还。
　　　　【郦端甫下。

郦珊珂　（念）恭送爹爹！

嫂　子　妹妹！
　　　　（唱）姑嫂们休辜负春光美艳，

郦珊珂　（唱）母心愿当诚心尽孝承担。
　　　　【郦珊珂、嫂子同下。

第三场

【五台山路上。

卫　玉　（内白）走啊！

【上唱。

（唱）

换新衣拜佛归心情振奋，

下五台赴帝京争跳龙门；

峰回路转只觉得春风阵阵——

【车夫推车郦珊珂姑嫂上。

【二人下车。

郦珊珂　（唱）好一朵芍药花儿在山缝中映春……

【卫玉闻言将山缝中芍药取出。

卫　玉　啊小姐，敢是这支芍药花吗？

【卫玉与郦珊珂四目相对。

嫂　子　（唱）四目相对红绳准，

【见二人忘我相视。

嫂　子　我说嗨，我说呀我知道你们前世三生石上有缘分啦！

【郦珊珂接花，二人急分开。

卫　玉　（唱）但愿得借风力直上青云。

【卫玉下，嫂子追下。

郦珊珂　（唱）眼前只觉红光映，

小鹿儿突突撞我心；

射来红丝魂魄系，

好似琴瑟共和鸣；

你看他勒缰垂鞭三回首，

玲珑玉透寄纯情。

莫不是三生石上早有缘分，

莫不是春风吹进丝丝情；

天若有情天亦老——

隔断巫山一书生。

【嫂子上。

嫂　子　妹妹，刚才走过去的一位少年书生，你可曾认识呀？

郦珊珂　嫂嫂说哪里话来！想小妹大门不出，二门不越。他乃是一男子，我哪里晓得他是何人！

嫂　子　你不认识他，我倒认识他！此人姓卫名玉，就是乡里中所说的小卫玠，大才子！

郦珊珂　嫂嫂你是怎样知道的呀？

嫂　子　他与我哥哥乃是同社的好友。此人哪，为人诚恳正直，文采堪比屈宋，志向犹如鲲鹏，刚才我去追问果然是他。我说妹子，你看他的品貌，如何呀？

【郦珊珂含羞微点头。

嫂　子　妹妹你如有意，我叫我哥哥做媒，一定成功也！

【郦珊珂微笑。

嫂　子　妹妹！

（唱）似这等好良缘天生佳偶，

有郎才并女貌佳话风流。

劝妹子回家去安心静候，

回家去见兄长细说根由。

【二人上车，定点光。

【收光。

第四场

【吴延福上。

吴延福　（念）我爸爸巴州太守官高五品；
　　　　置办了万贯家财肥了子孙，
　　　　我吴延福吃喝嫖赌也挥霍不尽，
　　　　总得要娶个媳妇儿延续香火耀祖光宗。
　　　　我父为官囊充牣（rèn），富有资财。生下我和我弟弟，这辈子也挥霍不尽。话又说回来，我也二十啷当岁了，没个媳妇不成家，我孤独啊，我孤独啊！怎么着我也得娶个媳妇延续我吴门香火啊。我有一好友，名唤贾文明，他也曾替我寻访淑女名媛，怎么没个回信？

【贾文明、媒婆上。

贾文明　（唱）昨日里访得个名姝佳丽，
　　　　见了那吴贤弟把话来提。

吴延福　仁兄来了！

贾文明　来了！

吴延福　这几日不见，替我寻访淑女名媛想必有了消息。

贾文明　我就是为了兄弟你的事四处打听。此地有个郦员外家大业大。郦员外有一女子，名唤珊珂，容颜靓丽，有沉鱼落雁之容，闭月羞花之貌；论文才么诗词歌赋无一不能，琴棋书画无一不晓。今年一十六岁，他父亲爱如掌上明珠，若无门当户对，亲事口难张。我特来与贤弟先送一信！

吴延福　我爸爸巴州太守，咱爷们儿妥妥的官二代。咱这门还对不上他们的门？

媒　婆　唯有公子爷和郦家门当户对。

吴延福　这是谁呀？

贾文明　为了不欠礼数，这是我与公子请来的媒婆。

媒　婆　参见公子爷！

吴延福　罢了。

媒　婆　谢公子爷。

吴延福　听说郦员外有一女子，名叫珊珂，貌美如花，文才更好，今年一十六岁，他父亲爱如掌上明珠，有这么回事儿吗？

媒　婆　有！郦小姐是五台县第一美女，您一见面准得魄散魂迷……

吴延福　如此快给本公子去说个媒！小子们看赏！

【家人交媒婆一锭银子。

媒　婆　多谢公子爷。正是：

（念）婚姻本是前生定，

贾文明　（接念）全仗媒人牵红绳！

吴延福　前厅备得有酒，大家畅饮！

【众簇拥吴延福下。

【收光。

第五场

【郦珊珂闺房。

【舞台右后侧有睡帐。舞台左前方有一花支架，花瓶上插盛开的芍药花。

【郦珊珂披衣抱恙上。

郦珊珂　（二黄三眼）自那日烧香后身体困倦，

这几日更觉得坐卧不安。

    到此刻两三餐未曾用饭，
    因此上身懒惰倒卧窗前。
    莫不是那一日烧香回转，
    路途中车儿上受了风寒。（梅兰芳原词）
  【郦珊珂进帐。
  【嫂子上。

嫂　子　（念）回娘家牵红线一时难成，回家来闻事变惊似雷轰；
    公公他偏让我传办喜事，芍药证好姻缘似梦成空。
   （白）妹妹，妹妹。
  【郦珊珂卧起出帐。

郦珊珂　呀，嫂嫂来了！

嫂　子　呦！妹子怎么这个样儿的消瘦？怎么起的病？你对嫂嫂说说。

郦珊珂　自嫂嫂走后，疾骤神衰，已有半月，恐非佳兆，只恐大限难逃（哭）。

嫂　子　吓，吓……妹妹这种话可不能瞎说。我的好妹妹，你白天黑夜心里头和嘴里头是不是卫玉……卫玉地喊呢？这是相思病。你和卫玉的事情啊，我跟我哥哥说了，谁想卫玉他进京赶考去了。

郦珊珂　怎么他赶考去了？不知几时回来？

嫂　子　要说呀，也就这几天，可咱家的大事，也不能等他回来了。

郦珊珂　家中有什么大事？

嫂　子　这大事——

郦珊珂　是啊，家中出了什么大事？

嫂　子　（背拱）早晚得让她知道。妹妹，适才公公特意找我过去，让我告诉妹妹已将妹妹终身大事许配那吴太守之子吴延福，现有婚书在手，公公让你看呢。三天后就要来迎娶啦！
  【郦珊珂看婚书，晕。

嫂　子　哎哟，怎么晕过去了……妹妹醒来！

郦珊珂　（唱）一霎时不见了春光照耀——

嫂　子　可醒过来了……妹妹！

郦珊珂　（唱）遵父命切断了月夕花朝。

嫂　子　公公一句话就答应了吴公子，我想公公一手将你兄妹二人抚养成人……

郦珊珂　（哭）喂呀……

嫂　子　妹妹从小读《女诫》，做女儿的怎能不听父命呀？

郦珊珂　（哭泣着说）是啊，爹爹为了我兄妹二人，从未再娶。为女子者焉能不遵父命？唯父命……是听的了啊（哭）……

【郦珊珂将婚书交嫂子手中。

嫂　子　还是妹妹心胸豁达，听说呀那吴公子年貌才情也不减卫公子，况且宦门之后富有家财，公公既已做主，吉期已近，也算天作之合，妹妹你只好听天……由命了……心里别再想着卫玉了，那也是见了一面的事儿，听嫂子劝……你再好好地想一想吧……

【嫂子下。

郦珊珂　爹爹做主……天作之合，听天由命了啊……（哭）

（唱）天昏昏乌云压顶如钵罩——

骤然惊，春光去，芍药凋谢，怎挨过昼冷寒宵……

五台山四目相对红绳绕，

一声嫁断绝了银汉迢迢；

老爹爹养育恩从未相报，

老爹爹却不问女儿心缪；

真情展翅云渺渺，

爹爹恩德又怎抛？

卫郎啊，指望来世琴瑟调，

最苦啊……苦不过女儿命薄似花凋!

真个是三十三天天巅了,

唯有那离恨天天最高!

【郦珊珂扑向芍药花,抚摸芍药花,定点光。

【收光。

第六场

【金二朋上。

金二朋　(内)嗯——嗯——嗯呵!

　　　　(念)相思病朝思暮想,进郦府给小姐量衣裳。

　　　　前日——为——进郦——府见——见郦小——姐事,答应给媒——媒婆——婆婶子一套衣裳。至——今——也——没什——么信——儿。她是拿我的事儿不当回事儿。害得我这相思病做梦都抱着郦小姐。唉,求人——不——如求——己。我自——个儿——到——郦府——门——前再溜——达——溜达。

【媒婆上。

媒　婆　哎哟,金大裁缝,您这是要上哪儿啊?

金二朋　我——有——事,自——个儿——去打——听——打——听。

媒　婆　打听事儿,你背这个包干吗?

金二朋　这是——我——吃——饭的——家——伙,剪——子、尺、选——颜色——的料子头,走——到——哪儿都得带——带着。拦——着——我干——吗?

媒　婆　什么事儿不能跟我说吗?

金二朋　您——不——把我这——事儿当——回——事——儿。

媒　婆　哎哟。我哪儿敢不把您金大裁缝的事当事儿？这几天我太忙了。

金二朋　忙？你——忙——准是有——喜——事儿。

媒　婆　当然是大喜事，郦家小姐要出嫁啦！

金二朋　郦家小——姐——出嫁的——嫁——衣怎么不让我来做啊？

媒　婆　郦府是什么样的人家？嫁衣早就有了，干吗要找你啊？

金二朋　要嫁的是哪一家呀？

媒　婆　就是那吴太守的公子吴延福。

金二朋　那可是个丑八怪，哪配——得——上郦——小姐？

媒　婆　谁说人家是丑八怪，就凭我这张嘴，也得说得是貌如潘安比宋玉。

金二朋　媒婆的嘴，能藏鬼。

媒　婆　倒不是我能藏鬼，其实郦小姐早就看上卫玉卫公子……

金二朋　就——是还——欠我——褶子——钱的卫玉？

媒　婆　为他郦小姐还害了几天相思病。后来我保了吴太守的公子吴延福的大媒，郦员外一听大喜。那老头子还是个急性子，三天之后就要嫁女。那郦小姐只能唯父命是听。

金二朋　这么说我去不了郦府，给郦小姐也做不了衣服啦？

媒　婆　你还是做梦吧。

金二朋　郦小姐出嫁是哪一天？

媒　婆　后天哪，你要是想见郦小姐一面，那天跟着进去闹洞房不就都见着了！

金二朋　多谢媒——媒婆——婆婶子的好主意，咱们回头见。

媒　婆　告辞，正是：

天天伺候人，不是自由身。（下）

金二朋　且——且住！听媒——婆言——道，后天郦——小姐出——

嫁。我就先——潜——入吴——府，藏——入——洞房。抽个空——空当，就——说我——是我是卫——玉，拉住——小——姐……正是：得便——宜治——了我——相——思——病；成——好——事抢——在——洞——房中。

【金二朋下。

【压光。

第七场

【贾文明扶吴延福迎亲同上，二嘉宾同上，二丫鬟上。

众　人　给公子爷贺喜！

吴延福　同喜！同喜！

【四吹鼓手吹打起，媒婆、嫂子引郦珊珂乘花轿上。

贾文明　傧相走上！

【傧相上。

傧　相　伏以！

（念）骏马常挨蠢汉鞭，巧妻常伴拙夫眠。

世间多少不平事，一朵鲜花屎上安。

吴延福　你这不是糟蹋我吗？

傧　相　搀新人上拜天地，里拜高堂，夫妻交拜，送入洞房。

【吴延福、郦珊珂同交拜，二丫鬟搀扶郦珊珂，吴延福拉下。

一嘉宾　这傧相礼不全呀，爹娘并未回家高堂在哪里？

贾文明　这戏不比别的戏，都拜齐了就不是这出戏。咱们往下看好戏吧。

二嘉宾　看好戏……吴公子！吴公子！

【吴延福上。

二嘉宾　吴公子恭喜！恭喜！咱得先喝喜酒，后入洞房！
贾文明　他们是要先喝公子爷的喜酒！
吴延福　先喝喜酒？走着！走着！
　　　　【嫂子、媒婆同众人下。
　　　　【吴延福同众人下。
　　　　【暗转。
　　　　【洞房，喜帐。
　　　　【金二朋早已隐藏在帐后，探头四望，躲藏。
　　　　【丫鬟扶郦珊珂同上。郦珊珂入洞房坐帐内，丫鬟下。
　　　　【贾文明拉吴二郎上。
吴二郎　你拉我到哪里去啊？
贾文明　拉你看"新鲜哈儿"。
吴二郎　什么叫"新鲜哈儿"？
贾文明　你哥跟你嫂子（手势）。
吴二郎　我哥知道该打我了！
贾文明　三日洞房无大小，你哪儿懂！咱们先躲躲。（二人下）
　　　　【金二朋悄悄坐郦珊珂旁，郦珊珂闻异味儿躲。
　　　　【吴延福醉上。
吴延福　（醉）唔……唔噜噜……
　　　　【金二朋闻声躲入帐子后，不小心碰着东西，发出声音。
吴延福　你是谁？
　　　　【金二朋欲跑，撞吴延福，吴延福抓金二朋。
吴延福　你是什么人？
金二朋　我——我——我——
　　　　【金二朋急，拿出剪刀刺，吴延福倒地。
　　　　【贾文明、吴二郎上。
吴二郎　怎么"扑通"一声？

贾文明　好看的来啦！

　　　　【金二朋走向郦珊珂，揭开盖头，欲拥抱。

　　　　【吴二郎拉贾文明听。

郦珊珂　你为何这般鲁莽？意欲何为？

金二朋　我——我——我不——不——不是——是公子，我——我是卫——玉，卫——卫玉。

郦珊珂　你、你不是卫玉！

金二朋　我——就——是——卫玉，这——金——钗真好，我替你藏好。

贾文明　啊？这洞房之中哪里来的外人？

吴二郎　他叫卫玉——

郦珊珂　你不是卫玉……不是卫玉！

金二朋　我——就是——卫玉，吴公子已——经让我杀死了！

郦珊珂　怎么？杀人了——哎呀！

贾文明　家丁们快来！

　　　　【金二朋乘机溜下。

　　　　【四家丁上。

　　　　【丫鬟房内上。

吴二郎　先生，我大哥让人杀死了！

　　　　【家丁搜。

众家丁　不见凶手！

丫　鬟　新人醒来！

郦珊珂　（唱）三魂缥缈云天外——

贾文明　杀人的凶手哪去了？

郦珊珂　什么杀人凶手？

吴二郎　杀我哥哥的凶手卫玉跑哪儿去啦？

贾文明　他是不是叫卫玉？

郦珊珂　（唱）他、他……是不是叫卫玉……

贾文明
吴二郎　就是卫玉。我们听得清清楚楚的！

郦珊珂　（唱）我听不明白。

贾文明　明明叫卫玉，你听不明白？哎呀，吴二公子啊！定是卫玉与她二人在这洞房之中私通杀人！二公子，带上两千两银票。

吴二郎　哦，两千两银票。

贾文明　我们去至县衙先告她一状"通奸杀夫"，给你哥哥报仇！

【众人集中，定点光。

【压光。

第八场

【五台县衙。

【众衙役上引县官上。

县　官　（引）做官不在大小，能发财就好。

【县官落座。

（诗）运动来的知县，到任便把地皮刮，

换一个后任再看看，他手段比我还大。

本人胡旦，做这知县的买卖已有三年，搂的银子还不够本……今日又当放告之期，来呀，伺候了。

【吴二郎、贾文明上。

贾文明
吴二郎　冤枉。

县　官　看是什么人喊冤。

【衙役看价。

衙　役　两个秀才。

县　官　让他们进来。

衙　役　进来！

贾文明
吴二郎　　与太爷叩头。

县　官　你们两个小小的年纪，有什么冤枉？

吴二郎　太爷呀，昨日我嫂子才过门，就伙同奸夫把我大哥谋害死了。

县　官　你嫂子叫什么名字？

吴二郎　叫郦珊珂。

县　官　胡说！郦珊珂乃郦老员外女儿，焉能害人？

贾文明　啊——老爷现有状纸在此！

【县官摸到两千两银票。

县　官　不错，是个会打官司的，别跪着了，快起来。带郦珊珂。

【郦珊珂上。

郦珊珂　与老爷叩头。

县　官　你为什么害了你丈夫？从实招来。

郦珊珂　妾身不敢动手杀人。

县　官　与我攒起来！

【衙役攒郦珊珂，起【三枪】牌子。

郦珊珂　（哭）喂呀……

县　官　哦，卫玉呀，下去！

【郦珊珂下。

县　官　来呀，给我把卫玉拿来。

【衙役持签下。

县　官　好好好，这两千银两来得容易得很……

衙　役　（上）启禀老爷，卫玉上京赶考，不在家中。

县　　官　（向吴二郎、贾文明）嘟！卫玉不在家中怎能杀人？

贾文明　我们亲耳听到的。那卫玉定是避难去了。

县　　官　哦……避难。

贾文明　老爷——（比手势）

县　　官　来呀，（递签）再辛苦一趟，在他家守着点。（衙役持签下）不看在这个（指银票）的分上，老爷我不管了。

贾文明　老爷英明。

【衙役带卫玉上。

卫　　玉　父台在上，小生拜揖。

县　　官　你把杀害吴公子的事情一一地诉来。

卫　　玉　（怕介）小生进京赶考，方才回来，谋害公子之事，实不知情。

县　　官　看看看……你神气都变了，还不招，给我重责四十大板！

【众衙役将卫玉按倒在地，打四十板。

县　　官　有招无招？

卫　　玉　（唱）这才是大祸从天降——

【卫玉艰难爬起。

（唱）杀人的罪名实冤枉。

县　　官　郦珊珂已然将你招出，你不肯招也得教你招了。

卫　　玉　（唱）莫非小姐受迷惘？

罢！

（唱）且招供也免她再遭祸殃。

卫玉招供就是。

县　　官　这不结了吗。

【衙役捉卫玉手画供。

县　　官　（判价）卫玉秋后处决！

卫　　玉　哎呀！（晕）

县　官　拖了下去！郦珊珂收监候审。（对吴二郎）你们看这官司断得怎么样？

衙　役　（内）报——（上）启禀太爷，巡按大人周天爵已经来到山西，府尹命太爷百里相迎！

县　官　哎哟，我的妈呀！（吓得坐桌子底下）

贾文明　太爷，太爷！这个（手势）要收好。

县　官　唉，收一半儿，退你一半儿，一半儿银子虽然少，巡按监察能把命保。退堂！

【众人分下。

【收光。

第九场

【太原府尹二堂。

周天爵　差役们！将卫玉、郦珊珂带至二堂候审！

【周天爵上，二校尉随上。

周天爵　（唱）受圣命按察使巡察官道，
　　　　　　周天爵铁面无私保圣朝；
　　　　　　查山西人命重案有颠倒，
　　　　　　弱书生杀人无辜有蹊跷；
　　　　　　免虎威二堂复审真情分晓，
　　　　　　学包公泾渭分明心向舜尧。
　　　　　（白）老夫周天爵，蒙圣恩，放我八府巡按。来到山西境内，将五台县凶杀大案处决之后，民心大快；唯有卫玉、郦珊珂一案，不像有犯奸情逆事，况且此案人证物证俱还不足，五台县令定是误判。大堂之上虎威压人,难以审得真情。故转入二堂复审,来!

校　尉　有。

周天爵　将卫玉带到二堂!

校　尉　将卫玉带到二堂!

【差役引卫玉上。

卫　玉　叩见老大人!

【周天爵细看。

周天爵　卫玉,你青春年少,为何无故杀人?一一诉来!

卫　玉　大人容禀!

（唱）卫玉我在二堂哀哀告禀,

尊一声老大人细听分明:

自幼儿寒窗读书勤发奋,

十三岁早早身入黉门。

赴帝京赶考归自守本分,

又谁知无故里大祸临身。

（哭）郦小姐……

周天爵　你说的郦小姐就是诬陷你的郦珊珂吗?

卫　玉　正是。

周天爵　她诬陷与你,还称她什么小姐啊?

卫　玉　大人!

（唱）诬陷二字不敢妄论,

只怕内中另有隐情。

周天爵　听你之言,与那郦小姐倒是另有别情吧?起来讲!

卫　玉　（唱）曾与小姐偶相遇;

人品端庄记得清,

礼仪行得正,

　　　　　知音只在心中存；
　　　　　她怎能无故陷我杀人害命，
　　　　　只怨我难熬酷刑画招承。
　　　　　还指望大人冤屈洗尽，
　　　　　万代公侯名列朝门！
周天爵　哦——
　　　　（唱）我看他语柔和举止方正，
　　　　　低头回话一句句是真情；
　　　　　背负冤枉不伤郦氏女，
　　　　　出水莲花不染尘；
　　　　　世间多少污浊恶，
　　　　　贪官贪财分不清。
周天爵　卫玉，我再来问你。既然定罪通奸杀人，为何不交出杀人物证？
卫　玉　哎呀，大人哪！小姐成亲之日，小生刚刚赶考归来，怎能跑去洞房？何来杀人之罪？又有什么杀人的物证？
周天爵　卫玉，你且退下，听候处置。
　　　　【卫玉下。
周天爵　带郦珊珂。
　　　　【衙役带郦珊珂上。
郦珊珂　与大人叩头。
周天爵　郦珊珂，你与卫玉素日可曾相识来往？
郦珊珂　这……并不相识，从无来往。
周天爵　嗯……你一句谎言，那卫玉就要定成死罪，还不从实讲来。
　　　　（唱）分明相识不招认，
　　　　　谎言泾渭难分明！
　　　　　卫玉一死你心可忍——

你二人通奸的罪名难洗清。

郦珊珂　大人哪……

（唱）通奸罪恶名压身比天大，

周天爵　既知此罪恶名甚大就该将实情道来！

郦珊珂　（接唱）讲实情女儿心且自羞煞。

周天爵　你与卫玉案发前可曾相识啊？

郦珊珂　（接唱）那一日相逢五台山下，

他为我摘花馨攀山遐。

周天爵　这就是了，老夫问你摘的是什么花呀？

郦珊珂　乃是芍药花。

周天爵　只怕你思恋情，也只能对芍药花了。

周天爵　这就是了，只此一面再无相逢吗？

郦珊珂　（接唱）提起此事泪如雨下，

思恋情也只能暗放心匣；

奴嫂兄与卫玉友情甚大，

愿做冰人牵红花。

周天爵　如此说来，你们定过亲了？

郦珊珂　（接唱）卫玉赴试帝都下，

琴瑟无和心在天涯；

此刻爹爹另接聘，

一抬花轿到吴家。

前后未到三旬日，

深陷那通奸浊泥难自拔。

周天爵　已自知通奸之罪难自拔，又为何攀扯卫玉是杀人凶犯呢？

郦珊珂　（接唱）卫玉本是君子风雅，

怎会持刀行凶杀？

那夜突变似裂炸，

报名卫玉奴也昏煞，
再三询问未有假，
公堂招供祸根芽；
前生冤孽今造下，
未料到心中人竟成冤家。

周天爵　如此说来你与卫玉通奸并非实情？

郦珊珂　（接唱）通奸罪名如恶煞，
污泥肮脏毁清瑕；
吴门诬告心毒辣，
陷害珊珂踏残花；
泪浇判词人惊吓，
才知贿赂在县衙；
平地祸从天降下，
红颜女多薄命自古不差！

周天爵　那行凶之人，难道不曾抢走什么物件吗？

郦珊珂　（唱）金钗一支被拔下，
公堂不问也不敢答！

周天爵　怎么？连个物证也不曾审明？将郦珊珂暂且收监，老夫自有道理。

郦珊珂　谢大人！

（唱）这复审未曾动刑法——（接唱）
只盼着拨云雾早现红霞。

周天爵　哎呀，且住！听他二人之言，诚心相告，并无虚谎，真真是冤枉的了……看这二人容貌相当文才倒是同心比翼的鸳鸯，这苦难之中当看看他们的人品，也好成就他们……这……有了，来！

校　尉　有！

周天爵　传狱官进见。

校　尉　狱官走上！

【狱官上。

狱　官　（念）身为监狱官，终日陪囚犯。参见大人！

周天爵　罢了。老夫命你在监中静出一室，预备床帐衾枕，将卫玉、珊珂二人的刑具去掉，同禁其中。他二人有何举动不可以罪相加。你在暗地听他二人讲些什么，附耳上来，不得有误！

狱　官　遵命！

周天爵　转来！此事必须机密，不可露天机！

狱　官　遵命！

周天爵　正是。（念）妙计安排下，官清气自华。

【周天爵、校尉、狱官同下。

【收光。

第十场

【狱官上。

狱　官　猜不透大人妙计，这真是奇中有奇。

奉了大人之命，要将卫玉、郦珊珂二人刑具去掉，男女同关一室，这少不得也要找个同床共枕的地界，才能看出他二人动静如何，我想他二人正当青春之际，又是郎才女貌，独放一室，那干柴烈火……我老头子别瞎琢磨。房子我也收拾出来了，卫相公，您走动走动吧。

【卫玉上。

卫　玉　参见上司老爷。

狱　官　罢了。我今天来有点小意思，和你商量商量。

卫　玉　狱官大人请讲。

狱　官　你们不知道，听我告诉你们说。公子这一案虽然是判了，巡按大人看你二人实在是一对青年佳偶，生离死别就在眼前。我呢，心生怜悯，给你们弄了间屋子，预备好了床帐衾枕。我这心意你们该明白。你二人叙叙衷情，想干什么干什么吧！

卫　玉　如此说来，我这死罪的冤枉就无处得申了吗？

狱　官　郦珊珂的人证，就给你板上钉钉了。

卫　玉　郦珊珂吗……

狱　官　你问问她吧！我这就带她去！

【狱官、狱卒下。

卫　玉　天哪！苍天！我卫玉实实的冤枉啊！

（唱）平地风波祸从天降，

酷刑拷打判死罪实实冤枉。

复审时似觉得昭雪有望，

为什么却还是难见天光！

【卫玉坐卧。

【狱官引郦珊珂上。

郦珊珂　喂呀……（哭）

狱　官　别哭啦！卫公子这一案现在已经是判定了。我看你二人实在是一对青年佳偶，不知你怎么把他攀扯进来，生离死别就在眼前。我给你们弄了间屋子，预备好了床帐衾枕。别辜负我这份好心。你二人叙叙衷情，也就永诀啦！

郦珊珂　难道他、他……再无转机了吗？

狱　官　王法条条，不是我说了算的，你们自个说说话吧！

郦珊珂　多谢老爷。

狱　　官　别谢了，见见卫相公去吧。

【狱官下，郦珊珂进室内。

郦珊珂　（唱）卫玉伏案睡不稳，

　　　　　珊珂此刻暗伤情；

　　　　　走上前来忙唤定——

卫　　玉　（唱）朦胧间又见无义的人。

　　　　　郦家小姐呀！小生乃一介寒儒，知书达礼，更不认得什么吴家公子。小姐心地良善，为何言说我卫玉是杀人凶犯？可叹我这死罪的冤枉就无处得申了吗……（哭）

【郦珊珂听他说话并不口吃，大惊。

郦珊珂　听你方才之言并无口吃的毛病？

卫　　玉　我哪里来的口吃毛病？

【郦珊珂接近卫玉，闻。

卫　　玉　郦家小姐，这是做什么呀？

郦珊珂　哎呀，公子啊！那日进吴府行刺，欲对我行非礼之人，虽然口称卫玉，但是他、他口吃不断，靠近于我恶臭逼人。今听公子言语流畅，身上断无异味，郦珊珂一时莽撞，攀扯公子，逼成死罪，我还有何脸面对公子？

卫　　玉　小姐何须自责。小生赶考回来就被官衙拉上公堂，定我"通奸杀人"之罪，是我受刑不过，画了招供，罪责在我。为今之计只求小姐将此案原委情由、详细情形告知小生，小生再见巡按大人之面，或可辨明冤枉。

郦珊珂　公子啊！

　　　　（唱）那一日洞房才坐定，（【西皮散板】）

　　　　　忽然闯进一贼人。

　　　　　说的便是尊名姓，

　　　　　临去还抢簪一根。

今与公子从头论，公子啊！

莫非此事另有原因？（1935年唱片留存）

卫　玉　小姐成亲之日，小生刚刚赶考归来，怎能跑去洞房？况且小生乃孔门弟子，怎能做出非礼之事？

郦珊珂　奴家深信公子。

卫　玉　不知那贼人可还有赃证？

郦珊珂　赃证……我那一支金钗被他抢去。

卫　玉　那支金钗就是杀人的赃证，小生并不曾见过金钗。

郦珊珂　公子刑判死罪，都是珊珂攀扯之过，真真愧对公子了啊……

卫　玉　（哭）小姐，你在我心中早已是晶莹剔透的了啊——

（唱）五台山摘芍药早入情馨，

天赐良缘牵知音。

书房中东风摇曳芙蓉面，

落笔墨游丝牵惹桃花明；

纵然图圄身陷阱，

虽怨无恨泪常悋；

此世缘若尽，

结姻待来生；

天赐一室得亲近，

纵然一死吐块垒表表我心！（跪）

郦珊珂　公子快快请起。公子刨心道出爱我真情，公子可知珊珂此心亦是早属公子——

郦珊珂　（唱）听公子道出了真情性，

你可知我心争似恋君心；

五台山摘花送花相思不尽，

这相思日呼夜梦东洋海深；

玉容绣帏锁，

一更叹一声；
唯恋游仙梦，
西厢唤不停；
真乃是遵《女诫》只从父命，
同心愿反作了镜花水月鹤煮琴焚！
洞房中我不该轻信贼语，
公堂上我不该坐实反名；
君语越教人知重，
遵《女诫》唱出了离恨终身；
罢、罢、罢，
赎前怨，报知音弥补离恨，
报知音一死赎罪了此身。
【郦珊珂用头撞墙，被卫玉推出。

卫　玉　听小姐之言动我肺腑，若是以死赎罪，卫玉如何独自活在世上？

郦珊珂　公子此言越发叫人敬重。足见与五台山一面之缘，珊珂无愧相思一场。谁想听从父命，错嫁吴家，又遭命案，害得公子死罪无缓，如今你、你、你冤枉难以昭雪，公子若是不在，珊珂绝不苟活世上！公子——先请受珊珂一拜！（跪拜）

卫　玉　卫玉有何德能敢受小姐一拜？小姐爱心如此，卫玉也有一拜！（跪拜）

郦珊珂　卫玉！

卫　玉　珊珂！

郦珊珂　郎君！

卫　玉　小姐——

【二人同时"跪蹉"扑到一起，乐起，二人哭。

卫　玉　小姐——啊……

033

郦珊珂　郎君——啊……
　　　　（同唱）倒不如同一死鸳鸯共尽！
　　　　【狱官急上拦。
狱　官　不可，不可呀……
　　　　（唱）你二人辜负了大人苦心。
　　　　（白）郦小姐、卫公子啊，巡案大人复审，已知你二人冤情，明日大堂复审定可昭雪冤枉。将你二人同处一室，乃是大人还要听听你们真心、真情，故教小官，独设一室，成就牢狱鸳鸯的美名，你这一死，就没有牢狱鸳鸯啦！

卫　玉
郦珊珂　牢狱鸳鸯！

狱　官　是啊！何不趁今晚，共效鸳鸯，白头偕老。
郦珊珂　哎！若是冤枉得雪，何苦在此一时。
卫　玉　三生石上既留名，雪冤之日续前缘。
狱　官　好样的！
　　　　【音乐起，二人舞蹈。
　　　　【卫玉、郦珊珂牵手相拥。
　　　　【狱官手持芍药花上。

郦珊珂　（同唱）在天愿作比翼鸟。
卫　玉　在地愿为连理枝。
　　　　牢狱鸳鸯传奇事，
　　　　阴阳难隔两心知。
　　　　【二人造型。
　　　　【压光。

第十一场

【四龙套、四校尉、府尹、县官上,周天爵上。

周天爵 （引）折狱廉得,情结贞,果断申明。

【周天爵归座。

（念）两袖清风官清明,一心立志为黎民。
山西望京数百里,扫尽阴霾报皇恩。

【媒婆站堂口外。

县令大人。

县　令　下官在。

周天爵　吴、郦两家联姻,媒人可在？

县　令　媒婆堂外伺候。

周天爵　带媒婆！

县　令　媒婆上堂！

媒　婆　与大人叩头。

周天爵　媒婆,郦、吴两家的亲事可是你的媒人？

媒　婆　正是小人保的媒,可那杀人的事,小人不知。

周天爵　哪个问你杀人之事？迎亲之日,可曾遇到有口吃且带狐臭之人？

媒　婆　哎哟,我怎么忘了。回大人：本县有个裁缝叫金二朋,论手艺是属第一,可他有两大毛病,一是口吃,二是狐臭。此人胆大、好色。他总托我到郦府给郦家小姐做衣裳。他知道成亲的日子。

周天爵　来呀,速将金二朋缉拿归案！（交令箭与校尉甲）媒婆堂下伺候。

媒　婆　谢大人！

【校尉持令箭下，媒婆下。

周天爵　看来此案就应在这金二朋的身上。

【校尉带金二朋上。

金二朋　（念）井——井蛙要吃——吃天鹅肉——肉，衙——衙役一传——传我活——活到了头。给——给大——大人叩——叩头。

周天爵　你是金二朋吗？

金二朋　正——正是。

周天爵　你为何将吴公子杀死，从实招来！

金二朋　小、小人天——天做活，吃、吃饭，并、并不敢杀——杀人，望、望大——人明鉴。

【校尉搜金二朋。

衙　役　搜有金钗一支。

金二朋　那——那可——可是——我——妈给——我——的贴——贴身之——之物。

【校尉甲复上交钗。

校　尉　郦小姐已看，正是原钗。

周天爵　金二朋你上得堂来说话结结巴巴，本司便知吴公子实在是你所杀，现在又有物证实据，再若不招，本司就要动刑。来呀！看大刑伺候！

金二朋　小——小的招——招了就——就是。

周天爵　叫他画供。

【金二朋画招。

周天爵　来，传郦端甫上堂，将金二朋押了下去，就地正法！

金二朋　哎哟……（晕）

【二刽子手将金二朋拉下。

【郦端甫上。

郦端甫	（上）叩见老大人！
周天爵	聘女不看人品，险些断送你女儿性命！
郦端甫	多亏老大人明镜高悬，谢巡案大人。（跪）
周天爵	天下父母看钱财，后生冤屈怎得白？
郦端甫	老大人教诲极是。
周天爵	你且起来。府尹、县令。
府尹 县令	（上）与大人叩头。
周天爵	胆大府、县，如此人命重案，铸成冤案，草菅人命，该当何罪？
府尹 县令	（同白）此是卑职一时糊涂，求大人开恩！
周天爵	县令！吴延福被害一案，案情盘根错节，你身为父母官，轻易判作通奸杀人。到底受贿多少？
县令	下……官受贿千两。
周天爵	府尹大人批而不察，受贿多少？
府尹	下官犯有失察之罪，并不曾受贿。
周天爵	（白）哼！县令限定革去官职，候旨听参！府尹本当参革功名，姑念你平日为官尚属清正，暂记大过一次！
府尹 县令	（同白）多谢巡按大人。
周天爵	真凶现已拿到，卫玉、郦珊珂的冤枉，皆系县官受贿、府尹不察之过，今已昭雪。吴公子既死，又无婚姻之实，我看他二人才貌相当，昨晚本司将他二人独处一室。他二人俱是人品出众，又有姻缘之分。老夫意欲当场为媒，成就此二人婚姻，府尹大人、郦员外你等可服？
府尹 郦端甫	大人奇谋，秉公断案。我等皆服！

周天爵　哈哈哈哈……如此传话下去。卫玉、郦珊珂后堂整理衣冠，插花披红，准备当堂成亲。

校尉甲　卫玉、郦珊珂后堂整理衣冠，插花披红，准备当堂成亲。

周天爵　五台县县令。

县　官　在——

周天爵　吴延福被害一案，你贪赃受贿，几乎屈死好人，参掉官职，尚嫌罪重罚轻。现罚纹银一千两，助卫玉、郦珊珂成亲。

县　官　愿将纹银千两奉上。

【衙役报上。

衙　役　启禀大人。卫玉老爷得中榜眼，特来报喜！

【衙役下。

周天爵　这真是双喜临门，请卫老爷、夫人。

差　官　请卫老爷、夫人。

【卫玉、郦珊珂上。

周天爵　适才报录人报道卫玉公子已得中榜眼，特先道喜。

卫　玉　惭愧得很，就请上受我二人一拜。

周天爵　这就不敢。

卫　玉　恩德深重，怎能不拜。

周天爵　快快请起！

卫　玉　谢大人——

　　　　（唱）若是天牢锁冤魂，

　　　　　　　抱屈无处哭秦庭；

　　　　　　　卫玉为官以大人为镜，

　　　　　　　永照仕途为民生。

郦珊珂　（唱）

　　　　　　　珊珂我——只说此生多薄命，

　　　　　　　芍药凋零难护春；

　　　　风卷波澜黑无尽，
　　　　牢中愿死不愿生；
　　　　谁知好雨当时节，
　　　　谁知润物细无声；
　　　　满园春色大人绘，
　　　　芍药怒放看到了公正清明！
周天爵　哈哈哈哈……
　　　　（唱）罪犯恶人害百姓，
　　　　贪官受贿乱世情；
　　　　大好山河民安乐，
　　　　艳阳高照总是春；
　　　　只要为官心放正，
　　　　看明朝普天下海晏河清！
【众向周天爵拱手，周天爵大笑。
【众造型；尾声。

——剧终——

2023年8月9日初稿
2004年1月17日定稿

春灯情缘

——情为何物生死相许

创作背景

《春灯情缘》根据梅兰芳先生1928年四段唱腔创作。1928年6月梅兰芳先生创作演出了《春灯谜》，1962年《剧本》第3期记载："一九二八年九月，梅先生继《凤还巢》后，在北京珠市口开明戏院演出了《春灯谜》，这是根据阮大铖所著《春灯谜》传奇改编为京剧的。原作者的意图，以错中错的关子来吸引观众，当时有剧种冠名《十认错》。"但是梅先生对演出效果并不满意。他说："头绪太多、主线不清。故事是从韦影娘、宇文彦在黄陵庙打灯谜展开的，但这条主线被许多旁枝扰乱，观众看着费劲……把观众搞迷惑了。"但是该剧唱腔曾经脍炙人口，1928年新乐风公司灌制了唱片，《梅兰芳唱腔集》亦收录该剧四段唱，这说明全剧的有些部分仍有较高的艺术价值。一是唱腔方面，二是前面女扮男装的表演，一直作为"梅派"创新在流传。今年适逢纪念梅兰芳先生130周年诞辰，作为戏曲人，我有责任把梅先生曾经创作过的有价值的作品认真研究、去粗取精、去伪存真、推陈出新。

该剧创作比较久远，除了四段唱词之外，并没有留下任何剧本文字资料。因此我按照梅兰芳先生所肯定的开头部分，在四段唱腔的结构基础上，重新编写了以男女主人公忠贞纯洁爱情为主线的故事，结构全剧，把梅兰芳先生留下的唱腔有机、合理地编入剧中。遵照"坚持保护为主、抢救第一"的文艺方针，重新创作出以"中华优秀传统文化蕴含着丰富的道德理念和规范……崇德向善、见贤思齐的社会风尚，孝悌忠信、礼义廉耻的荣辱观念，体现着评判是非曲直的价值标准"（见中央办公厅、国务院办公厅今年再次印发了《关于实施中华优秀传统文化传承发展工程的意见》）为宗旨的作品，用我们戏曲的力量完成"到2025年，中华优秀传统文化传承发展体系基本形成"的历史使命。

以上是我的创作指导思想。《春灯谜》是以男女爱情为题材，着笔于男女主人公忠于纯真的爱情。其中穿插了平民百姓的见义勇为、爱国主义精神，也顺笔带出了唐太宗爱才、纳谏、通达人情的明君人品。全剧整个情节结构已经没有了明代阮大铖原作"十错"的旁枝扰乱。我着力于用诗剧的语言歌颂爱情的"真、善、美"。该剧本是一出还没有被搬上舞台的"梅派"大戏。

一个剧目只有经过不断的演出和实践，倾听观众、各级领导和专家们的意见，才能走向成功。我们希望这出戏能够保持"梅派"风格，并和时代精神结合起来推陈出新。该戏原来准备请北京京剧院窦晓璇排演，但是北京京剧院人才过多，一时还轮不上窦晓璇排戏。我很希望各院团领导把力气下在能够担当领军人物的演员身上，这样戏才能够排得更好，京剧才能更健康地发展。

剧情梗概

唐初，韦节度使调任中书令，携女影娘乘舟北上，至黄陵渡口，适逢元宵节，影娘遂携丫鬟春樱扮男装上岸逛会，遇少年宇文彦，一见钟情，遂佯与唱和而订婚。是夜狂风暴雨骤起，二人匆匆而别。影娘误入宇文彦父湘江学政宇文行简之舟，宇文彦落江遇难。宇文彦母认影娘为义女，宇文彦为义侠余林所救，唐太宗招考天下人才，宇文彦赴考，影娘思念宇文彦成疾。宇文彦中状元，并被点为驸马，宇文彦顶本被罢官，去韦家寻影娘，引起误会。唐太宗传旨，收回驸马成命，影娘、宇文彦情归于好。

人物表

韦影娘 （旦） 韦楚平之女

韦楚平 （父老生末） 唐贞观时由节度使升中书令

春　樱 （丫鬟花旦） 韦影娘丫鬟

宇文彦 （小生） 宇文行简之子

宇文行简 （父净） 唐贞观时升湘江学政，又升为学监

宇文夫人 （母老旦） 宇文彦之母

余　林 （武丑） 行侠仗义的医道士

李世民 （老生） 唐太宗

魏　征 （净） 唐贞观初，谏议大夫

徐太师 （白脸末） 唐贞观初，太师

驿　丞 （丑） 黄陵矶驿丞

二驿卒 （丑） 黄陵矶驿卒

承　办 （末） 湘江学政府承办

太　监 （丑） 唐贞观年太监

贺喜官 （二人） 贞观年初四品官

酒　保 （丑） 黄陵矶酒店店主

丫　鬟 （二人） 宇文家丫鬟

中　军 （末） 中书令府中军

三舞龙者　二舞狮者　闹花灯者　四文堂

第一场

【唐代贞观元年。

【黄陵矶黄陵庙前。

【正月十五庙会。

【节日气氛音乐起。

（伴唱）玲珑红豆结上元，

相思入骨历波澜；

且任沧桑千古变，

堪羡鸳鸯不羡仙。

【伴唱声中，红灯穿插上舞，舞龙、舞狮队上，翻腾精彩，围观百姓上，喝彩。

众　人　（呼）嗷——龙舞来啦！狮子舞来喽——

舞得好！好！好啊哈哈哈哈！

【宇文彦随狮舞上。

一老者　啊这位相公，你也是前来看灯会的吗？

宇文彦　哦，是啊！好热闹的上元佳节呀！啊——哈哈哈……

（唱）黄陵矶上元佳节胜家乡——

盘舞毛狮摇花灯谜藏。

【龙舞引韦影娘（男装）、春樱（书童装）上。

韦影娘　（内白）书童，带路！

春　樱　（内应）是啦！

【春樱上。

春　樱　相公，快来呀，龙舞、狮子舞快过去啦！

【韦影娘上。

韦影娘　（唱）瞒爹爹离官船盛会游赏，

　　　　　扮男子弃袅婷步随尘香。

春　樱　相公您就不能紧赶几步？您看，那盘龙舞、狮子舞都跑过去啦！

宇文彦　哦……不要紧的，他们还会转回来呢。

春　樱　哎？你是谁呀？我跟我们相公说话，你凭什么插嘴呀？

韦影娘　书童，不得无礼！

　　　　【宇文彦、韦影娘二人相看，都被对方吸引，向对方走近。

影娘、文彦　（同）呀！

　　　　（同唱）清渊波波涌潇湘，

　　　　　　　芙蓉叠叠香风爽；

　　　　　　　翩翩风度应无价，

　　　　　　　文雅彬彬惹情长。

宇文彦　适才言语冒犯，来来来，重见一礼。

韦影娘　还礼——

宇文彦　看这位相公，气度温雅，必是饱读之士。

韦影娘　弟正是读书人。敢问书友，高姓尊名？贵郡何方？

宇文彦　承蒙书友动问。学生复姓宇文名彦，敝乡衡阳。转问书友，贵郡何地？高姓尊名？

韦影娘　岂敢……弟乃蓉城人氏，姓……尹，名……商……

宇文彦　哦，尹商公子，弟失敬了。

韦影娘　好说，兄不在衡阳，何故至此？

宇文彦　只因家严出使湘江学政，前去襄阳赴任。弟春闱已过，今随父任所攻读。兄不在蓉城，到此所为何事？

韦影娘　弟随严父，到此会亲，来看此处灯会。

宇文彦　哦，弟看仁兄钟灵毓秀，想必是书香传家、功名在望？

韦影娘　弟自幼喜读诗，我父家学甚严，弟却并不羡功名。

宇文彦　看兄气质高雅，你我在此相遇，可算三生有幸。

韦影娘　三生有幸！
　　　　（二人笑）哈哈哈哈哈……
宇文彦　（念）诗文嵌镶连骨肉。
韦影娘　（念）文章并肩天下行。
宇文彦　（念）阮刘相逢非是梦，
韦影娘　（念）同去天台访玉春。
　　　　【二人被众人冲至一边。
众　人　（边嚷边上）唉——乡亲们，快来哟！看！猜灯谜的来了啊——
四　丑　（上）唉——灯谜来啦，我们来啦！
　　　　【四丑举灯谜，一拥而上。
大　丑　我说你们准备好了没有？
二　丑　当然准备好了。
大　丑　你们都准备什么了？
三　丑　当然是灯谜啦。
四　丑　我还准备钱了呢。
大　丑　这就对了。出灯谜的、猜灯谜的都得拿钱呢。
二　丑　钱、钱、钱，你们的价值观真跟形势啊！
大　丑　这叫什么话，自古以来是无利不起早——嘿嘿嘿，别说那个，大过节的，什么钱不钱？玩的就是今天。
二驿卒　（内白）众乡亲，你们且慢着！
　　　　【二驿边念边上。
二驿卒　有请驿丞老爷！
驿　丞　（上）众位父老乡亲。
众　人　驿丞老爷！
驿　丞　你们知道咱们黄陵矶今年元宵盛会办得风生水起是因为什么吗？

众　　人　驿丞老爷明示!

驿　　丞　咱们大唐初立，现在是新君更替，贞观元年，是要创太平盛世!

要说这贞观盛世太平——

（数板）太平盛世君更明，

吏治识才认得清；

西川节度使韦大人，

钦封枢密中书令他奉诏要进京；

衡阳县宇文县令晋封湘江学政要去襄阳赴任，

两路官船水路停泊在黄陵；

上元佳节碰上好运，

黄陵矶最大的官儿是我驿丞，

我布置了跳狮舞、耍龙灯、放爆竹、锣鼓鸣、猜灯谜、显才能，一层又一层、一层深一层，咱们黄陵的灯会热闹又太平，黄陵矶的小驿丞，蹭着梯子一步一步一步一步一步……也好往上升，往上升。

（白）哎哟，我的妈呀，可累死我了。我说乡亲们，你们听明白了没有?

二驿卒　驿丞大人，您甭费那么大的劲，我们早就明白了，您这芝麻大点儿的官儿，还能升到哪儿去?不就是借着猜灯谜跟他们要钱吗?

驿　　丞　（对驿卒）废话，耍龙灯跳狮子的，咱们赔了本儿，猜灯谜得找补回来。（向众人）我说父老乡亲：要不是钦封枢密使韦楚平韦大人奉诏进京、湘江学政宇文行简两位大人的官船今天停在咱这儿，你们哪能看这么热闹的灯会呀!

众　　人　（七嘴八舌）是啊，当官的喜的就是盛世太平。

驿　　丞　你们明白就好，猜灯谜的赶快上啊，再过几千年，这么好的传统风俗可就看不见了。

四丑角　唉——来了，来了！

【四丑举灯谜。

【韦影娘、春樱、宇文彦上。

韦影娘　（唱）明月初映云渐去，

宇文彦　（唱）你我同行猜灯谜。

韦影娘　列位！

（唱）且容打拱施一礼——

众　人　还礼！还礼！

宇文彦　（唱）红灯映下看新题。

大　丑　（文扮）好一对相貌出奇的才子。

二　丑　玉人般的一对举人。

大　丑　用现在的话说你们是"靓仔"！你们是外乡来的吧？正好给我们元宵节添把火，让过往的官员大人感受感受我们的文化氛围！

【可分表演区。

大　丑　来来来，驿丞老爷，您看我先出三分银子做底。（从灯下抽出一签）

听我这第一道灯谜：

（念）不是竹筒没左边，还是驴儿没右边。右眼只望长松树，茹枯剪草留下边。

——破题：打一古人名。

驿　丞　猜中，二分银拿去。猜不中，三分银交上来。

二　丑　我猜是"张果老卧草喘"。

众　人　如何解题？

二　丑　抱着竹筒倒骑驴，没了右边摔下地，爬上松树找毛驴，掉在草地喘粗气。

众　　人　（大笑）哈哈哈哈哈……竟敢拿神仙逗趣——胡言乱语。

驿　　卒　你交上三分银子吧！（二丑交银）

大　　丑　唉，真是开张就收交银子呀！

宇文彦　待学生猜上一猜——（走向台中）竹筒无左本是"司"，驴儿无右只留"马"，右眼望松做"相"解，茹剪草头下只留"如"——此乃"司马相如"——西汉名人才子。

春　　樱　宇文公子真是好才华！

韦影娘　来来来（交银）我也出上一题——

　　　　（唱）双燕栖身何处在？

　　　　不称孤雁称何来？

　　　　血上无头子站上，

　　　　月落剔透蓝天埋。

二　　丑　这位相公馋了，要吃大雁的血，壮壮阳气。

大　　丑　你这是胡猜——瞎么嗨！

众　　人　哈哈哈哈……

宇文彦　好一个文才出众的灯谜也——

　　　　（唱）公子出口好文采，

　　　　梁鸿孟光诗中埋；

　　　　躬身施礼深深拜，

韦影娘　（接唱）智者相通何必猜。

大　　丑
二　　丑　你们解解题呀！

春　　樱　解题你们也不明白，梁、鸿、孟、光，你们自己琢磨琢磨去吧！

驿　　卒　老爷爷咱们赶紧走，咱们刚赚，两个举子要还钱就赔了，赔啦！

　　　　【驿丞、驿卒下。

众　人　（七嘴八舌）小小八品，不贪不是官呵呵呵呵……（簇拥下）
　　　　【乐起。
宇文彦　兄友好文采的灯谜！
韦影娘　兄友好智谋的解题！
宇文彦　小弟有意请兄去至黄陵庙内品茶。
韦影娘　小弟也正有此意。
宇文彦　如此兄友请！
韦影娘　兄友请！
宇文彦　你我并肩而行！
　　　　【渐收光。

第二场

【黄陵庙前酒店。
酒　保　（内）啊哈——（上）
　　　　（念）黄陵庙前一酒家，元宵佳节竟奢华。
　　　　嘿，你们还别说，今年这元宵佳节，我酒店的买卖，也随着热闹大开张！哎，你们看从皇陵庙内走出一对书生，好俊俏的人品哪！
【宇文彦、韦影娘、春樱从黄陵庙走出。
宇文彦　（唱）庙内廊上好字画，
　　　　尹兄评点胜名家。
韦影娘　（唱）风霜水月真名雅，
　　　　仙露清幽甚堪夸！
酒　保　哎呀，听二位相公谈吐真是有学问。敢问您二位都是赶考的举人吧?

宇文彦　哦,只有学生要进京赶考。

酒　保　哎,甭管是一人两人,举人来到我这儿,酒楼蓬荜生辉。何不请进,小酌几杯?

韦影娘　这……

宇文彦　啊,尹兄今日在这黄陵矶上元佳节娱乐,春风得意,心旷神怡,当得登楼小饮一聚?

韦影娘　兄既喜悦,弟愿奉陪。

宇文彦　如此尹兄请——

韦影娘　请——

酒　保　楼上清洁雅座,三位随我来。

【音乐起,三人上楼。

韦影娘　(念)月映江山丽,

宇文彦　风送春花香;

春　樱　出口诗对映——

一对好鸳鸯。

【韦影娘、宇文彦入座,酒保端酒菜上,乐止。

宇文彦　哦?鸳鸯在哪里呀?

酒　保　二位喝着喝着就看见鸳鸯的双影啦!

春　樱　呆子不解西厢,双影早映湘江。

韦影娘　春樱,休得取笑。

春　樱　我哪是取笑呀。您上了酒楼上往下看,湘江上真有鸳鸯的双影啊!

韦影娘　呀!

(唱)比鸳鸯并头映红飞颊上——

(唱)解灯"司马相如"神思飞扬;

宇文彦　(唱)那司马负文君人品放荡,

《白头吟》有长诀锦水汤汤；

灯谜里只窥兄内蕴高尚；

文采飞云间月梁鸿孟光；

为一人终白首你我榜样——（行弦）

（白）这杯酒是一定要干的！

韦影娘　宇文兄此言感人肺腑，干上一杯！

宇文彦　弟乃实言。干上一杯！

【二人对饮。

（二人同）干！

韦影娘　（唱）志诚君子动我情长。

春　樱　宇文相公，人品高尚，把我都感动了。

宇文彦　这位书童，辛苦又伶俐，你、你也吃上一杯。

春　樱　我得听我们相公的。

韦影娘　宇文兄说的是，随我逛会，辛劳得很，你就随我们吃上一杯。

春　樱　谢小……相公（喝酒）。

宇文彦　弟与兄上元相逢，观灯，猜谜，论画，真真三生有幸，但不知今日一别，何日才得相逢？

韦影娘　这相逢么……实不相瞒，弟乃随父乘船进京，今岁八月就在京中，果真有缘，你我兄弟开考三日前，贡院门前一会如何？

宇文彦　哎呀呀，真是三生的缘分，弟也是今岁八月赶去帝京赴试，开考前三日，我们弟兄定要一会。尹兄不可爽约哟。

韦影娘　弟岂是爽约之人。

宇文彦　正是：喜今日上元逢知己。

韦影娘　待明朝八月踏鹊桥。

春　樱　哎？不是七月七踏鹊桥吗？……哦，对了对了是八月！

宇文彦　尹兄好文才，今日一见，岂能错过！你我何不各作诗一首相赠，来日相逢以这诗签为证，亦是佳话。

韦影娘　如此甚好。酒家，笔墨诗签伺候。

酒　保　笔墨诗签伺候着啦！（下复上）笔墨诗签到。

【音乐起，酒家捧上笔墨诗签，宇文彦写。

宇文彦　哦……弟不恭了。

吾亦相和去何之？

不共商山掘紫芝；

奢下一言同举案，

白头胜似远山石。

韦影娘　好个"四支"的妙韵！待弟写来。

【韦影娘写。

茂陵才子忒情痴，

何不求凤示娘时；

一曲琴心双凤管，

嗓艳莫怨鬓如丝。

尹兄，小弟这"四支"韵对得可好？

宇文彦　好、好、好哇……哦，哦只是……

韦影娘　只是什么？

宇文彦　只是未解诗中这凤求凰之意……

韦影娘　凤求凰之意么……（乐止）弟实说了吧，弟有一小妹，与我乃是一胞双胎，容貌相同。弟有意为小妹作伐，不知彦兄可应允否？

宇文彦　哎呀呀，这岂不是从天降下的喜事？小弟求之不得！来来来，为此推杯换盏，你我同贺大喜共饮！

韦影娘　同贺大喜……干！（吐）弟实实量浅，饮不得了。

春　樱　哎，有道是知己相逢，一醉方休。干吗不喝个痛快呀？

韦影娘　弟这里有扇坠玉佩，今赠予兄，此签此佩，就是小妹赠兄的信物。

宇文彦　定不负此签此佩，尹兄请！（举杯）
韦影娘　（唱）真是个知己相逢酒香醇，

芙蓉风波情意深；

红唇何曾碰滴酒？

醉心任酒引我行；

春丝扣、人品稳；

百年难遇才华横溢一书生；

诗怀入酒壶自倾，

祈天终系有情人。

【三人同干三盏，同醉。

（三人同吐）唔……

春　樱　相公，咱们该回船去了……
韦影娘　……是啊，你我弟兄就此分别了……

【雨声起。

宇文彦　哎呀，方才月明怎么下起雨来了，待我送尹兄回船。
春　樱　不用不用，相公有我搀扶呢。
宇文彦　来来来，这件外衣权且遮雨。

【宇文彦脱衣与韦影娘遮雨，春樱接过。

韦影娘　彦兄你呢？
宇文彦　我是不要紧的。
韦影娘　这样大雨，回船路上定要小心……
宇文彦　不要忘了八月之约……

【突然风雨骤作。

宇文彦　风雨骤降，尹兄回来避避大雨再走！
韦影娘　弟不妨事。彦兄且自避雨再回……

【宇文彦醉眼蒙眬目送二人下，跌跌撞撞走到江边。

宇文彦　（醉吟唱）得一知己人生难，更难奇遇得红颜……

【不慎一脚踏空落入江中。

宇文彦　哎呀！！！

【突然雷声霹雳……

【压光。

第三场

【湘江水上。

【余林身背葫芦顶风雨摇船上。

余　林　（唱【渔歌】）悬壶济世实为侠。

自修行善不自夸。

上元佳节雷雨猛，

顶风驾舟江面查。

想我余林，自幼父母双亡，多蒙南山普济神医大师收我为徒，将我养大成人。师父言道我命不济，只有深学医道，行走江湖，治病救人，多行善积阴德之事，便可成仙得道。昨日乃是上元佳节，不想平地一声雷是暴雨骤降，湘江之水是猛涨四尺啊，我想少不得有那些遇难的人儿。为此身背着药葫芦，独驾小舟也好济难救人！哈哈……这积善救人也是人生乐事也——

（接唱【渔歌】）雨打江面一片白，

善心阴骘筑天台。（远望）

哎……唉，我这一唱这风雨也住了——嘿！真是的：

（接唱）苍天哄哄发怒吼，江水悠悠泪长流；

试问有谁长相守？不经风雨怎到头。

哎呀且住！看那江边，像是有一人从上游漂落下来，待我快快将船拢岸！

【船夫急向岸边划去，到岸停泊拴船。

余　林　遇到我余林，你就有了命了！

【余林翻身跳入水中。

【灯光、舞美可做水下救人处理……

【余林在水中游泳寻人，宇文彦漂浮顺水而下，余林力救宇文彦上岸。

哎哟，我的妈耶，我可从来没费过这么大的劲儿啊！（摸鼻息）哎哟这人怎么没气儿啦！哎呀……已经晚了一步……晚了我也得试试，晚了……晚了也要救他一命……

【余林将宇文彦倒拖一石头坡上，令其吐水，摸鼻息，摇头。

哎？这是哪儿啊？……这是三洞桥。喂！桥头有人吗？救人哪！哎！搭把手救人哪！……连个搭把手的也没有！（看）看前面岸边，像是有座庙，待我负重前往——

【余林背起宇文彦。

【暗转。

【玄天庙内，供桌旁设一长凳。

【宇文彦尸体放于旁边长凳。

哟，像个读书人哪……哎，——庙中有人吗？庙里头还有人吗？

【庙中无人应声，余林摸宇文彦胸口。

可叹庙中无一人，哪里再寻慈悲心？（看）哟嚯，看他手中紧紧攥住了一纸书签和扇坠，还不撒手……还攥得挺紧，这人定然还有什么心事未了？……他还没死，不然怎么撒不开手？（摸胸口）此人胸口尚有一丝暖气，我先将药寻来！

【余林解下葫芦倒药，找……

哎呀，且住！明明带来了定心丹和还魂丸，怎么还魂丸没有了呢？这……唉！只有先用这定心丹，给他服下，保他三日心神不离身，等我回来定让他还魂也不迟！

【撬牙放丹。

看这人像是秀才模样。秀才呀，秀才！待我去终南山师父那里，取来还魂神丹，或可救你一命，就看你的命大命小了！

正是：救人一命胜造七级浮屠，菩萨护佑慈悲阿弥陀佛……

（拜菩萨）就此去也！

【压光。

第四场

【第二天清晨。

【宇文行简官船；宇文行简、宇文夫人上，家院随上。

宇文行简　（唱）赴襄阳晋升湘江学政，
　　　　　　中元夜雨离黄陵；
宇文夫人　（唱）且喜顺流天放晴，
　　　　　　江水壮阔看日升。
宇文行简　啊夫人，昨夜黄陵矶狂风骤雨，亏得船工能行，解缆掌舵，官船顺流而下，今晨醒来，不觉百里之外了……
宇文夫人　这也是我宇文一门积德行善，方得上天保佑。
宇文行简　是啊，想我宇文行简为官以来清正廉明，如今大唐贞观临政，才得以升迁湘江学政。我儿宇文彦自幼聪慧，跟随老夫攻读诗书，此去襄阳离帝京境近，进京赶考，看他的才学，秋闱有望也。

宇文夫人　这真是：不愧诗书传家久，欣慰高堂眼望穿。

宇文行简　(左右看)啊夫人，昨夜小儿宇文彦也不知在哪里喝得大醉，回仓倒头便睡，天到这般时候还不起来！

宇文夫人　家院，快唤你公子起来！

【丫鬟急上。

丫　鬟　怪事怪事，官船上出了怪事了！

宇文夫人　何事大惊小怪？

丫　鬟　咱们相公变成了女子。

宇文行简　哎，本来就是举子，什么变成举子啊？

宇文夫人　老爷，你听错了，是变成女子了。

宇文行简　这个丫鬟，方才说的分明是举子。

宇文夫人　说的是女子！

宇文行简　带我前去看来。

宇文夫人　老爷，你还是回避的好，身为湘江学政，礼仪第一呀！

宇文行简　哦，这……就请夫人全权代问是非。

宇文夫人　老爷信得过老身？

宇文行简　怎能信不过夫人，夫人问清是非，还请代为发落！

【宇文行简下，院子随下。

宇文夫人　丫鬟，可曾与那女子换过衣装？

丫　鬟　夫人年轻时的穿戴给她换上了，您猜怎么着？

宇文夫人　怎么样啊？

丫　鬟　这一女子看起来也是大户人家，怪就怪在和我们相公长得简直是一模一样。

宇文夫人　有这等事，快快唤她出来。

丫　鬟　有请小姐出舱！

【韦影娘上。

韦影娘　(哭)喂呀……

　　　　　（唱）昨夜晚醉蒙眬官船错进，
　　　　　醒来时竟不识舱是何门？
　　　　　见主母要问责吉凶难定——
　　　　　参见老夫人（跪）。
宇文夫人　哎呀呀，好个俊俏的女孩儿家。快快起来讲话。
韦影娘　（唱）只见她和颜悦色言语亲。
宇文夫人　（看）哎呀呀，果然与我儿相似得很哪，我们像是有缘的人了。
韦影娘　谢老夫人。
宇文夫人　看你也像大户人家。家住哪里，姓甚名谁？一一道来。
韦影娘　老夫人！
　　　　　（唱）（梅兰芳原唱）
　　　　　尊声夫人听奴禀，
　　　　　家住夔城复姓宇文；
　　　　　黄陵庙内把香进，
　　　　　狂风吹散母子们离分；
　　　　　【哭头】多蒙夫人救奴性命，
　　　　　【转摇】容当来世答报恩。
宇文夫人　怎么？你也是复姓宇文？看来我们是同族同姓，这是天赐缘分的了。（背拱）老身生有一子，并无女儿，看她孤身至此，将她收为义女，有何不可？此女温文尔雅，艳质芳年，等我儿回来此二人也是天生的一对……我想多了。（对韦影娘）啊，这一女子，看你孤身一人，来到我官船，无家可寻，我有意将你收为义女，不知你意下如何呀？
韦影娘　呀——
　　　　　（唱）老夫人面善话真诚，
　　　　　不弃落花水飘零；
　　　　　爹爹进京官船远，

　　　　　　女儿奈何似浮萍；

　　　　　　无计挣脱沧波客，

　　　　　　莫若慈下认娘亲。

　　　　　　如此义母请上，受女儿一拜！（拜宇文夫人）

宇文夫人　身受你了，哈哈哈哈哈哈……啊老爷！

　　　　【宇文行简上。

宇文行简　夫人如此大笑，莫非审问明白了？

宇文夫人　她也是复姓宇文，与我们是同氏同宗，她生得天生丽质，也是官宦之家，我啊，将她收作干女儿了！

宇文行简　（看）夫人眼力果然不差。

宇文夫人　还不拜见你义父？

韦影娘　女儿拜见义父。

宇文行简　罢了哈哈哈哈……（背拱）哎呀且住！世上哪有许多复姓宇文的？这里定然还有缘故，啊夫人，我还要问呢！

宇文夫人　你去问哪。

宇文行简　儿啊，我们收了你这义女，昨日官船停泊黄陵矶你因何下船？

韦影娘　女儿为看灯会，女扮男装下船。

宇文行简　你爹爹可曾知晓？

韦影娘　这……爹爹会友去了。

宇文行简　为何错上了我的官船？

韦影娘　女儿观灯吃酒，一时醉了，故错上了爹爹的官船。

宇文行简　你女扮男装看灯会，可有同行之人？你到底姓甚名谁，吃酒大醉不醒？

韦影娘　（哭）喂呀……

　　　　　（唱）（梅兰芳原唱）

　　　　【西皮流水】

　　　　　　黄陵庙内去看灯，

　　　　　　偶遇着兄长问姓名；

　　　　　　儿把小名当作了姓，

　　　　　　因此上他称儿是尹先生。

宇文行简　你可曾问过他的名姓？

韦影娘　（接唱）儿也曾问哥哥尊名上姓？

　　　　　　他道说单名彦复姓宇文；

　　　　　　到舟中蒙母亲又来相问，

　　　　　　也不便说出了儿的真姓真名。

宇文行简　夫人，我们儿子的下落有了！

韦影娘　（接唱）忽然想起哥哥的姓，

　　　　　　便将那宇文二字哄娘亲；

　　　　　　彼时若要回船去，

　　　　　　恐吾父误认女儿有了私情；

　　　　　　韦影娘便是奴名姓，

　　　　　　老平章就是女儿的父亲。

宇文行简　哎呀夫人哪！原来她姓韦名影娘，便是升迁京城中书令大人的女儿，昨日小儿就与她同行一处。

宇文夫人　女儿啊，昨日你与我儿宇文彦在一起吗？

韦影娘　我与宇文哥哥同看龙灯、狮舞，同猜灯谜、饮酒。

宇文行简　分手何处？

韦影娘　黄陵庙前。

宇文行简　分手之后可知他去了哪里？

韦影娘　分手时节，我二人吃得醺醺大醉，我那宇文兄长站立江边目送我等，迟迟未动。是我醉眼之中错上了老爷的官船，竟然不知我那宇文兄长上了谁家的官船？

宇文行简　哎呀不好！昨晚狂风暴雨一起，各路官船，俱起锚，顺流而下。迟迟未动，我儿岂不被丢下了？想官船从黄陵矶顺流而下，今日已是百十余里。昨晚狂飙之风，倾盆大雨，我儿一人凶多吉少！哎呀这……这……承办过来！

【承办上。

承　办　听大人吩咐。

宇文行简　吩咐官船拢岸，你且催马，沿江而上，遇镇问镇，遇桥问桥，直至黄陵庙打探公子下落，速去速回，不得有误！

承　办　遵命！

韦影娘　喂呀爹娘啊！影娘愿与承办同行，做一引路之人。一同寻找哥哥！

宇文行简　难得你有此心。承办，一路之上好好保护小姐！找得回来，一家团聚，倘若找不回来，官船在此停泊，你要保护小姐速速归来。

韦影娘　多谢爹爹！

（唱）辞别爹娘拢岸往——

【"扫头"，承办引韦影娘下。

【压光。

第五场

【玄天庙内。

【正中供桌旁，宇文彦尸体仍置放长凳上。

韦影娘　（内导板）路途上闻凶信肝胆痛断——

【韦影娘、承办上，进庙，韦影娘上扑向宇文彦，掀盖布，惊跌。

韦影娘　（唱）为什么昨日知音今尸寒！
　　　　　　啊……宇文哥哥呀……
　　　　【"跪蹉"至宇文彦尸前。
承　办　（搀扶）小姐保重要紧。
韦影娘　你……你快去禀告爹娘！派人来至玄天庙前。扶定宇文哥哥灵柩还乡啊……（哭）
承　办　遵命（下）
韦影娘　彦兄！宇文兄啊……
　　　　（唱）黄陵庙成永诀，影娘我怎甘——
　　　　（唱【回龙】）我心空空荡荡、你身遮遮掩掩、天哪——鸳去鸯唤，
　　　　阴川阳岸分两边；
　　　　他、他……死死攥住我的诗签与扇坠，
　　　　攥得我心血滴滴痛胸间；
　　　　真个是一寸相思万般爱，
　　　　天高地阔亦难悬。
　　　　难忘怀狮龙舞处初相见，
　　　　难忘怀双晶闪照三生缘；
　　　　难忘怀灯谜映出才华展，
　　　　难忘怀敢批相如凿凿言；
　　　　品格人依恋，
　　　　春容融笑颜；
　　　　学富顶天地，
　　　　馨香绕三千；
　　　　对酒当歌见亦晚，
　　　　恨未怀中躲春寒；
　　　　彦兄啊……

　　　　　春蚕到死丝方尽，
　　　　　蜡炬成灰泪始干；
　　　　　天涯地角有穷尽，
　　　　　唯有相思无处填；
　　　　　定然是为送小妹你失足，
　　　　　恶风恶雨夺走我心尖——夺走我心尖！
　　　　【春樱上。

春　樱　小姐，相公去了，您再哭身子也要哭坏了。
韦影娘　我就是要随他前去——
　　　　【韦影娘几次撞墙，均被春樱拉住。
　　　　【韦影娘恍惚中认出春樱。
韦影娘　你、你不是春樱吗？
春　樱　是我呀。
韦影娘　彦兄定是为了送我们，他、他……失足落江而亡了……
春　樱　那日彦相公也是喝得酩酊大醉……
　　　　【韦影娘渐变半疯癫状态。
韦影娘　胡说！他不曾醉，他是在保护我们……你、你你……是看到他失足落江，你为何不呼救？为何不告诉于我？你为了什么？为了什么——
春　樱　小姐您是怎么了？您要清醒清醒啊。那天我是搀扶您一块走的，后来大风将您和我刮散，我也找不到官船，一路寻找而来，才知道三洞桥玄天庙中有停尸，我来看看，看到您在这儿大哭，没敢惊动您。人去不能复生，小姐，珍惜您自己要紧啊！
韦影娘　（精神恍惚地边唱边念）"一日不见兮，思之若狂……"（清醒）为我而去。我还有何颜面活在世上！春樱，不要拦我，不要拦我啊……

春　　樱　小姐！老爷若是见不着您，还指不定怎么着急呢，咱们可是瞒着老爷！

　　　　　【大锣一击，韦影娘惊醒。

春　　樱　出来的呀……

韦影娘　爹爹！（哭）爹爹呀……彦兄……

　　　　　【韦影娘扑向椅子以为是宇文彦，春樱在后面拉住，后退。

　　　　　【压光。

第六场

　　　　　【三天后。
　　　　　【湘江宇文家中。
　　　　　【宇文夫人上。

宇文夫人　（唱）闻凶信不由我泪水涌淌，
　　　　　　　　犹如是摘心肝痛断肝肠；
　　　　　　　　影娘她自归来精神惚恍，
　　　　　　　　不由得年迈人更加忧伤。

　　　　　【归座。

　　　　　唉！深悔那日，在黄陵矶上，不曾阻挡文彦孩儿，看的什么元宵花灯？不想坠落在湘江之中，他、他……他就一命而亡了。指望收得一女儿，待他回来，也好婚配。如今——也成空了啊……（哭）老爷命人到三洞桥玄天庙为我儿收尸还乡，至今音信全无，女儿归来，带回了春樱丫鬟，怎么偏偏我儿就溺水而亡了呢？唉……白发哭黑发，天命不由人。

　　　　　（内白）老爷回府！

【宇文行简上。

宇文行简　（唱）失爱子每日里忧心不定，

　　　　　　圣旨到又升迁悲喜人生。

宇文夫人　老爷！

宇文行简　夫人！

　　　　　【二人落座。

宇文行简　啊夫人，为我儿扶柩回乡可有什么消息？

宇文夫人　唉，并无消息。

宇文行简　女儿的病可有好转？

宇文夫人　一时难以好转。看老爷面色，衙中莫非有什么要事不成？

宇文行简　唉！（念）官场喜来家是忧，别是一般滋味在心头。

　　　　　衙中倒是有一桩大事，适才圣旨到来，调老夫到京中以为今科监考。

宇文夫人　说来老爷又要升迁。这是喜事的了。

宇文行简　不过此番进京，影娘女儿可以归家认父，她思念我儿的悲伤之情也可慢慢好起来了。

宇文夫人　是啊，悲伤只留给我们二老的了哇……（哭）。

承　　办　（上）各路官员已到襄阳学政府迎接老爷赴任。

宇文行简　即刻到任拜会！

　　　　　（唱）回首上元寒犹未尽，

　　　　　【宇文行简下，承办随下。

宇文夫人　（唱）看取眉头不见春……（拭泪）

　　　　　【春樱上。

春　　樱　参见老夫人。

宇文夫人　你家小姐怎么样了？

春　　樱　今天又是精神恍惚，非说宇文相公没死，他回来了……

　　　　　【韦影娘痴呆上。

韦影娘　彦兄你来了吗？母亲，昨夜女儿偶得一梦，彦兄他被人救了，即刻就要回家来了……

宇文夫人　女儿啊，你不要过度悲伤。我们有你这样的女儿也就心满意足了。

韦影娘　母亲……彦兄他要进京赴考，得中头名状元。他看我来了……

宇文夫人　女儿，人去不能复生。女儿你要清醒些呀！

韦影娘　彦兄……母亲……

（唱）女儿我与彦兄琴瑟和谐，
此一世情与爱共到头白；
他绝世风雅好风采，
他身怀经天纬地才。
彦兄啊……
为什么相见无语话凝噎，
为什么同行回首天门开，
为什么泪水情雨葬花落，
为什么瓣瓣落红寄悲哀。
你可知烛冷香销犹不寐，
我唯愿红蕖翠筱是双骸。

宇文夫人　唉！还是神志不清啊……不过昨夜我也梦到我那彦儿进京赴考，得中了头名状元，难道这是真的不成？

春　樱　老夫人，二人同梦幻成真。

宇文夫人　母女二人心连心。春樱，还是搀扶你家小姐回舱休息去吧。

春　樱　遵命。

【春樱扶小姐下；宇文夫人随下。

【收光。

第七场

【余林家中。

【宇文彦上。

宇文彦 （唱）余林兄救性命恩深似海，
　　　　　　国医手倒叫我脱骨换胎；
　　　　　　祈天地保佑我再无灾害——

【余林上。

余　林 （唱）喜贤弟半月中否极泰来。
　　　（看）好、好、好，对、对、对了！

宇文彦 怎样好？什么对了？

余　林 看你老弟貌随福转，才过半月，与先前就大不相同，这不是好吗？

宇文彦 小弟感谢仁兄，妙手天医，一日三餐，参功练气，才得今日也。

余　林 这就对了。贤弟得有今日，也是积善有德，不过你也该走动走动了。

宇文彦 小弟历经生死，唯想报恩仁兄！

余　林 难道我救你一命，就是图你报恩吗？贤弟呀！
　　　（念）石桥县上贴朝文，贴朝文！
　　　　　　隋炀帝无道荒淫，斥逴天下读书人，读书人！
　　　　　　贞观皇帝开恩考，访贤吏治是明君，是明君！
　　　　　　没赶到的举子再科选，再科选！
　　　　　　天下的读书人无不谢恩，无不谢皇恩！

宇文彦 小弟才薄学浅，今虽康复，千里赶路恐力难从心尔……

余　林 嗨！贤弟你知愚兄为救你用的是什么药物吗？

宇文彦 小弟不知。

余　　林　得得得，我说了你也明白不了。可我告诉你，这半月的用药可保你十年的体格棒棒的。你的文才不在他人之下。如今这大好的时机，你去为国尽力，才算得报愚兄我救你之恩！怎么着，你在这儿就等着我把你喂肥了，养胖了，耕田种地，再娶个媳妇儿，老婆孩子热炕头，才有出息吗？

宇文彦　余兄啊！听兄之言，如同击一猛掌！小弟本不是无志之人。如此今日拜别兄长。我即刻进京赴试！

余　　林　你一个人进京，我还放心不下呢。马匹、路资、盘费我都预备好了。有愚兄保护贤弟到京，料也无妨。咱们准备准备，明天一早启程，你看怎么样啊？

宇文彦　多谢兄长——
　　　　（唱）谢兄长为弟解围困，
　　　　绝地养生又逢春；
　　　　回家襄阳目光浅，
　　　　莫若身荣见双亲；
　　　　今日重唤凌云志，
　　　　鲲鹏展翅要飞腾。
　　　　【二人造型。
　　　　【压光。

第八场

　　　　【主考官大堂，四文堂，中军，引韦楚平上。

韦楚平　（引）中枢权柄，望魁星，汇集贤能。
　　　　【入"大座"。

（诗）天门日射黄金榜，春闱赤燕羽飞翔；

钦命主考兼重任，要为国家选栋梁。

老夫——右丞相韦楚平。只因隋炀帝无道，斥逊天下读书人，大唐贞观圣上一心开恩考，访贤吏治，又恐未能赶到的举子埋没，为此又选一科，且喜二科众举子已入贡院。他们个个青春年少，皆饱学之士，真乃国家之幸也。

【宇文彦、余林骑马上。

宇文彦 （唱）千里行程挥汗尽——

马到贡院误时辰。

【二人下马，余林接宇文彦马，示意宇文彦上前，余林下。报——西川举子宇文彦告进——参见老大人（跪）。

韦楚平 下跪何人？

宇文彦 西川举子宇文彦。

韦楚平 哦，西川举子……因何来迟？

宇文彦 西川至此千里路程，是我马不停蹄，在黄陵矶落水，险些溺水而亡，幸喜得救，耽搁了时辰。

韦楚平 怎么落水得救……也罢，老夫先考你一考。若能对应，我便放你进去。如若对应不上，下科再来！

宇文彦 学生接题。

韦楚平 "道千乘之国"。

宇文彦 此乃《论语》第一："敬事而信，节用而爱人，使民以时。"

韦楚平 "为政以德"。

宇文彦 此乃《论语·为政》第二："譬如北辰，居其所而众星共之。"

韦楚平 "人不可以无耻"。

宇文彦 此乃《孟子·尽心上》："无耻之耻，无耻矣。"

韦楚平 "仁言不如仁声之入人深也"。

宇文彦 "善政不如善教之得民也，善政，民畏之；善教，民爱之。善政得民财，善教得民心——"

韦楚平　好啊！

（唱）四书五经随口应，

治国之道答得真；

快快送他贡门进——

中军走上。

【中军上。

中　军　大人有何吩咐？

韦楚平　持准考牌，送这位宇文彦进入贡院。

中　军　遵命。

【中军引宇文彦下。

韦楚平　看这个后生学富五车，必然考中，将来定是栋梁之材。又兼相貌堂堂，我那女儿影娘若是招他为婿，我岂不是半子有靠？只是那，她随我进京，船行黄陵矶时失散，多次派人寻找，音信全无，想煞老夫也……

（接唱）那一夜狂风暴雨淋，

离岸翌日不见了影娘亲生；

扁舟侧畔黄花落，

伤怀别离父女心；

停泊到岸寻数月，

有情似古竟无情；

自笑寻婿终是梦——

【中军上。

中　军　启禀老爷，考生交卷已毕，圣上钦点一十六名考生入朝殿试。

韦楚平　可有宇文彦在内？

中　军　有个宇文彦在内。

韦楚平　（唱）且待殿试落榜名。

（内呼）襄阳学政宇文行简到！

韦楚平　新任的学监到了，有请！

【"吹打"龙套引宇文行简上。

宇文行简　参拜中书令大人！

韦楚平　学监大人快快免礼！请坐。

【二人落座。

韦楚平　大人一路行来，多受风霜之苦。

宇文行简　为国勤劳，何苦之有。

韦楚平　当今贞观圣上开恩考，访贤吏治，又恐未能赶到的举子埋没，为此再选一科，朝中监考的官员捉襟见肘，故此劳动宇文大人进京。

宇文行简　真乃有道明君，当谢皇恩！恭喜中书令大人，贺喜中书令大人！

韦楚平　老夫何喜之有？

宇文行简　请问大人可有一小女名唤韦影娘？

韦楚平　哦，哦……小女正是韦影娘，不幸在黄陵矶失散。

宇文行简　黄陵矶上元佳节风暴雨猛，小姐错上了下官的官船，我夫妻将她收为义女，随下官到湘江长沙学政落足，今蒙圣恩进京，特送千金归家。

韦楚平　大人此话当真？

宇文行简　焉有蒙哄大人之理？

韦楚平　如此大人是下官的恩人到了！

宇文行简　不敢！

韦楚平　恩人到了请受我一拜！

【"吹打"韦楚平拜谢宇文行简。

韦楚平　哈哈哈哈哈……（想）我倒想起一桩大事来了。

宇文行简　敢问什么大事？

韦楚平　有一迟到的举子，也姓宇文……叫什么宇文……嗯……宇文彦。

宇文行简　啊！（惊坐）

韦楚平　大人！大人……唉！宇文大人！你这是怎么了？

宇文行简　哎呀大人哪！宇文彦正是小儿的名讳，只是他在湘江遇难落水而亡了……

韦楚平　后来他又得救了。

宇文行简　此话当真？

韦楚平　刚才我询问得一清二白，难道还是假的不成？

宇文行简　待我前去看来。

韦楚平　慢来慢来，那宇文彦已在金殿殿试，你敢冒犯圣上不成？

宇文行简　哎呀承蒙丞相提醒，下官思子心切，实实莽撞了！

韦楚平　思子想女，俱是一样啊，哈哈哈哈……

宇文行简　下官先送义女回归府上，以慰丞相父女早日相会之情！

韦楚平　如此多谢恩人！正是：思女遥望潇湘月。

宇文行简　惊喜相逢京城中。

　　【二人同下。

　　【压光。

第九场

　　【中书令府邸。

　　【春樱上。

春　樱　小姐您快来呀，咱家宰相有这大的府邸，那边有好大的花园呢！

　　【韦影娘上。

韦影娘　（唱）忆昔佳节去观灯，（梅兰芳原唱）

在庙内曾遇个年少书生；

杯酒间相唱酬何等有兴，

又谁知大风雨各自分离。

春　樱　哟，小姐我怎么看您还是不高兴啊？莫非心中还惦记着那扇坠诗签吗？人总得朝前看，那也是一天之情、一面之缘呀？

韦影娘　一天之情、一面之缘……春樱，你且到门前看看我爹爹。也该回府来了。

【春樱下。

韦影娘　唉，哥哥呀！（唱）（原梅兰芳唱）

说无缘又何必庙中相遇，

若有缘因甚事一旦分离；

倘若是俊才郎犹生人士，

今日里或便是恩爱（的）夫妻。

情切切持锦笺思来想去，

无限的伤心事说与谁知。

【宇文行简、宇文夫人上。

宇文行简　（唱）花径不曾缘客扫，

宇文夫人　（唱）蓬门今始为儿开。

韦影娘　义父、义母来了，女儿参拜！

宇文夫妇　女儿少礼。

韦影娘　快快请坐！

【宇文夫妇落座。

韦影娘　义父一到京城，便为女儿寻父送归，影娘感恩不尽。

宇文行简　哪个父母不惦念亲生儿女？韦丞相为了寻找你的下落，数月以来，多次派人到黄陵矶逐站打探，食不甘味，夜不能寐，心急如焚，为父上任自然要先将义女之事禀报。

宇文夫人　你父将你即刻接回家中，我们大家就放心了。

宇文行简　还有一喜事，你父未曾与你提起吗？

韦影娘　我父将儿送回家中，未得多言，即刻被圣上召见去了。

宇文行简　这也是我们的大喜事，丞相怎么就忘怀了呢？

韦影娘　但不知是什么大喜事？

宇文行简　我儿宇文彦被人救活，赶到京城赴考来了。

韦影娘　哦——宇文彦他、他、他……被人救活，赶到京城赴考来了！

宇文夫妇　这岂不是我们的大喜事啊？

春　　樱　小姐，您心头这把锁可算解开了吧？

韦影娘　春樱，我们到贡院走走——

宇文行简　儿啊。他已然进入贡院，高中皇榜是无疑的了。

韦影娘　怎见得高中皇榜？

宇文行简　已被圣上召见，现在金殿之上殿试了！

韦影娘　爹娘此话当真？

宇文夫妇　这样重大之事怎能有假？

韦影娘　待我谢天谢地。

宇文夫妇　当谢天地。

宇文行简　儿啊，你且安心在家中，

宇文夫人　坐等好消息。

宇文行简　我们回去了。

韦影娘　春樱，代送义父义母。

　　【春樱引宇文夫妇下。

韦影娘　彦兄死而复生真个是苍天牵姻缘——

　　（唱）苍天也会谈笑语，

　　竟以生死把人欺！

　　玄天庙哭祭泪血泣，

　　彦兄啊——

　　可知妹心再无依；

滟滟随波千万里，
　　　何处春江无月西！
　　　拜上人间活菩萨，
　　　救你复生奇中奇，
　　　复考殿试竟榜首，
　　　云飞锦书胜灯谜——啊……胜灯谜！
【造型。
【收光。

第十场

【金殿。
【殿前武士、太监、魏征、徐太师分列。
【唐太宗李世民上。

李世民　（唱）立贞观兴盛世思贤若渴，
　　　　　　准恩考选人才两度开科；
　　　　　　举龙目且望尽长安花放，
　　　　　　泾水清渭水明浪花飞波。
【唐太宗入座。
　　　　（诗）贞观盛世兴，慧眼识贤能；
　　　　　　民心似渭水，治国载舟平。
　　　　众卿。

魏征、徐太师　万岁。

李世民　自朕登基以来，贞观元年，方得国泰民安。朕思之当今为政，须以选人才、重贤能为上。为此金秋两度开科，选得十数人入金殿殿试。朕观西川宇文彦真个是四书五经饱学之士，可点状元，二卿可曾阅卷？

魏征、徐太师 万岁龙目不差。我等皆服。

李世民 如此宣主考韦楚平上殿。

太　监 韦楚平上殿哪！

【韦楚平上。

韦楚平 今科主考韦楚平，叩见万岁。

李世民 平身。

韦楚平 万万岁。

李世民 殿试已毕，宇文彦卷面字字珠玑真个是饱学之士，可点状元。

韦楚平 万岁龙目有准，宇文彦虽然是迟到的举子，经臣面试，才德双全，方准他进入贡院。

李世民 传旨下去，御笔钦点状元宇文彦上殿。

太　监 御笔钦点状元宇文彦上殿哪！

（内白）臣宇文彦领旨！

【宇文彦上。

宇文彦 （念）欲遂平生志，才学报皇家。

臣宇文彦叩见万岁。

李世民 朕见你殿试卷面字字珠玑饱学四书五经，钦点你头名状元。

宇文彦 臣谨遵从圣人所教，蒙圣上加恩，臣领旨、叩谢皇恩，万岁万万岁。

李世民 宇文彦抬头见驾。

【宇文彦抬头，李世民两看宇文彦。

李世民 哈哈哈哈哈……

（唱）才德出众言恭谦，

容貌清秀美儿男；

何不金殿封驸马——

接亲才子在金銮。

宇文彦，朕有一爱女名唤新成，尚未婚配。今许配与你，封为状元驸马。

宇文彦　哎呀，万岁呀。臣愿将平生所学，报与皇家，只是驸马——臣不敢当。

徐太师　嘟！大胆宇文彦，万岁金殿钦点，竟敢顶本。该当何罪？

李世民　嗯，我来问你，在家可曾娶妻？

宇文彦　不曾。

李世民　可曾定亲？

宇文彦　也未曾。

李世民　既未娶亲，又未定亲。朕封你驸马，为何你抗旨不遵？

宇文彦　万岁！万岁呀！臣不受驸马之封，其中有个缘故，容臣道来！

李世民　实言奏禀，若有虚假，按罪论处。

宇文彦　容奏：

黄陵矶上知音缘，和诗盟誓鸳鸯牵；

谁道相思了无益，接旨欺君又欺天。

李世民　哎呀呀，一面之情，算什么缘分。金殿遵旨封驸马，君臣结亲缘分大。

宇文彦　万岁！招赘皇家驸马，非同小可。为人臣者须当与公主相敬相爱，死生契阔，臣若心中尚存他人，一欺万岁，二欺公主，三负心爱之人，四非君子本分，宇文彦虽无妻室胜有妻室！驸马做不得，这驸马宇文彦不能领旨。望万岁体察为臣本意，另选驸马——

李世民　你那见了一面的情人，人品如何？

宇文彦　品貌端正，与臣琴瑟和弦。

李世民　你可晓得朕的女儿新成公主也是巾帼英豪。

宇文彦　臣自知难配巾帼英豪。

李世民　大胆！

　　　　（唱）不谙世事信缘分，

　　　　　　岂容书生训寡人！

徐太师　臣启万岁，这宇文彦自恃其才，金殿顶本，狂妄自大，今后亦难重用，臣请万岁另选驸马，革去宇文彦的功名，轰下金殿，永不录用。

韦楚平　万岁息怒！

魏　征　啊……万岁……

李世民　（不理）哼！徐太师言之有理。传旨：革去宇文彦的功名。轰下金殿，永不录用！

太　监　圣上有旨。革去宇文彦的功名，轰下金殿，永不录用啊！

　　　　【太监当场摘下宇文彦官帽，扒下官衣，轰下金殿。

宇文彦　为人品格立得正，但留清气满乾坤。

　　　　【宇文彦下。

李世民　（唱）书生顶本令人愤——（行弦）

　　　　退班！

　　　　【众人下，李世民突然停步，徘徊……

韦楚平　年轻之人，说话气盛，万岁息怒。

魏　征　有节骨乃坚，直言品自端。

李世民　……有节骨乃坚，直言品自端……年轻气盛……

魏　征　啊，万岁无须为一少年的学子如此恼怒！

韦楚平　是啊！

李世民　好一个主考，竟然将一狂徒，送来金殿殿试？

魏　征　万岁息怒。

李世民　难道朕有一个魏征还不够吗？

　　　　（唱）怎能容时时雾霭遮月晕！

　　　　【李世民、魏征、韦楚平下。

【收光。

第十一场

【接前场。

【中书令府邸。

【韦楚平、官甲、官乙携二丫鬟捧礼物上。

韦楚平 （唱）女儿归家团圆梦醒，
　　　　　　金殿风波难辨吉凶。

【韦影娘、春樱迎上。

韦影娘　参见爹爹！

春　樱　参见老爷！

韦楚平　儿啊，众官员听说我父女团圆，特地送来安家度日贺礼。

韦影娘　多谢各位叔伯。

【春樱引二丫鬟下。

【宇文行简上。

宇文行简　宰相大人，下官看望义女来了。

韦影娘　参见义父大人！

宇文行简　哦……义父我带来大喜之事啊。

韦影娘　什么大喜之事？

宇文行简　我儿宇文彦被人救活，御笔亲点头名状元。

韦影娘　哦——彦兄御笔亲点头名状元。

韦影娘　（唱）惊喜不由泪满面 。（行弦）

【宇文夫人急上。

宇文夫人　女儿啊，外面传言，那宇文彦已然得中状元！

韦影娘　（唱）凭才学也应夺状元。

宇文夫人　为娘又听传言那宇文彦已被招赘驸马了——

韦影娘　怎么？那宇文彦他……他已然招赘驸马——爹爹（抓韦楚平）此话当真？

韦楚平　儿啊，万岁果然将宇文彦招赘驸马……

甲　官　有道是君无戏言！

乙　官　招赘驸马，乃是高升哪！

宇文夫妇　皇恩浩荡，亵渎有罪呀！

韦楚平　啊儿啊……圣明之君，此事只怕还有变呀！

韦影娘　皇帝老儿一句话便可夺人所爱吗——

韦楚平　儿啊，此话不可胡说！

　　【韦楚平、宇文行简夫妇，甲、乙官上前拉住韦影娘，韦影娘搡开五人，五人归座。

　　（五人同）苍天难得遂人意呀！

韦影娘　（唱）一声"驸马"如闪电——

　　　　　如堕五里山雾间；

　　　　　这世上男儿尽是负心汉，

　　　　　莫信哄女口中甜。（行弦）

　　【宇文彦身穿青衣小帽上。

宇文彦　尹妹在哪里？尹妹在哪里？尹妹……

　　【韦影娘抓住宇文彦。

韦影娘　你可是宇文彦？

宇文彦　我是宇文彦啊。

韦影娘　（含悲）驸马……

宇文彦　你听我说，听我说呀……

　　【韦影娘打宇文彦嘴巴。

　　【韦楚平让众人回避，众下。

韦影娘　（唱）竟敢到韦府再来哄骗——
　　　　　　驸马公改衣装贼心不甘。
　　　　（哭）喂呀……
宇文彦　（唱）尹妹休将泪洗面，
　　　　　　为兄到此为剖心言。
韦影娘　住口！
　　　　（唱）剖心曾在上元夜晚，
　　　　　　字字句句金石良言；
　　　　　　那日苍天睁开眼，
　　　　　　相逢只道三生缘；
　　　　　　竞猜、对诗相敬爱，
　　　　　　对饮、并肩琴瑟弦；
　　　　　　你也曾对我信誓旦旦，
　　　　　　你也曾收下玉佩诗笺，
　　　　　　你也曾替我遮风雨，
　　　　　　你也曾允我同赴商山掘紫芝；
　　　　　　深情话儿早忘却，
　　　　　　负心的男子还有何言？
宇文彦　（唱）尹妹且把怒收敛，
　　　　　　莫将误传入心间；
　　　　　　分别时沉江遭大难，
　　　　　　黄泉路上险些生难还；
　　　　　　余林行侠神医展，
　　　　　　救命将养在玄天；
　　　　　　保我进京入贡院，
　　　　　　殿试应对得状元。
韦影娘　（唱）我也曾哭祭泪洒玄天庙，

　　　　　我也曾心滴血洒痛胸间；
　　　　　我也曾整日惊噩梦，
　　　　　我也曾顿足追你赴黄泉；
　　　　　知你胸中藏锦绣，
　　　　　知你赴考必夺魁元；
　　　　　谁想你——竟是负心汉，
　　　　　夺状元又领驸马官。
　　　　　痴情相思了无益，
　　　　　莫如一世尽疯癫。
　　　　　众人羞尽影娘面，
　　　　　唯有落发古佛前。
宇文彦　（唱）方知你为爱历尽苦难，
　　　　　宇文为你泪潺潺；
　　　　　宇文知你贞洁志，
　　　　　宇文唯念尹妹贤；
　　　　　金殿顶本辞驸马，
　　　　　皇家谪贬了我的官，
　　　　　宁丢官不负贤真情一片——（行弦）
韦影娘　怎么？你、你……宁丢官不忘妻？
宇文彦　宁不做官，也不可失去君子人格本分。
韦影娘　你……你是怎样回奏皇上？
宇文彦　是我言道：招赘皇家驸马，非同小可。为人臣者须当与公主相敬相爱，死生契阔，臣若心中尚存他人，一欺万岁，二欺公主，三负心爱之人，四非君子本分，宇文彦虽无妻室胜有妻室！驸马做不得，这驸马宇文彦不能领旨。望万岁体察为臣本意，另选驸马——
韦影娘　哎！你哪里又有妻室啊？

宇文彦　上元佳节饮酒的时节，是你言道：有一小妹，一胞双胎，容貌相同。愿为作伐，和诗言道："何不求凤示娘时"，又赠诗笺玉佩，难道文彦真是痴呆不成？

韦影娘　如此，郎君！

宇文彦　影娘！

韦影娘　我夫！

宇文彦　我的妻呀——

韦影娘　（唱）啊……看砥柱立中流的夫君宇文彦！
　　　　　　相思本是无凭语，
　　　　　　莫怪花笺泪不干；
　　　　　　凄凉别后惊梦幻，
　　　　　　封驸马犹如鲜血滴心间；
　　　　　　影娘跪地深深拜，
　　　　　　错怪彦兄难赎罪愆。

宇文彦　（唱）兄妹原为夫妻爱，
　　　　　　三生石上刻姻缘。
　　　　　　为官沧桑看不尽，
　　　　　　生死相许有头源。

韦影娘　（唱）愿遂君意天涯走远——
　　　　【二人挽手。

二　人　（同唱）纯真爱是一片自由的天！

二　人　我们走！

太　监　（内）圣旨下——（上）
　　　　【众人同上，跪。

太　监　跪听宣读：奉天诏曰：宇文彦才富四海，品格高尚，恕其顶本之罪，免招驸马，官复状元，韦影娘贤淑节贞，册封诰命夫人，以全有情人终成眷属。年轻学子助朕开贞观盛世之意，

　　　　　二人领旨上殿哪！
众人同　万岁！万万岁！
　　　【音乐起。
　　　（伴唱）玲珑红豆镶上元，
　　　　　入骨相思历波澜；
　　　　　且任沧桑千古变，
　　　　　堪羡鸳鸯不羡仙。
　　　【起尾声。
　　　【全剧终。

2024 年 2 月 14 日初稿

2024 年 7 月 19 日修订稿

大名府

创作背景

《大名府》是1981年创作的作品。当时我在北京京剧院一团。1980年我们赴美国演出载誉归来，武戏阵容还是全国屈指可数的。全国著名的武生杨少春和我商议，武戏演员演出持续精彩的技艺时间不长，很想借美国演出的东风，接连搞些比较像样的武戏，由此我便想到了《大名府》。从演员的阵容上，著名表演艺术家谭元寿当时的武功并没减弱，完全可以承担起卢俊义的角色，他对这出戏也有很大的热情。可惜剧本形成后，赶上了体制调整，武戏阵容被分散，《大名府》再没有排演的机会了。

构思这个剧本的过程是比较有意思的，当时我也不会用电脑，在京剧院的图书馆也没有找到有关这出戏的剧本和资料，于是我就从小说《水浒传》第六十回至六十五回中提炼故事情节。听前辈人讲"富连成"科班这出戏搞得很火爆，可惜没有人留下本子。此时著名表演艺术家李盛斌先生已然退休回到了北京。杨少春就带着我一起到李盛斌先生家中求教。李盛斌先生不愧是大艺术家，他能把剧本的大纲"总讲"基本上叙述下来。这为我们整理剧本带来了非常大的便利。我们连续去了六七次，我做了记录。"富连成"本中有几个武丑处理的场子非常精彩，比如"时迁装鬼""时迁贴榜"等。

这出戏全剧开打比较丰富，但是卢俊义和燕青这两个重点人物描述得不具体，过场较多，关键性的情节结构缺乏，从李盛斌先生家回来后，我和杨少春就开始商量构思这出戏的结构，最后完成的基本上就是现本结构。可惜那时没有进入电脑时代，只有手刻本，在多次搬迁中，我手中全剧只剩下半部残本。

最近几年，武戏的恢复和展演比较多，其中也有《大名府》。我看过之后感到还是以武打热闹为主，而仍然缺少对卢俊义、燕青、石秀、时迁、索超几个代表人物的性格的重点刻画。我认为即使是武戏，对于人物的刻画，也是最重要的。只有树立起正面的鲜明形象才能表现这出戏侠义至上、替天行道、梁山好汉足智多谋的主题思想。当年我和杨少春在讨论过程中再三强调的也是这点。比如"燕青拦马""监中送饭""燕青救主"几个关键场次我是下了功夫的，"时迁贴榜"我也是尽力回忆了李盛斌先生叙述"富连成"演出的精彩场面而下笔的。对于贾氏和李固，我着重理清楚他们"由色至恶""由贪至恶"人性"恶"的方面，以此构成了这出戏的冲突。

因此应当说这出戏的初稿完成是在1981年，在这个基础上我回忆和整理是在2024年。这里面尤其不能抹杀著名表演艺术家杨少春先生当年与我的合作，不能抹杀著名表演艺术家谭元寿先生对我们的支持，不能抹杀著名表演艺术家李盛斌老师对于"富连成"演出本的讲述。现本的重新创作是在继承传统基础上的创作，是有"根"之作。希望能给京剧武戏演出剧本留下光彩一笔。

剧情梗概

大名府富户玉麒麟卢俊义，仗义疏财声名远播，在严寒雪天救燕青、李固，留燕青为身边小厮，留李固为管家。李与卢妻贾氏私通。梁山慕卢名，为壮大义军，赚卢俊义上山，卢无落草之意。卢回家后发现李固与贾氏私通，李固为谋卢家产，诬告卢私通梁山，卢被捉入狱，判死。梁山用金钱买通梁中书，改判卢发配，李固又买通董超、薛霸，于途中杀害卢，被燕青所救。但卢又被官兵擒获，判处斩。石秀跳酒楼独劫法场，失败，二人被擒。时迁奉命贴榜惊吓梁中书，保住卢和石性命。宋江、吴用运筹帷幄兴兵北京城，擒索超，救出卢俊义、石秀。梁中书所率官兵大败而逃。

人物表

卢俊义　大名府第一富户，武艺高强，仗义疏财

燕　青　落魄时为卢俊义所救，收为小厮，为人中肯正直

宋　江　梁山首领

吴　用　梁山军师

　　　　戴宗、林冲、秦明、杨志、呼延灼、扈三娘、徐宁、花荣、柴进、杨雄、石秀、李逵、谢珍、谢宝、穆弘、穆春、孔明、孔亮、刘唐、鲁智深、武松、李俊、阮小二、阮小五、阮小七、李应均为本剧出场的梁山将领

众梁山兵

贾　氏　卢俊义妻

李　固　落魄时为卢俊义所救，卢府管家

卢府丫鬟、家丁

梁中书　蔡京心腹，派其镇守北京

王太守　北京太守

索　超　大名府名将，后归顺梁山

闻达、李成、高远　均为大名府将领

蔡福、蔡庆　大名府监牢头儿，正直仗义，后归顺梁山

董超、薛霸　押解犯人的毒手，为燕青所杀

皂　隶　大名府查夜皂隶

众官兵、四文堂

第一场

【大名府郊外。

【音乐起,射猎围场的气氛。

【卢府家丁、猎户在射猎围场中,追射鹰养狡兔。

【画外音:传来卢俊义的笑声。

卢俊义 (内)哈哈哈哈……

【卢府家丁、猎户背围射猎物上。

众人同 有请员外!

卢俊义 (内唱)大名府郊外——

【卢俊义上,燕青同上。

卢俊义 (接唱)设围场——

众人同 员外请看。(举手中猎物)

卢俊义 哈哈哈哈哈……

(唱)家将狩猎露锋芒;

大名三月晴空朗,

狩猎劝农布善忙;

卢俊义大名府内名声响!

回府!

【众列队下"骨牌队"。

众人同 索将军挡道!

卢俊义 队列分开!

索 超 见过兄长!

卢俊义 原来是索超贤弟!

索 超 兄长啊!

(唱)奉命请兄进府堂。

卢俊义　哎呀呀，为了此事有劳贤弟。日前梁中书，也曾派人送过聘礼聘书。为兄回信写得明白，我乃闲散之人，难入府门为官。大名府若有紧急之事，卢俊义也可分担中书之急。

索　超　兄长有所不知，如今梁山作乱，离大名府，仅有百里之遥，甚为堪忧。梁中书正是接到卢兄书信，又知你我兄弟情谊之深。因此特派小弟前来，请兄长到大名府接任上将军之职。

卢俊义　贤弟呀！

（唱）如今天下事羁绊，

云暗风涌民难安；

虽是闲散有筹算，

不叫梁山近燕山；

梁中书心上有了断，

保北京卢俊义一身担；

虽不为官忠心胆，

为国为民立地天！

【吴用边敲算命锣边走上，横场穿过。

吴　用　乃时也，运也，命也，知生，知死，知因之道。卦金一两，占天卜地。

索　超　此人行迹可疑。呔，你是何人胆敢窜来北京城？

吴　用　将军在上，可要算上一卦？

索　超　我问你是做什么的？

吴　用　算卦为生，大宋子民，有路引在此（取出路引）。

卢俊义　贤弟不用多疑。这一算卦先生，既出此大言，可到我府上，听你一卦。

索　超　啊兄长，既然如此，小弟尚有军务，告辞了！

（唱）辞别兄长跨雕鞍，

卢俊义　改日府上宴请贤弟！

索　　超　（唱）改日叨扰再畅言。
　　　　　【索超上马下。
卢俊义　燕青，吩咐回府！
燕　青　家将、猎户一同回府！
卢俊义　（唱）红日西落光尚灿，
　　　　　　　且听先生卦一言。
　　　　　【众人下，卢俊义手拉吴用下。
　　　　　【压光。

第二场

【卢府。
【贾氏楼上内室，后大帐。
【贾氏上。
贾　氏　（唱）春风袅花苞放心难自忍，
　　　　　　　起三竿懒睁眼思入琴心；
　　　　　　　有谁能送一怀华浓初露，
　　　　　　　魂迷茫却还在幽香梦沉。
　　　　　【丫鬟上。
贾　氏　我，贾氏。许配卢俊义为妻，卢家本北京第一大户，家财豪富，倒也称我心愿。我家员外好善布施，在这河北一带久享大名，这有什么不好的呢？可就是一样我家员外好习拳棒，和我呢，什么乐趣都没有……倒是去年冬天，他在大雪地里救了一秀才，名叫李固。不到一年，员外就升他为总管。此人有情有义的，我二人免不了……唉，做个女人真是难煞人

　　　　　也——

　　　　（唱）燕儿归枝头绿心头沉闷……

　　　　【贾氏思春。

　　　　丫鬟，去把后花园门打开。我要赏春景散散心。

丫　鬟　是啦！

　　　　【丫鬟开门下楼，贾氏下楼，丫鬟开开花园门。

丫　鬟　大奶奶，我刚刚开了花园门，这蝴蝶就飞过来了。

贾　氏　在哪里？

丫　鬟　那不是吗！

　　　　【二人扑蝴蝶舞。

李　固　（唱）见主母问春安多献殷勤。

　　　　参见主母。

贾　氏　哟，这不是李总管吗？你来到花园做甚？

李　固　春风拂面，特与夫人请安来了。

贾　氏　春风拂面好在哪里？

李　固　春风拂面，百花盛开，不过花色再好，与夫人娇红嫩白、天姿国色一比，也要黯然失色的呀！

贾　氏　说话就对我的心思，李总管，何不到楼上一叙？

李　固　遵命——楼上香飘胜花园。

贾　氏　阵阵飞红笑客谈。

　　　　【三人依次出花园，上楼，贾氏、李固进室内。

贾　氏　丫鬟，员外回府，速来报知！

丫　鬟　是啦！

　　　　【丫鬟下。

　　　　【贾氏进帐，李固左顾右盼，悄悄挨进大帐，被贾氏一把扯入帐内；

　　　　【丫鬟急上。

丫　鬟　大奶奶，大奶奶！爷爷，他带领的人马离家不远了！

【"乱锤"起，贾氏、李固钻出帐外，李固为贾氏找褶子穿好。

贾　氏　冷水浇头心火灭，

李　固　盼得星火快燎原。

【暗转。

【大名府正堂。

【卢俊义、燕青上。

卢俊义　（唱）狩猎满载心头爽，

　　　　灾难一卦恼胸膛；

　　　　燕青带路回府上——

【贾氏、李固迎出。

贾　氏　夫君！

李　固　员外！

卢俊义　（唱）见了夫人说端详。

　　　　唉！

贾　氏　夫君进得家门，因何长叹？

卢俊义　今日狩猎。偶遇算卦先生，手持卦幡上写"卦金一两，占天卜地"。

贾　氏　一两黄金一卦，难道他还真有本事不成？

卢俊义　是啊，方才他见我一面便说出我的生辰八字，并留有四句偈语。

贾　氏　四句什么偈语？

卢俊义　"家有内邪，欺主为害；不出百日，血光成灾。"

贾　氏　什么家有内邪……血光成灾的，看这定是个江湖骗子。

李　固　啊，员外这四句偈语不足为凭，他可曾讲出什么破解之法吗？

卢俊义　这破解之法吗？是他言道：此去东南，千里之外，挨过百日，不但可避此大难，还有朋友相聚之喜——

李　固　员外，此人有偈有解，乃是高人。宁可信其有，不可信其无。

燕　青　主人！此去东南，千里之外，乃近梁山泊之地，不可轻易前去，倒是这"家有内邪，欺主为害"先要除之！

卢俊义　嗯——想俺卢俊义，行善谨慎，怕什么内邪？更兼全身武艺，天下无敌，梁山蟊贼岂奈我何！李固，速速准备车辆，随我东南避难，避难正好经货经商！燕青守护在家，大名府料得无妨！

李　固　啊员外，小生乃文弱的秀才，千里之行，怕成累赘呀！

卢俊义　百日之内，用你处甚多，快去准备也——
（唱）且喜今日遇高人，
避难千里示迷津；
纵然路经梁山泊，
让蟊贼看一看河北玉麒麟！
【众人造型。
【压光。

第三场

【梁山泊脚下，松林前，舞台右侧立一山片。
【秦明、呼延灼、徐宁、李应趟马，李逵、刘唐、鲁智深、武松续上。

秦　明　（念）军师巧计安排定，

众人同　英雄同会玉麒麟！

秦　明　众家哥弟请了！

众人同　请了。

秦　　明　军师算定，卢员外今日必打山前经过，命你我下山相请，天
　　　　　　色不早，你我分头埋伏！

众人同　请！
　　　　【"混牌子"众分组亮相，分头而下。

卢俊义　（内倒板）
　　　　　路润坡坦车轮响！
　　　　【众家丁押车上。李固、卢俊义上。

卢俊义　（唱）山明水秀景非常，
　　　　　　　一来避祸山东往，
　　　　　　　二来行货好经商；
　　　　　　　范阳笠，尘遮挡，
　　　　　　　耳麻靴，踏平阳；
　　　　　　　雁翎钢刀迎风响，
　　　　　　　若遇强梁试锋芒；
　　　　　　　押定车辆朝前闯！
　　　　【众圆场。

众人同　来到梁山泊地界！

李　　固　梁山贼寇厉害着！员外，快快绕道而行吧！

卢俊义　呃！
　　　　（唱）玉麒麟焉能惧强梁！
　　　　　此行正要擒贼党——
　　　　【锣声响，四梁山兵引李逵上。

李　　逵　（唱）迎接员外上山岗。
　　　　（白）员外，今日你中了俺军师的妙计，上山坐把交椅！

卢俊义　好贼子，看刀！
　　　　【卢俊义与李逵开打，打李逵抢背下。

卢俊义　穿山而过！

【李固、众家丁推车半个圆场。

【锣声响，卢俊义把梁山兵"倒脱靴"，鲁智深上。

鲁智深　洒家花和尚鲁智深，迎接员外上山！

卢俊义　秃驴敢如此无礼！

【卢与梁山兵"过合"与鲁智深架住，李逵偕梁山兵抢车辆裹李固同下。

李　逵　卢员外，咱们上山见！

【卢俊义打鲁智深下，武松跳出场。

【卢俊义打武松，刘唐跳出。

刘　唐　赤发鬼刘唐会会卢员外！

【卢俊义与刘唐开打，抽刘唐"抢背"下，卢俊义寻找自己车辆。

卢俊义　哎呀且住！只顾与贼交战，不想李固与车辆人等被贼掠去，待俺杀上前去夺回车辆，救出李固！

【突然一见锣鸣，山头上宋江、吴用、公孙胜、花荣出现，"替天行道"杏黄旗高高飘扬。

吴　用　卢员外别来无恙啊？

卢俊义　妖道！竟敢赚我上山，卢某恨不得将你这伙草寇斩尽杀绝！

宋　江　员外息怒，小吏宋江，久慕威名，特命军师下山相请，一同替天行道！

卢俊义　呀呀呸！凭卢某这身本领，定要将尔山寨踏为齑粉！

花　荣　休得逞强！且看花荣手段！

【花荣箭射卢帽落地，宋江、吴用、花荣隐去，战鼓起。

卢俊义　（惊）啊？！

【梁山兵将秦明、呼延灼、徐宁、李应、李逵、刘唐、鲁智深、武松上，群打，卢俊义败下，众梁山将亮相，下。

【暗转。

【天幕变水泊夜景。

【三通鼓。

【卢甩发败上。

卢俊义　啊呀且住！是我不听李固之言，误入贼兵埋伏，前面水泊挡路，如何是好！

李　俊　（内）打鱼哟！

卢俊义　船家，将船打了过来！

李　俊　（内）来了。

【李俊划船上，左右打量卢。

李　俊　客官好大胆，此是梁山泊出没之处，怎的来到这里？

卢俊义　我乃失迷路途的，求船家渡我过去！

李　俊　好好好，快快上船！

卢俊义　快快推舟！

李　俊　客官，你要坐稳了！

【李俊领圆场，阮小二、阮小五、阮小七从三个方向上。

阮小二　（唱歌）生来不会读诗书，

阮小五　（接唱）解救梁山泊内居；

阮小七　（接唱）准备弩弓射猛虎，

　　　　（四人同唱）安排香饵钓鳌鱼。

李　俊　哈哈哈……卢员外，可认得我们？

卢俊义　你是何人？

李　俊　混江龙李俊！

阮小二　阮小二！

阮小五　阮小五！

阮小七　阮小七！

众人同　特备小舟，迎接员外上山！

卢俊义　好贼子！

【卢俊义踢李俊下水；阮氏三雄跳入水中；四人翻卢舟，卢俊义落水，四人水擒卢俊义；托举上岸。

【起"吹打"，柴进、戴宗引四梁山兵持礼服上。

柴　进　宋大哥有令，休得伤犯卢员外贵体，请员外更衣上山！

【四人放下卢，跪拜，卢搀四人。

【暗转。

【忠义堂上。

【"吹打"，宋江、吴用、公孙胜、秦明、呼延灼、徐宁、花荣、杨雄、石秀、时迁、李逵、刘唐、鲁智深、武松等上；卢俊义上，李固随上。

【宋江等同拜卢，卢俊义不屑。

卢俊义　既被擒拿，愿求早死。

吴　用　小可以卦冒犯，赚员外上山，今日众兄弟长跪赔礼！

卢俊义　唉！也是我一时失了主意，列位请起！

【众起，迎接卢俊义，在忠义堂入座。

宋　江　小可久慕员外大名，如雷贯耳，今日幸得拜识，大慰平生。梁山晁天王西去，若是员外不弃，愿拜为首！

卢俊义　唉！卢某身无罪累，世代书香，生为大宋人，死为大宋鬼，上山之事，实难从命！

李　逵　卢员外！想这大宋朝廷，皇帝老儿昏庸，奸佞专权横行，你还做他娘的什么大宋之鬼，莫若上山造反，日后得了天下，你与咱公明哥哥也做个皇帝如何？

宋　江　李逵！下站！

林　冲　师兄！如今天下，奸不容忠，莫若英雄相聚，意气相投，免受奸佞小人之害！

卢俊义　贤弟与众位头领心意卢某尽知，只是卢某去心已定，上山之事，再休提起！

吴　　用　员外自有主张，不敢强求。一路奔波劳累，歇息三五日如何？

卢俊义　这个……只恐家中妻室悬念！

吴　　用　这有何难，遣李总管下山送上一信也就是了。

宋　　江　员外呀！

（唱）难得英雄聚义堂，

后厅筵宴饮琼浆！

卢俊义　多谢了。李固！

（唱）将我苦处对安人讲，

不出数日定还乡。

李　　固　遵命！

【起"牌子"，宋江请卢俊义先行，众将随后。

【吴用将李固拦住。

吴　　用　李大管家。

李　　固　在。

吴　　用　闻得你欺瞒卢员外，与你家主母有染，可有此事？

李　　固　此乃风传，并无此事。

吴　　用　来到山寨，还不招认，来，推出斩了！

李　　固　大王饶命，大王饶命，确有此事。

吴　　用　你要活命却也不难，我来问你，你身为卢员外总管，可仿得卢员外墨迹？

李　　固　自然仿得的。

吴　　用　这有信笺一张，上有四句诗一首，现放你回去。快马加鞭回到家中，将这诗句抄在墙壁之上，自有人跟随。你胆敢不遵我命，休想活命！

李　　固　小人遵命，小人一定照办。

吴　　用　来！

兵　　士　有。

吴　　用　送李总管下山，赐他快马一匹，放他去吧。
兵　　士　遵命！走！
李　　固　哦，是是是……
　　　　　【兵士押李固下。
吴　　用　正是：无奈设此计，只为玉麒麟。
　　　　　【收光。

第四场

　　　　　【北京城外。
　　　　　【燕青身着"富贵衣"，落魄而上。
燕　　青　好恼！
　　　　　（唱）贼李固与贾氏心肠忒狠，
　　　　　　　　使奸计得逞逼得俺无处投身！
　　　　　嗨！员外带领李固山东避难，那日李固独自归来，言道，员外在家中题下反诗，上山为寇，一路谎状，告到官府，这个狗贼又与主母私通，竟将家私并吞了！是俺与贼争辩，反被主母赶出在外，落得沿街乞讨，算来已是一月有余，天哪！天！小人得志，遂使英雄无处安身也！
　　　　　（唱）员外磊落行得正，
　　　　　　　　安能落草在山林？
　　　　　　　　纵乞讨也要把主人相等——
　　　　　【"急急风"卢俊义飞马上。
卢俊义　（唱）飞马又归北京城！
　　　　　【卢俊义加鞭，燕青见卢，拦马头。

燕　青　燕青在此！

卢俊义　（上下打量）你……你是燕青？

燕　青　正是小人！

卢俊义　因何落得这等模样？

燕　青　啊呀员外呀！此行避难，可曾上了梁山？

卢俊义　被他们掠上山去软禁一月。

燕　青　员外千不该万不该叫李固一人回来！

卢俊义　却是为何？

燕　青　员外啊！

　　　　（念）李固到官府，

　　　　状告卢俊义；

　　　　梁山坐交椅，

　　　　堂壁反诗题！

卢俊义　啊？我不曾题过反诗啊？

燕　青　是啊，员外离家之时，墙壁之上原无墨迹，李固回家之后便有了反诗了。

卢俊义　哦！哦哦哦，是了，在家的时节那李固欢喜模仿我的笔迹，此事莫非李固所为？燕青我来问你那反诗写了些什么？

燕　青　主人听了！

　　　　（背念）芦花荡内一扁舟，

　　　　俊杰俄从此地游；

　　　　义士若能识此理，

　　　　反躬逃难必无忧！

　　　　哎呀主人哪！那李固言道此乃藏头诗一首。

卢俊义　藏头诗一首……"芦、俊、义、反"（气得发抖不止）

燕　青　燕青急辩护，

　　　　官府信不疑，

　　　　　　逐我出门去，
　　　　　　家产已姓李！
卢俊义　怎么讲？
燕　青　家产已姓李！
卢俊义　好贼子！
　　　　（唱）听一言罢心头恨！
　　　　　　贼子负义又忘恩；
　　　　　　反诗墨迹是铁证，
　　　　　　这场官司费精神；
　　　　　　持剑催鞭——忙往家奔！
　　　　【卢俊义把剑、催马、圆场，燕青追上，拦马头。
燕　青　主人！
　　　　（接唱）此行孟浪祸临身！
　　　　（白）主人！那李固——内与安人沟通，外将官府打点，员外此行，必遭毒手！
卢俊义　呀呀呸！方才言道李固霸我家产，或者有之，讲来讲去讲到你家安人沟通李固，莫非诬造之词！
燕　青　员外脑后无眼，怎知就里，员外在家之时，他二人就有——
卢俊义　住口！
　　　　【二人双望门。
卢俊义　有什么？
燕　青　员外明白就是，何必再问？
卢俊义　事到如今，你快快讲来！
燕　青　员外在家之时，他二人就有奸情！
卢俊义　（教头）燕青哪狗奴才！想我卢家五代，祖居北京大名府，天下闻名，那李固有几颗人头？敢做此事！哦，是是是了，如今三番五次拦住马头，怕我进府，戳穿就里，你道是不是？

（用马鞭抽燕青）是与不是？（再抽）是与——（连抽三鞭）不是？

燕　青　（架住马鞭）主人啊……员外啊……（哭）

（唱）燕青自幼父母早倾，

员外恩养长成人！

知恩当报忠言尽——（哭头）员外呀！

纵死鞭下我难放你行！

【燕青抱住卢俊义腿不放。

卢俊义　呸！

（唱）花言巧语难置信——

【"扫头"，抽打燕青，踢燕青抢背，卢打马下。

燕　青　（"蹉跪"）去不得！去不得！！主人——

【压光，暗转。

【光启。

【贾氏上，李固手提花篮上，唱【南锣】。

贾　氏　（内）贾氏女傍妆台！

【南锣】

李　固　挽腰肢，鲜花采。

贾　氏　知情知意称心怀！

李　固　吞家资，拢裙钗，

不狠不毒难发财！

贾　氏　秋波暗送情脉脉。

李　固　管什么人胎还是狗胎！

贾　氏
李　固　（同）对坐饮开怀！

【二人对坐欲饮酒。

【内架子：卢员外回府！

102

【"乱锤",二人慌作一团,李固示意稳住卢,自去报官府。
【贾氏慌忙将酒菜拿下。
【李固出门,撞卢俊义,二人"推磨"。

卢俊义　尔是李固?

李　固　是……我呀!

卢俊义　你为何这身穿戴?

李　固　啊,这……今儿天好,我是给您晾晾衣服!

卢俊义　哼!你家安人何在?

李　固　安人?啊……安人自住后宅,小人并不常见。

卢俊义　并不常见……

【李固欲溜下。

卢俊义　转来!

李　固　是。

卢俊义　你今欲何往?

李　固　听说您回来,我给您去安排酒饭接风。

卢俊义　(判断)……噢,安排酒饭接风,去吧!

【李固下。

卢俊义　(环视周围)家中无甚变化,看来燕青谎言欺我!见了安人,定要问个明白!安人在哪里?安人在……

【贾氏上。

贾　氏　员外,喂呀员外呀……

【贾氏哭,扑入卢怀。

贾　氏　(唱)
一去数月未归来,
妻为你蒙受凌辱险遭灾;
燕青调戏行无赖——(哭头)哎呀员外呀!

卢俊义　好恼!

（接唱）

果然燕青巧饰乖，

险些错把娘子怪，

听信谗言大不该！

【李固引索超、众衙役上，索用铁链套卢俊义。

卢俊义　索将军！你……这是何意呀？

索　超　员外您在家中写下这"卢俊义反"的藏头诗是也不是？

卢俊义　索超贤弟！我刚刚回到家中，急忙前来见安人。前厅尚未去看，并不知什么反诗。

李　固　索将军可到前厅检验——

索　超　前面带路！

【李固引索超、卢俊义、贾氏同转前厅。

李　固　索将军请看——

索　超　（念诗头）卢、俊、义、反……

卢俊义　哎呀，索贤弟呀！愚兄去往山东避难，三月有余，反诗怎能题写家中，你看这墨迹尚新，莫非是李固他、他、他模仿愚兄的笔迹，贤弟你要详查！

索　超　卢仁兄啊！为了仁兄小弟也曾在梁中书面前辩解，怎奈有关梁山贼寇之案，就是重案、大案、要案。小弟怎能违命行事？仁兄只有在梁中书台前辩解冤情。

卢俊义　（唱）索超他把实言讲，

错上梁山忒荒唐；

家有奸情愧祖上，

有眼不识中山狼！

罢、罢、罢，冤情陈述公堂上——

【接过索超的锁链。

真金越炼越成钢。

【索超拉卢俊义下。

贾　氏　李固啊李固，员外他的冤情还能说清吗……（哭）
李　固　怎么着，你还想让这家产姓卢吗？告诉你，只有我对你才是真爱呢……
　　　　正是：拿上了千两纹银，
　　　　有冤情也要成真情。

第五场

【幕启，监狱，一横卧榻。
【蔡庆搀卢上，卢戴手铐。
【蔡庆扶卢俊义坐。卢肉身伤痛难忍，一翻二翻，欲坐又起。

卢俊义　（唱）受酷刑屈招供冲天愤怒，
　　　　披枷锁遍体伤步履艰难！（勉强坐下）
蔡　庆　（听）什么事？有人保您来啦！我去看看。
燕　青　（内白）走啊！
【燕青手持破篮子，内有半碗残羹上。
　　　　（唱）英雄无端遭诬陷，
　　　　不由燕青泪不干！
　　　　来此监内，禁大哥可在？
蔡　庆　是谁呀？
燕　青　原来是蔡庆哥，燕青叩头。
蔡　庆　燕青贤弟，快快请起！这死囚牢乃是是非之地，你来干什么？
燕　青　啊呀哥哥呀！可怜我家员外被禁在死囚之中，又无送饭的钱财，是我在城外讨得半碗剩饭与主人充饥。蔡庆哥哥怎得行

个方便，便是重生父母，再世爹娘了哇……（哭）

蔡　庆　天可怜见！你这忠义的燕青和那个奸淫的李固怎么都在一个府门哪！听我告诉你，这死牢比不得别处，不准亲属探望，可怜你忠义之人，我就顶这个雷，容你相见，你也是个明白的！

燕　青　多谢蔡庆哥！（跪）

蔡　庆　（搀）快进来吧！

燕　青　员外在哪里，员外在哪里？

蔡　庆　你先在那儿等会儿。卢员外您看谁来了？

卢俊义　燕青！

燕　青　员外！员外……

【燕青跪蹉，蔡庆下。

（唱）见主人披枷锁毒刑受遍，

大义人身遭不白冤！

卢俊义　燕青呀！

（接唱）

一见燕青惭愧面，

为什么当初不能辨愚贤；

叹如今遭不白冤屈难辩，

深陷囹圄后悔难！

燕　青　（叫头）员外！可叹你身遭不白之冤，囚禁死牢，亲友之中竟无一人照看，燕青终日乞化街头，今日只得半碗冷饭。员外，你，你，你权当充饥了吧……（哭）

卢俊义　（接饭）好燕青哪！

（唱）当初府上丰盛宴，

耳旁常听趋奉言；

人落难千金难买这残羹半碗……

【"扫头"，卢愤世嫉俗，悲痛昏厥，倒榻之上。

燕　青　员外！员外！主人……

卢俊义　（倒板）感你的恩义愤世嫉俗悲阻气焰！

【燕唤卢，卢欲拜燕，燕急搀。

卢俊义　（唱【回龙】）

遭刑宪蒙屈冤天知我忠心恨谗言！

（接唱）

想当初救李固雪地善行，

蛇复苏张血口难防毒涎！

玉麒麟祖居北京洁白无玷，

疏财仗义群之先；

谁料想一身落难世情陡变，

恨官府不分贤愚只认赃钱！

天哪天！为善反招滔天祸？

作恶占尽卢家产。

一腔怒气愤如火，

苍天空把日月悬；

燕青啊！倘我此身难再返，

盼望你杀奸诛淫代报仇冤，我感恩在黄泉！

燕　青　员外——

（接唱）

员外休要行此念，

燕青我舍死也要救你还！

卢俊义　（哭头）啊——燕青啊！

燕　青　（接唱）主人啊——

内架子　老爷查监来啦！

【蔡庆上。

蔡　庆　燕小哥快走吧！

卢俊义　（唱）此别今生难再见——

　　　　　【"扫头"，一翻、二翻。

卢俊义　燕青——

燕　青　员外——

　　　　　【燕青挥泪拜别，燕青急下，蔡庆拉卢下，蔡福上，撞燕青。
　　　　　【燕青下，蔡庆上，蔡福见蔡庆。

蔡　庆　哎哟，我的妈哎，我当是哪位老爷查监，原来是你呀！

蔡　福　兄弟，何人在此探望？

蔡　庆　燕青，给他主人送饭来了。

蔡　福　好个忠义之人。

蔡　庆　令人可钦可敬。

　　　　　【蔡福四下望。

蔡　庆　看什么？又有什么事？

蔡　福　哥哥我这回可发了大财啦！

蔡　庆　什么大财？

蔡　福　啊兄弟，方才我在街上遇见一人。

蔡　庆　什么人？

蔡　福　卢员外的总管李固。

蔡　庆　那不是人，简直是条狗！

蔡　福　连狗都不如。

蔡　庆　管他狗不狗的，遇见他怎么样？

蔡　福　他送我二百根金条，叫你我今晚将卢俊义……

　　　　　【手势：做杀状。

蔡　庆　弄死他？

蔡　福　正是。

蔡　庆　好啦，你动手去吧！

蔡　福　你呢？

蔡　　庆　我不管。

蔡　　福　黄金你我均分，你怎的不管？

蔡　　庆　大名府内外，哪个不知你铁臂膊蔡福和我一枝花蔡庆，乃是公门之中少有的仗义之人，为这二百根金条就让一个天下闻名仗义疏财的英雄死在你我手中，让人家把我也和李固那号人拴在一块，受天下人唾骂？要干你干，我不管！

蔡　　福　好！我回到家中，那梁山好汉小旋风柴进正在家中等我。

蔡　　庆　找您什么事？

蔡　　福　是他送上一千两黄金拜托你我弟兄保护卢俊义的性命，临行前再三嘱咐，愚兄特来与你商议！

蔡　　庆　这可好极了，常言道：杀人须见血，救人须救彻，弟弟我早想搭救那卢员外的性命，只是手中没存分文，如今有了银子，咱们替员外上下打点，设法把员外的死罪改为刺配，那梁山好汉知道，自然前来搭救，你看怎么样啊？

蔡　　福　好主意！你且把卢员外安顿好了，弄些汤水为他养伤！

蔡　　庆　你去上下打点！

蔡　　福　正是：
　　　　　自古英雄相惜，

蔡　　庆　还须金钱救人！
　　　　【压光。

第八场

【北京郊外，虎口岭一带。

王　定
高　远　（内白）军士们！巡逻去者！

【王定，高远，四军士上。

王　定　（念）谨防强人出没，

高　远　（念）带兵四处巡逻。

王　定　高将军请了！

高　远　王将军请了！

王　定　奉了梁中书将令，镇守大名府要道虎口岭，近日强盗出没猖獗，你我巡逻一回便了！

高　远　请！

【四军士、高、王下。

【暗转。

【虎口岭山坡下，松林前，舞台右侧矗立一古松。

【燕青上，"走边"。

燕　青　（诗）

　　自幼生来灵巧，

　　凌云志气天高；

　　可叹英雄落难，

　　谨防小人奸刁！

（白）且喜员外死罪已免，发配沙门海岛，临行之前，那李固将两个宪差拉上酒楼，赠银吃酒，定是要害员外性命，为此俺一路跟踪暗地保护！看！这松林幽深僻静，俺且小心隐蔽也！

【燕青攀树隐入。

卢俊义 （内唱）披枷锁棒创痛悲泪洒尽！
董 超
薛 霸 （内白）快走！
　　　　【董超、薛霸打卢俊义上。
卢俊义 （唱）满腹的冤与恨说与谁人？
　　　　　　落难人怎禁这寒风阵阵！——
董 超
薛 霸 （白）少啰唆！快走吧你！
　　　　【二人打卢，卢急走，体力不支，被二人打倒在地。
卢俊义 （接唱）此行沙门也难生！
董 超 嗨！你这贼配军！这大名府离沙门海岛也有三千来里路，看你这一身的创伤又披着枷锁，这儿有棵大树，你就坐这儿歇歇吧。
卢俊义 多谢二位小哥。
　　　　【董超、薛霸二人使眼色，用绳子将卢俊义捆在树上。
卢俊义 你们这作何意呀？
董、薛 来年就是你的周年！看刀！
　　　　【燕青突然从树上翻下。
燕 青 恶棍住手！
　　　　【董、薛一见欲跑，燕追。
　　　　【薛欲拿刀杀燕，燕用弩弓射死董超，踢薛霸刀落地，燕夺刀在手，威胁薛霸。
薛 霸 好汉饶命！
燕 青 呔！大胆污吏，中途暗算俺主人，休走，看刀！
薛 霸 饶命！饶命！这不是我的主意！
卢俊义 你奉何人所差？
薛 霸 临行起宪之时，那李固请我二人吃酒，指使小人们害员外一死，也好斩草除根！

燕　青　你们受贿多少？

薛　霸　一人二百两银子，只要揭下卢员外脸上金印而回，还有重金相送！

卢俊义　怎么讲？
燕　青

薛　霸　揭下卢员外脸上的金印而回，重金相谢！

【燕青怒杀薛霸。

【燕为卢解刑具，卢拜谢，燕搀卢而起。

卢俊义　哎呀，燕青哪！如今两个公差已死，只恐是罪上加罪，无处安身！

燕　青　员外！如今世上权奸当道，小人得志，你我若要安身，除非同上梁……

卢俊义　噤声！

【二人向外，一望、二望。

卢俊义　梁什么？

燕　青　同上梁山！

卢俊义　噢！

燕　青　剪恶除奸！

卢俊义　噢！

燕　青　替天行道！

卢俊义　噢！

燕　青　报仇扫冤！

卢俊义　噢！

（唱）燕青一言来提醒——

【卢挣扎欲行，体力不支，燕急搀扶。

卢俊义　（接唱）棒创痛饥肠辘辘我怎能行？

燕　青　员外！

　　　　（接唱）员外暂且松林等，

　　　　觅食求药我即刻回程！

　　　　【燕青下，卢望其背影。

卢俊义　（唱）

　　　　夕阳残淡照去形，

　　　　几经坎坷识真金！

　　　　你为我负屈乞讨遭言佞，

　　　　你为我监中送饭暗护发配除恶救命在松林！

　　　　叹世间泥沙无价真金重，

　　　　朗朗乾坤不分浊与清，

　　　　罢、罢、罢，今朝我把心来定——

　　　　梁山聚义把冤申！

王　定
　　　　（内白）军士们！巡逻者！
高　远

　　　　【王、高率众兵上，"风入松"牌子，见董、薛死尸，捉卢俊义同下。

杨　雄
　　　　（内白）走！
石　秀

　　　　【杨雄、石秀"水底鱼"上。

时　迁　（内）二位哥哥慢走！

　　　　【时迁上。

杨　雄
　　　　时迁贤弟何事下山？
石　秀

时　迁　军师只恐二位哥哥不知大名府的途径，特命小弟来助二位哥哥一臂之力，一来打听卢员外的消息，二来打听大名府的军情，山寨也好早日发兵！

杨　雄　我们自晓路径!

时　迁　怎么喳?二位哥哥自晓路径?

石　秀　自晓路径!

时　迁　如此,小弟倒有一计在此!

杨　雄
石　秀　有何妙计?

时　迁　二位哥哥,你们看!此处已离大名府不远,二位哥哥去到前府后,待小弟置身军营之内,咱们里里外外打听个清清楚楚!二位哥哥意下如何?

杨　雄
石　秀　就依贤弟!

时　迁　如此小弟先行一步!

　　　　【时迁下。

杨　雄
石　秀　(唱)弟兄双双朝前奔!

　　　　【燕青端饭碗上。

燕　青　(唱)

　　　　请员外暂充饥也好登程!

　　　　【燕撞石秀胸脯,石秀、杨雄上下打量燕青,燕青不理二人。

燕　青　哼!员外!员外!员外……啊!

　　　　【燕青寻卢俊义不到,扔碗。

燕　青　(叫)呔!大胆强人!竟敢掠藏我家员外,休走看箭!

　　　　【燕箭袖射石秀,石秀闪过。

　　　　【杨、石二人怒,三人开打,杨、石将燕青打倒。

燕　青　天哪!天!燕青死不足惜,可怜我家员外他……他就无有救了啊!……(哭)

杨　雄　(架石秀棍)你是何人?

燕　青　在下燕青！

石　秀　卢员外家中有个浪子燕青可是你？

燕　青　正是小人！

杨　雄　快快请起！

燕　青　谢二位不杀之恩！请问尊姓大名？

杨　雄　在下病关索杨雄！

石　秀　在下拼命三郎石秀！

燕　青　原来是梁山好汉，失敬了！

杨　雄
石　秀　岂敢！卢员外如今怎样？

燕　青　唉！二位呀！

　　　　（唱）落案发配历艰辛，

　　　　　　　宪差受贿害主人，

　　　　　　　杀却污吏梁山奔，

　　　　　　　此番失踪定被擒！

燕　青　（白）多蒙二位不杀之恩，俺要搭救主人去了！

石　秀　且慢！（叫头）二位哥弟！卢员外二次被擒，定是凶多吉少，就请二位上山禀明，请兵相救！共破大名！待俺石秀独自进城，暗中保护卢员外，相机行事便了！

杨　雄
燕　青　请！

　　　【三人分下。

第九场

【二道幕外。

李　固　（内）啊哈——

【李固上。

【数板】

人生——

人生世上耍狠心，

少狠不毒难为人；

说来李固走好运，

"狠毒"二字才是真！

失势时，花言巧语，看风使舵，

阿谀奉承得信任。

捧准了臭脚我好钻营。

一旦得意翻狗脸，

管什么知恩当报恩？

人生一世本是混，

秘诀字字要认真，

寄人篱下性要忍，

发家时机眼要准，

得上手时心要狠，

道德忠义不值分文。

遇落魄，休怜悯，

碰权势，使金银，

没理也能赢三分，

世上没有难办的事，

只要有钱走后门。

休道李固臭如粪，

万世之后有人闻我，

只觉香喷喷，香喷喷！

（白）哎呀，只说让两个差人把卢俊义杀死，这两个笨蛋倒自个儿归了西，幸亏卢俊义又给抓回来，这个又花了我足足五百两银子，午时三刻就开刀了。回家给我那安人报个喜去吧！

【圆场，贾氏上。

李　固　到了！（进门）恭喜安人！贺喜安人！

贾　氏　什么喜呀？

李　固　卢俊义午时三刻就地正法，这个可是真杀了！

贾　氏　这个是真杀啦？

李　固　这个是真的，我花了五百两哪！喂呀！……（哭）

贾　氏　李固呀！

李　固　该叫员外了！

贾　氏　我们俩是原配夫妻。

李　固　你还有点良心。

贾　氏　我得上法场祭奠祭奠。

李　固　别价，别价！

贾　氏　一定得去！丫鬟，走着带路！喂呀——

【贾氏下。

李　固　去不得！去不得！（向丫鬟）快搀着点啊！

【李固下，丫鬟随下。

【公差敲锣声，公差内喊。

（内）北京城众百姓听着，大名府梁中书特判：今日午时三刻，市曹斩首卢俊义！来往客商行人一律回避呀！

117

【公差敲锣下。

【"乱锣"，石秀上，亮相。

石　秀　（叫头）且住！今日午时三刻卢员外就要斩首市曹，梁山好汉赶来不及，这！这！这！……这便怎么处？哦呵，有了，有道是一人拼命万夫难挡，俺寻一酒馆痛饮一回，待午时三刻，俺便独——独劫法场！好歹救得卢员外性命罢了！

【石秀"圆场"。

石　秀　来此酒馆，酒保，酒保！呔！酒保！

酒　保　来啦，来啦！

【酒保上与石秀撞胸脯，酒保倒地。

酒　保　好个愣儿大爷，你是干吗的？

石　秀　俺是喝酒的！

酒　保　你不知道吗，我们这儿今儿不卖酒。

石　秀　因何不卖？

酒　保　北京城今儿要杀人了。

石　秀　他便杀人，我便饮酒，啊酒保，俺是个老实人哪！

酒　保　亏得您老实，您要是不老实，我这个屁股就摔成两半啦！您吃您的酒，他杀他的人，对不对？

石　秀　正是，哪里僻静？

酒　保　楼上……

石　秀　如此楼上去饮，前面带路。

酒　保　随我来。

石　秀　走！

卢俊义　（内导板）

含冤负恨赴刑场；

【蔡福、蔡庆押卢上。

卢俊义　（唱）二目圆睁对上苍，

冤杀无辜天理丧！

【蔡福、蔡庆押卢圆场，李固、贾氏上，卢见李固、贾氏怒火上升。

卢俊义　（唱）猛抬头仇人相见在路旁！

贾　氏　（白）喂呀！员外呀……

【卢踢贾"屁股座子"。

李　固　看看，看看，不来好不好，叫你别来，你偏来，这不是没苦自讨苦吗！

【李固欲挽贾氏起，卢逼向李固。

卢俊义　你、你……你是李固？

李　固　……是、是我呀！

卢俊义　你……你不该霸我家产！

李　固　那命中注定是我的！

卢俊义　你、你、你、你不该霸我妻子！

李　固　她高兴，我乐意，我俩是自由结婚！

卢俊义　我、我、我曾在雪地天救尔性命！

李　固　那是大爷我命不该死！

卢俊义　李固！今日见面我恨不得剥尔之皮，碎尔之尸，食尔之肉，方解心头之恨也！

【卢用刑招，怒打李固。

贾　氏　我们怕你阴魂不能升天，赶来祭奠，你怎么不分好坏人哪？

卢俊义　呸！

　　　　（唱）闻言怒火三千丈，

　　　　　　句句撕裂吾胸腔！

　　　　　　救李固，雪地上，

　　　　　　恩将仇报似虎狼！

　　　　　　公堂行贿告刁状，

　　　　　家财并吞霸妻房；
　　　　　得意破家不罢手，
　　　　　几番买我一命亡。
　　　　　人道蛇蝎布毒瘴，
　　　　　蛇蝎不及尔心肠。
　　　　　狗贼妇，淫心肠，
　　　　　背夫欺世暗行娼，
　　　　　我为你挣得家业旺，
　　　　　为你日夜苦奔忙，
　　　　　为你轻信这奸党，
　　　　　为你错把燕青伤！
　　　　　恨不得生啖淫妇肉，
　　　　　恨不得生吞活剥狗豺狼！
　　　　　鬼神枉把生死掌，
　　　　　昭彰天理在何方？
　　　　【报时钟鼓响。

王太守　（白）午时三刻已到，当场开刀！
　　　　【石秀立于酒楼之上，李固拉贾氏下。

石　秀　呔！梁山好汉全伙在此！
　　　　【石翻"台蛮"从酒楼上翻下。
　　　　【王太守惊跑，石开打，杀牢子手。
　　　　【蔡福、蔡庆解卢绑，递卢、石刀，蔡福、蔡庆跑下。
　　　　【石秀背负卢俊义"半圆场"。

石　秀　员外醒来！员外醒来！
　　　　【一番堂鼓，石望门。

石　秀　卢员外，杀！

卢俊义　噢！杀！

石　秀　杀！

卢俊义　杀！

　　　　【石递卢刀，二人倒脱靴，索超上。

卢俊义　索超贤弟，难道愚兄的冤枉贤弟还不知情吗？

索　超　卢俊义！你通贼寇，上梁山，索超救不得你，奉了梁中书之命前来拿你，休走看枪！

　　　　【三人开打，官兵拥上，开打。

　　　　【卢、石被擒。

索　超　押回去！

　　　　【众兵押卢俊义、石秀下，索超下。

　　　　【幕落。

第十场

【宋江、吴用、公孙胜、林冲、秦明、呼延灼、徐宁、花荣、柴进、李逵、刘唐、鲁智深、武松等梁山将同唱【粉蝶儿】。

众　人　（唱）漫腾腾，水泊英豪——

　　　　【幕启。

　　　　【众梁山将造型。

众　人　（接唱）聚群英，威赫耀——

　　　　替天行道！

宋　江　（定场诗）水泊梁山众豪强，

　　　　　　　　　除却贪官灭豺狼！

吴　用　运筹帷幄韬略广，

公孙胜　替天行道忠义堂！

众　　人　俺！

　　　　　【报名次序

　　　　　　及时雨宋江

　　　　　　智多星吴用　　豹子头林冲

　　　　　　霹雳火秦明　　青面兽杨志

　　　　　　扑天雕李应　　神行太保戴宗

　　　　　　金枪手徐宁　　小李广花荣

　　　　　　小旋风柴进　　一丈青扈三娘

　　　　　　双尾蝎解宝　　两头蛇解珍

　　　　　　花和尚鲁智深　　行者武松

　　　　　　没遮拦穆弘　　小遮拦穆春

　　　　　　毛头星孔明　　独火星孔亮

　　　　　　赤发鬼刘唐　　黑旋风李逵

宋　　江　众家哥弟！

众　　人　兄长！

宋　　江　我等好意，启请卢员外上山聚义，为晁天王共报一箭之仇。不料反陷卢员外监中吃苦。本当即刻兴兵下山，又恐军情不明，也曾命杨雄、石秀与时迁贤弟下山打探，尚未回报！

杨　　雄
燕　　青　（内）走！

　　　　　【二人上。

杨　　雄　参见众家哥弟！

燕　　青　浪子燕青拜见！

宋　　江　燕青贤弟快快请起！卢员外怎么样了？

杨　　雄
燕　　青　众位头领！（【风入松】牌子，二人身段）

乐　　和　（内）报——（乐和报上）

启禀兄长，为救卢员外，石秀贤弟独劫法场，如今双双被擒！

宋　江　不、不、不、不好了！（接牌子，宋江身段）

众　人　卢员外性命难保，就请宋大哥发兵！

宋　江　军师！事到如今，速做计较！

吴　用　小弟自有安排！戴宗听令！

戴　宗　在！

吴　用　命你使起神行法，务须今夜赶到大名府，将此白头榜文交与时迁贤弟，贴进府衙，待候元宵佳节子夜，命其火烧翠云楼，不得有误！

戴　宗　遵命！

【戴宗下。

吴　用　柴进、乐和、穆弘、穆春、解珍、解宝、孔明、孔亮听令！

众　人　在！

吴　用　尔等急速赶至北京，混入城中东、西、南、北四门，待等元宵佳节，火光一起，开城门里应外合，成就大功。

众　将　得令。

吴　用　林冲、花荣、扈三娘、李应、徐宁、秦明、李逵听令！

众　将　在！

吴　用　命尔等带领三千兵马，上元节前围困北京，但等火光一起，里应外合围攻进城，大败梁中书，不可伤害百姓！

众　将　得令！

吴　用　众家哥弟！兵发北京城！

众　人　兵发北京城！

【起牌子，幕落。

第十一场

【二道幕外。

【丝鞭一击,时迁上。

时　迁　("水底鱼",中念)

鼓敲军民闹;双双铁链套,石三郎、玉麒麟,性命难保,性命难保!

(叫头)

哎呀!且住!适才进得城来,闻得卢员外在市曹斩首,是我正在着急,好一个石三郎,拼命独劫法场,不想又被擒捉。打量此番捉去,二人性命难保,这可怎么好呢?单说是这(大大依才)这(大大依才)这可怎么好呢?有了,待我先去衙前打听明白,再作道理!

【戴宗拍时迁肩膀。

戴　宗　贤弟!

时　迁　这不是戴……

戴　宗　嗫声!

【一望、二望。

时　迁　戴大哥,可晓得卢员外、石秀之事?

戴　宗　知道了。

时　迁　山寨可曾发兵?

戴　宗　发兵不及,先生拿我带来白头字简的榜文,在大名府内张贴。贤弟,附耳上来!

时　迁　噢噢噢……请(才)请(才)请(才)!

【戴欲下。

时　迁　戴大哥转来!

戴　宗　贤弟有何话讲？

时　迁　那卢员外的性命？

戴　宗　山寨自有道理，附耳上来！

时　迁　噢噢噢，请（才）请（才）请（才）！

【戴下。

时　迁　我正为这事着急，戴大哥就送来了军师的密令，哎呀！不好，军师拿我将这白头字简的榜文，贴在大名府内。想这大名府甚是森严，我这身打扮，可怎么混进去呢？

皂　隶　唉！……（醉架子）

时　迁　看那旁来了一个公差，嘴里嘟嘟囔囔说的不知是什么，待我闪躲一旁，见机行事便了。

皂　隶　酒是高粱水儿，醉人先醉腿儿，嘴里说明话，眼前活见鬼儿！唉！今儿个府上捉了两个梁山的强盗，老爷要坐夜堂审问，可巧我老婆要给我生儿子啦……哈……唉！我是顾了当差顾不了伺候母子，顾了伺候母子顾不了当差。唉，真叫我这大名府的皂班头儿没办法！

【时迁故意与皂隶撞脯。

皂　隶　低头走路，抬头看人，你怎么往大爷身上撞啊？

时　迁　我说老大爷，不是我撞您，我这是给您道喜来了！

皂　隶　喜？喜什么？

时　迁　看您年过半百，就要抱儿子啦，岂不是一喜吗？

皂　隶　哈……你可……真会说话，说得我心缝都乐了，哈……唉！偏偏赶上老爷升夜堂审问梁山泊的奸细，我是顾了当差，顾不了伺候母子；顾了伺候母子顾不了当差，我正在这儿为难呢。

时　迁　老大爷，您也别为难，今儿晚上我替您当这份差怎么样？

皂　隶　什么？你替我？你是谁呀？你。

时　迁　您连我都不认识啦？我也是大名府的皂班头儿哇！

皂　隶　噢，你也是大、大、大……名府的皂班头儿哇？我怎么不认识你这狗头哇？

时　迁　老大爷，你别骂人呀，我是在外边当散差事的。

皂　隶　我告诉你，今夜升堂与往日大不相同，每人各带腰牌一块，有腰牌，他就是大名府的差人，没有腰牌，他就是梁山泊的奸细……

时　迁　得，你交给我。

皂　隶　交……给你，有了这腰牌，不但这衙门口儿，就是内宅——（时迁解皂隶带子，转身剥衣服）——也随便出入，你好好帮我当差，事成之后，好好请请你……

时　迁　同在衙门口当差，这算得了什么呀！

皂　隶　算不了什么……

时　迁　天要下雨了。（时摘皂帽子）

皂　隶　是要下雨了，我得回家去看看……

【皂隶下。

时　迁　腰牌有了，帽子有了，衣服有了，待我改扮起来！

【时迁穿衣戴帽"叫头"起。

时　迁　呀哒！大名府的该班听着，闲人闪开，我皂班头儿来了！

【"水底鱼"二道幕起，公堂，时迁圆场，与索超双进门，二人撞脯，时迁反蹦子。

索　超　什么人？

时　迁　皂隶！

索　超　皂隶呀！今夜大人升堂非比寻常，兵丁们护住衙署，当差的站立公堂，你要小心了，你要与我打点了。

【时迁欲与索超背后挂榜，索超转身，时迁急藏榜。

索　超　皂隶呀！梁山贼寇甚是猖狂！吩咐下去，弓上弦刀枪要锋利，盔甲要明亮！——有腰牌，他是大名府的差人！无有腰牌，

126

他就是梁山泊的奸细——

时　　迁　嘿嘿，我有腰牌！（蹦登仓才……）

【索超转身，时迁将榜挂在索超盔钩上，索超下。

时　　迁　嘿嘿，任凭你怎么说，任凭你怎么说：这榜我是给你挂上了，你还不知道呢。这叫作：金风未动蝉先觉，暗送天长死不知。待我先喊上一声。呔！大名府的班听着，大人就要升堂，都将腰牌挂好，有腰牌他是大名府的差人，没腰牌他是梁山泊的奸细——

【时迁下。

【堂鼓、吹打、升堂。

【四龙套上，时迁挂四张榜、站门。

【四皂隶持灯上，站门。

【闻达、李成、高远站门，索超、王太守站门，梁中书上。

梁中书　（引子）戍守大名早谋筹，剿斩梁山寇。

（诗）刀剑纷纷争效命，西风飒飒骏马鸣。

剪除水泊梁山寇，势赫燕云镇大名。

老夫，梁士杰，官拜兵部中书。奉蔡太师钧命，镇守大名府。只因卢俊义题诗谋反，投效梁山，今连同梁山贼寇石秀被二次拿获。故此贪夜升堂审问明白，即刻开刀问斩，以正国法。索将军。

索　　超　大人。

梁中书　将二贼押上堂来。

索　　超　遵命。将二贼押了上来。

【索超转身传话，梁中书看到索超身后所挂榜文。

梁中书　且慢！将军身后悬挂何物？

【索超大惊，时迁上前摘下榜文。

时　　迁　乃是一张白头榜文！

梁中书　啊!

【时迁将榜文呈上，索超心惊，王太守细看。

王太守　梁山泊义士宋江，仰示大名府！啊！

梁中书　打坐——

【梁中书上前，王太守将榜文交给梁中书。

梁中书　朝廷滥官当道，污吏专权，殴死良民，涂炭万姓。卢俊义乃豪杰之士，今者启请上山，一同替天行道，特令石秀先来报知。不期俱被擒捉。如是存得二人性命，献出淫妇奸夫，吾无侵扰。倘若误伤羽翼，屈坏股肱，拔寨兴兵，同心雪恨。大兵到处，玉石俱焚！这……这、这、这玉石俱焚！

王太守　大人，众人背后皆有此榜！

梁中书　啊！好贼！

索　超　大人！贼寇如此张狂，分明蔑视我等，大人就该将这二贼即刻问斩，首级悬挂城头，以示国法森严。梁山草寇不来便罢，他若来时，点动四营人马，末将管教他有来无回！

梁中书　就依将军，传令……

王太守　大人万万不可。

索　超　却是为何？

王太守　想梁山贼寇兵精粮足，不可等闲视之，更兼那吴用诡计多端，神鬼难测。斩此二贼事小，倘若激怒梁山，倾巢而出，我等实难抵挡。况且梁山之中，能人甚多，倘若暗地行事，大人恐将自身置于万险之境哪。

索　超　太守，你也忒怕那梁山了。想我大名府四营拱卫，兵精粮足，固若金汤，何惧那小小蟊贼。

王太守　你道我大名府兵精粮足，固若金汤，今夜升堂防卫甚严，我问你这白头榜文如何挂在众人身后？

索　超　这？

王太守　将军智勇非常，升堂半晌，你身挂榜文怎么浑然不晓？

索　超　这？

王太守　倘若梁山细作起下歹心，暗地行刺，大人如何提防？

索　超　这……

梁中书　哎呀！险哪。

　　　　（唱）王太守陈利害一番言讲，

　　　　冷汗涔涔透衣裳。

　　　　卢俊义石三郎我难以发放——

王太守　（夹白）依下官之见，大人可将此事修书一封，火速送往东京蔡太师处，详陈利害，恳请太师早日发兵驰援大名。将二贼暂囚死牢，派精兵日夜巡防。如此，一则暂稳梁山贼寇，容我有喘息之机，二则此事早禀东京，倘有差池也非大人失察。此乃一举两得之计也。

索　超　太守高见。

梁中书　哦，

　　　　（接唱）急修书呈太师早做主张。

　　　　（夹白）索将军！

　　　　将二贼囚死牢巡防贼党——

索　超　（夹白）末将遵命！

梁中书　太守——

　　　　（接唱）今夜晚多承你妙计锦囊。

王太守　（白）全仗大人洪福。

梁中书　即使太师援兵至此，也得半月有余，如今上元佳节将近……索将军，上元佳节多设防守，切莫大意。

索　超　末将遵命。

梁中书　退堂——

　　　　【众人两边下，梁中书、索超、王太守下场。

第十二场

　　【起【风入松】牌子。
　　【梁山兵、众人闷帘同唱"喜迁莺"。
众　人　（唱）紧催缰——
　　【林冲、花荣、李逵、扈三娘、史进、孙立、秦明催马上，群"趟马"。
众　人　（接唱）群雄烈性，
　　　　救豪英急驰大名。
　　　　俺何惜一命，
　　　　齐同心替天行道聚群英。
　　【众人组合造型，下场。
　　【八梁山兵跟过场。

第十三场

　　【上元节夜。
　　【鼓声起，索超率四官兵上。
索　超　上元佳节夜，寂寞竟无声……军士们，寻访四城门，不可粗心大意！
　　【时迁上，遇索超。
索　超　啊！拿下了！
时　迁　慢着，慢着！索大人，咱们都是自己人，您怎么这么健忘啊？
索　超　嗯，以奉何人所差？

时　　迁　王大人所差,刚从西门暗查过来。

索　　超　西门动静如何?

时　　迁　刚才闹过花灯,现在是一片的寂静。

索　　超　是啊,一片寂静,如今你到哪里去?

时　　迁　南门暗查。

索　　超　你要与我小心了,你要与我小心了!(踢时迁"后踢")军士们,东门去者!

【索超率兵下。

时　　迁　好你个索超啊,待会儿让你知道知道梁山好汉的厉害,翠云楼走走!

【"水底鱼"时迁蹲步快行。

时　　迁　来到翠云楼,待我放起火来!

【"火彩"起,"乱锤"起。

【柴进、乐和等八将从四面上,官兵跟上,八将杀死官兵。

【林冲、李逵等八将率兵从四门冲进"龙摆尾"。

【索超率四官兵上,见林冲开打,李逵接应捉住索超,下。

【燕青、杨雄走进牢房,蔡庆、蔡福搀扶卢俊义、石秀出,燕青跪卢俊义,卢俊义急搀,燕青手语请卢俊义随杨雄、蔡庆、蔡福同去,自己要去杀李固、贾氏,卢俊义执意随燕青同去,六人分手,杨雄、石秀、蔡庆、蔡福下。

【燕青搀卢俊义"圆场"至卢家,踹门!李固、贾氏惊上,躲避,被燕青、卢俊义杀死。

【梁中书逃上,秦明追上,李成护梁中书逃,起档子。

【扈三娘续上,见王太守,官兵护住,起档子,秦明、李逵上,杀死王太守。

【高远上,梁山兵续上,秦明上,接档子杀死高远。

【十六梁山将上,燕青、卢俊义上,众梁山将行礼,卢俊义搀众将。

【伴唱：

（尾声）唉—— 烟迷大名府门楼，

红光再聚梁山泊！

【众将走队形……造型亮相。

【幕落。

——剧终——

1981 年初稿
2024 年再稿

美狄亚

根据古希腊欧里庇得斯悲剧改编

创作背景

《美狄亚》是欧里庇得斯（古希腊三大悲剧家之一）的代表作。

2006年上海戏剧学院看到戏曲分院戏曲导演专业首届毕业剧目之后，比较兴奋地提出用京剧的形式演出《美狄亚》，参加2006年国际大学生戏剧节。但是根据戏剧节的要求，每个院校只能出一名老师带四名毕业生。我们欣然接受了这个任务，并以诗词意境的手法，仅用四个学生演出了《美狄亚》和易卜生的《群鬼》。

戏剧节要求，每个戏不可超过半小时。这无疑为我们的创作带来了极大的困难。但经历了四年的诗词意境的学习训练，我以诗词意境的理念写作了剧本。由万红老师导演、带领四个学生共同完成了精彩的排练和演出。

四位学生分别是：潘洁华饰演美狄亚，郭士铭饰演伊阿宋，赵端饰演克瑞翁，叶蕾饰演格劳刻。

他们的演出在罗马尼亚的国际大学生戏剧节中受到了热烈的欢迎，获得了最高的荣誉，世界各国青年们聚集在一起，他们认为中国的戏曲综合了虚拟化、诗词化、程式化、舞蹈化、歌唱化，是最精美的舞台表演艺术。

　　这次出国访问演出，第一次向全世界证实了以京剧的形式也能演外国经典剧目。也是我们戏曲导演专业自己创作剧目首次出国参加国际性的戏剧节，为中国文化争得了荣誉，为上海戏剧学院争得了荣誉。

剧情梗概

　　在古希腊，美狄亚为了和伊阿宋的爱情，逃跑到科林斯国，美狄亚生了两个儿子。十几年后，伊阿宋又爱上暴君克瑞翁的女儿格劳刻，被美狄亚撞见。美狄亚为伊阿宋的绝情断义而绝望，在复仇中被残暴凶猛的克瑞翁打败。在孤立无援时，美狄亚实行了新的复仇计划，她将能置人于死地的金冠银袍赠予格劳刻和克瑞翁，致使父女双双被毒死。宫廷追杀美狄亚母子，伊阿宋声讨美狄亚，美狄亚杀死亲生儿子，实现了复仇的信念。

　　欧里庇得斯写现实的人，写人本来是什么样。欧里庇得斯接近现实的人，怀疑神，认为个人做事个人负责，与神无关，在当时是先进戏剧理念。

人物表

美狄亚——科尔喀斯国公主

伊阿宋——古希腊英雄

格劳刻——科林斯国公主

克瑞翁——科林斯国国王

二儿子——美狄亚与伊阿宋之子（道具代）

序　幕

【两个儿童凄烈的惨叫声，紧接打击乐"回头"。

【血溅白屏幕，潺然下滴……

【伴唱：

　　人生命运难料想……

　　爱、仇陡变总茫茫；

　　弑子鲜血和泪淌，

　　悲歌千年恨绵长！

【伴唱声中交替闪现美狄亚仇视伊阿宋，伊阿宋恐慌望着儿子尸身的造型。

第一场

【卧榻，红光下伊阿宋拥着格劳刻，舞蹈，情爱涌动……

伊阿宋　（唱）啊女人啊……新的女人才新鲜。

格劳刻　（唱）啊男子汉……伊阿宋你坚实的胸膛宽阔的肩。

伊阿宋　（唱）公主的床榻馨香的花瓣。

格劳刻　（唱）春宵一刻任流连。

美狄亚　（内呼）宙斯啊！为什么不惩罚那背弃誓言的坏蛋！

格劳刻　伊阿宋，这是什么声音？

伊阿宋　管他是什么，不要让她扫兴……

美狄亚　（内呼）上天！为什么对女人降临这惨痛的灾难！

格劳刻　这是女人的声音，她说女人——

伊阿宋　女人是我的心尖。

美狄亚　我可怜的孩子们啊！（痛哭）

格劳刻　那是你原先的女人？

伊阿宋　我早已对她厌倦。

格劳刻　你爱过她？

　　　　【美狄亚现身。

伊阿宋　我只爱你，我的公主。

格劳刻　就因为我是公主？

伊阿宋　你年轻、漂亮，如鲜花嫩蕊，我爱你到永远！

美狄亚　这蜜语甜言，我也曾听过千百遍！

格劳刻　好沁心，好缠绵……

伊阿宋　我向至大的宙斯和威严的忒弥斯起誓——

　　　　【美狄亚上前抓住伊阿宋的手。

格劳刻　（尖叫）啊——

美狄亚　（唱）这只起誓的手欺骗了神明与苍天，

　　　　你献狐媚夺人所爱毁我家园！

　　　　雷火啊——劈开我头颅热血溅，

　　　　纵一死也难忍污垢耻辱扰心间！

　　　　雪耻辱将这一切来毁灭——

格劳刻　伊阿宋，保护我！

　　　　【美狄亚发怒，开打，伊阿宋、格劳刻招架不住。

格劳刻　爸爸！

　　　　【收光。

第二场

【雷电声。

【鼓声。

克瑞翁 （内唱【新水令】）嫉妒让女人疯狂恶——

【光起，克瑞翁持冰刃上，格劳刻狼狈逃上，偎在克瑞翁怀中。

克瑞翁 做父亲心疼女儿是天经地义的，我要把她驱逐出王国。

【格劳刻下。

（接唱【新水令】）科尔喀斯公主似疯魔！

早驱逐险恶女，

保护科林斯家国；

哪怕她巫术诡心机多！

【美狄亚持双剑上。

美狄亚 你、你纵容你的女儿夺去我的丈夫！

克瑞翁 那是她的所爱，这里是我的王国。

美狄亚 唉！爱情真是人间最大的灾祸！

克瑞翁 我认为那全凭命运的安排。

美狄亚 宙斯啊，切不要放过那造孽的人！

克瑞翁 快走吧，蠢东西，免得我麻烦！

美狄亚 你麻烦？我更麻烦！

克瑞翁 你可知我这铁棍降魔！

美狄亚 难挡我复仇的烈火！

【二人开打，边打边唱。

克瑞翁 （唱【郑和子】）你纵是剑法精，

难胜我，

俺这里棍法奥妙，

变化多！

我唬——

唬得你——

人心胆落；

我多少次，

战场经过，

王位稳坐；

你纵有巫术，

岂奈我何！

【继续开打。

克瑞翁　美狄亚，滚出我的王国！

美狄亚　看剑！

（接唱【郑和子】）休逞强！

克瑞翁　（接唱）驱女魔！

美狄亚　（接唱）护淫邪——

克瑞翁　（接唱）女儿本柔弱。

美狄亚　（接唱）结怨恨，

克瑞翁　（接唱）枉自生妒火。

美狄亚　（接唱）拆散我夫妻，

克瑞翁　（接唱）随缘自合。

美狄亚　（接唱）心痛楚，

克瑞翁　（接唱）自折磨。

美狄亚　（接唱）看我复仇心急迫，

克瑞翁　（接唱）休再让我费唇舌。

美狄亚　（接唱）让你父女遭灾祸，

克瑞翁　（接唱）即刻将你驱出国。

美狄亚　（接唱）一任你人多势众，

克瑞翁　（接唱）铁棍降魔！

美狄亚　（接唱）不屈邪恶，

　　　　管教恁宝剑之下，

　　　　命全丧血成河！

【开打中美狄亚不敌克瑞翁，被打晕在地。

【切光。

【克瑞翁画外音：将美狄亚和她的儿子驱逐出科林斯王国！

【画外音：驱逐出境！

驱逐出境！

驱逐出境！

【压光。

第三场

【伴唱：复仇的怨愤，

化作痛苦的呻吟；

驱逐的噩运，

压倒可怜的女人。（音乐继续）

【追光中美狄亚艰难匍匐前进。

美狄亚　啊，宙斯，为什么只给一种可靠的标记，让凡人来识别金子的真伪，却不在那肉体上打下烙印，来辨别人类的善恶？

【音乐止。

【画外音：随着鼓声依次逼近。

【画外音：美狄亚，忍了吧，化掉暴戾的性情，忍下仇恨的激怒，服从上天的安排。

【画外音：美狄亚，烦恼会惹出痛苦的残杀和严重的灾难，放弃你的复仇吧。

【画外音：美狄亚，回去吧，回到你的祖国，依旧做你的公主。

美狄亚　不，不，不——！

（唱）我暴戾，忍不下心中烈焰，

我嫉妒，年轻的公主占我丈夫床前寻欢；

我愤怒，铁棒之下败得惨，

我怨恨，痴情女偏遇负心男。

上天不能辨恶善，

我自拼搏赴深渊；

为天下——天下女子做榜样，

女人的生命——

【伴唱起

也要熠熠生辉照史篇！

也要熠熠生辉照史篇！

复仇种子光灿灿，

传千古要让男儿心胆寒！

美狄亚　（接唱）

潜心暗盘算，

凭武力输得惨；

巫术法力射暗箭，

施诡计行诈奸——引路向前！

美狄亚　我生来是个女人，好事做不全，可做起坏事最精明！

【两儿子上，扑在美狄亚身上。

两儿子　妈妈！

美狄亚　（捧起儿子甲的脸）……这眼睛分明是你爸爸的眼睛！（猛将甲推倒在地）

儿子乙　妈妈！
美狄亚　（亲吻儿子乙的膀臂）……同你爸爸一样的肌肤！（猛将乙推倒在地）
【伊阿宋上。
两儿子　爸爸——（冲向伊阿宋）
【美狄亚双眼喷火似的盯住父子三人，突然柔弱下来。
美狄亚　亲爱的伊阿宋，原谅我做的一切，宽容我这暴躁的性情。
伊阿宋　一个女人为她丈夫另娶妻室而生气，这很自然，你叫嫉妒刺伤了心。
美狄亚　疯狂和荒唐是我的不幸。
伊阿宋　我是想让我们全家不至于生活太穷困。
美狄亚　这是为了我好。
伊阿宋　我是想让我们的儿子受高等的教养，改换门庭。
美狄亚　为了我们的后代……唉，我真蠢！现在我心知肚明。祝贺你同公主新的联姻！（对儿子甲）拿上这金冠，（对儿子乙）捧着这银袍，献给你父亲的新娘。
【美狄亚转身向二托盘吹气，托盘立即闪着蓝蓝的幽光。
美狄亚　请求她不要把你们驱逐出境……
伊阿宋　她善良贤惠，一定会答应。
【美狄亚悲从中来。
伊阿宋　为什么把你苍白的脸转过去？晶莹的泪珠浸湿了你的瞳孔……
美狄亚　去吧，去吧，我为儿子乞求神明……
【音乐悲伤、诡异。
【音乐声中伊阿宋带两儿子下。
【光渐收。
【伴唱起：

强忍恶气，

悲痛亦恶气；

哪里有正义？

复仇的计划亦步亦趋！

第四场

【"乱锤"中伊阿宋退上。

【伊阿宋拎着金冠和银袍懊恼万分。

伊阿宋 （唱【上小楼】）气得俺——怒重霄，

中了她奸计巧，

银袍上遍布毒硝，

银袍上遍布毒硝，

金冠内藏满蛊螽；

国王父女顷刻命消，

国王父女顷刻命消，

任她是残忍牝狮罪难逃！

【画外音：美狄亚把两个逃回的孩子锁在屋内，正在寻找复仇利剑！（隐下）

伊阿宋 啊！美狄亚！

【美狄亚现身。

伊阿宋 浸毒的银衣把公主化成了腐尸，你歹毒残忍！

美狄亚 她抢走我的丈夫，鄙弃我的床榻，那是应有的报应！

伊阿宋 蛊螽的金冠毒死了国王，你疯狂成性！

美狄亚 谁让他用铁棍打死我，谁让他下令要把我驱逐出境？

伊阿宋　那你为什么要把孩子锁在屋里？
美狄亚　我要杀了他们！
伊阿宋　他们是你的亲生之子！
美狄亚　血脉里却流着你的血液！
伊阿宋　孩子们，你们的母亲多么恶毒！
美狄亚　孩子们，是你们父亲的新婚害了你们！
伊阿宋　你头上已经飘着两个报仇人的灵魂！
美狄亚　我还要让你的灵魂永远痛苦，永不安宁！上天！快给我复仇的剑！
伊阿宋　住手！
　　　　【光暗，伊阿宋下。
美狄亚　（唱）乞上天快赐我杀人利剑！
　　　　【两孩子扑向美狄亚。
两孩子　妈妈——妈妈呀——
美狄亚　（唱）孩儿哭，孩儿叫，
　　　　哭声、叫声似利刃穿透我心间！
　　　　看一看明亮亮两双眼晶莹闪闪，
　　　　吻一吻细嫩嫩的脸颊沁心光鲜……
　　　　【两孩子化为两长绸。
美狄亚　（接唱）
　　　　不能再望，不能再看！
　　　　意志恐被柔情缠；
　　　　仇亲、亲仇双倍的痛苦把心煎；
　　　　决不能让伊阿宋的血脉再流传！
　　　　【内追杀声，声声逼近。
　　　　仇敌追杀声声喊，
　　　　我母子怎能受辱在人前；

143

美狄亚忘不了生儿痛,

又何怕把杀子罪名担!

【伴唱起:

神明啊苍天,

赐一把斩断情仇的双刃剑!

【美狄亚从空中接剑,起舞——

【造型:美狄亚立于高处。

【伊阿宋跪在台口。

【两侧猛然坠落滴着血迹的长绸……

——剧终——

2006年6月3日

婴 宁

创作背景

本剧是根据蒲松龄的《聊斋志异》原著改编。蒲松龄先生自说："观其孜孜憨笑，似全无心肝者……若解语花，正嫌其作态耳。"这就是说人发自内心的笑，可笑天下之事，令人畅快；而贵妇城府深沉之笑，是扭捏做作令人嫌弃的。由此我们便可理解婴宁的笑，而且在戏剧故事中也必须保持婴宁的笑——这是蒲松龄《聊斋志异》中的哲理。

在上海戏剧学院戏曲分院戏曲导演专业教学2007届毕业剧目我们曾排演了著名作家邹平的《青凤与婴宁》小剧场剧目（编剧把《聊斋志异》中的两个故事合并在一起，采取跳跃式的剧作法），并参加了上海市戏剧节，深得好评。但是戏的结尾我以为没有点出蒲松龄的主题，所以在退休后我始终想重新写一出《婴宁》的戏。

这里边还有一个重要的原因，就是在京剧剧目中以花旦为主的剧目较少，这与京剧的特质有关。而在旦角的表演艺术中，花旦要有较深的基本功和使用各种道具的舞蹈形体基本功，结合在一起有很强的表现力。观众喜欢看京剧的花旦戏，但是花旦戏捕捉题材很难。《婴宁》是一个很好的花旦题材。在婴宁中元节折梅花，后来的折桃花，和王子福的对白，及后来的千里寻坟情节中都留下了很大的空间。"舞队"仅是一种提示。不同的导演亦可变换不同的手法。

我母亲张正芳也是著名的花旦表演艺术家，她在观看我们的《青凤与婴宁》时，就提出《婴宁》可是一出好的花旦戏题材。"能不能单写一出《婴宁》，给花旦增加一出戏呢？"这次动笔也是完成她老人家的一个遗愿吧。

在京剧艺术中除唱功外，还有一种"念"功戏，也是我们应当继承的优秀传统。在这次剧本创作中我注意了这一点，希望给花旦这一行当增砖添瓦，贡献一点自己的力量。也希望今后的创作家们，能给花旦这个行当多增添一些新编剧目。

剧情梗概

王子服，聪明并憨厚，十四入泮。母最爱之。上元节至西村外乘兴独游。有女郎携婢，拈梅花一枝，容华绝代，只听哈哈笑声。生注目不移，竟忘顾忌。女顾婢子笑曰："个儿郎目灼灼似贼！"遗花地上，笑语自去。生拾花神魂丧失，怏怏遂返。至家，垂头而睡，不语亦不食。母甚忧。适表兄吴生来，生具吐其实，且求谋划。吴笑曰："弟痴也！此愿有何难遂？当代访之。成事在我。"生闻之顿觉病去，吴觉不可医，避而去之。

婴宁本狐与人生，托鬼母养大。生性好笑，仲春，复去西村看桃花。又见王生，手持干枯梅花枝，行礼，大笑不止，又丢桃花枝，王生又拾起，并尾随婴宁而去。

王生上山入村，北向一家，墙内桃杏尤繁，意其园亭，不敢贸然进入。方伫听间，一女郎由东而西，执杏花一朵，俯首自簪；举头见生，遂不复簪，含笑拈花而入。生心骤喜，念诗以传，一老媪扶杖出，问之，认其为甥男，并留住。翌日在后花园见婴宁，二人谈话甚趣，逢王家派人来巡，老媪命婴宁随王同去。

王母思念中见生携女归，甚喜，遂命二人拜堂。

洞房中，婴宁母魂看顾女儿，婴宁询问父母葬处，其母不信人间有孝顺子女，婴欲死。其母嘱其学人礼仪，但不可忘记养母恩。

有邻人胡生，见婴宁倾倒。婴不避而笑。胡生心荡。强淫之，则阴如锥刺，痛彻于心，细视则一枯木，被马蜂蜇死。邻父闻声，急奔研问，自知死于王家而无语；婴宁训男恶性，善使活命。

婴宁与王子服行千里寻父母、养母乱坟，迁移至家，终身尽孝。

人物表

婴　宁（花旦）狐狸精与人生的女儿

王子服（小生或老生）书生，婴宁之夫

吴　生　王子服表兄

秦　媪（老旦）婴宁之养母

荣　儿　婴宁丫鬟

王　母（老旦）王子服之母

胡　生（丑）邻居，好色，欲强奸婴宁者

胡　父（老生）胡生父

家院、丫鬟　王府佣人

舞队

序

【历史上某年的上元节。

【某小村镇上。

【幕间曲起：冬寒未退，冬雪尚飘，梅花盛开，迎风报春。

（伴唱）迎风报春梅花红，

　　　上元佳节盼东风。

　　　　银铃笑声传十里,

　　　　洒向人间都是情。

　　　【红梅盛开的上元节。

　　　【伴唱声中,梅花舞队(**手持梅花**)上,舞蹈此起彼伏随景互动。

　　　【突然一个银铃般的笑声传来……

　　　【王子服被这笑声吸引,从舞队中穿插而上,舞队下。

王子服　好个银铃般的笑声啊——

　　　(唱)花送笑声人传美,

　　　　初逛佳节不思归;

　　　　面上红晕心儿跳,

　　　　何时不思比翼飞。

　　　【银铃般的笑声再次传来……

　　　【丫鬟荣儿跑上。

荣　儿　小姐别光顾着笑了。你看镇上的彩灯、鞭炮好热闹啊!

婴　宁　(上)哈哈哈哈哈……哈哈哈哈哈……

　　　【王子服追着婴宁看,婴宁左转右转,王子服亦追随,梅花舞队随上。

　　　【婴宁从舞队中摘下一枝红色蜡梅。

　　　【突然二人目光相对,定格。

　　　【梅花舞队将婴宁围住。

　　　【王子服将舞队逐一拂开,舞队又将王子服围住,婴宁突又大笑。

婴　宁　哈哈哈哈哈……

　　　(唱)果然是红梅展光辉,

　　　　心爱的花儿手中随;

　　　　佳节热闹人聚会,

声声传我笑声回；

生来不知悲愁味，

终日欢乐心无亏；

荣儿快看那一位，

这儿郎目灼灼好似贼！

（笑）哈哈哈哈哈……

【手中的红梅丢在地上，下。

荣　儿　小姐，您别往回走啊，我还没玩够呢！（追下）

【王子服下意识地拂开众舞队，捡起红梅，望着离去的婴宁。

王子服　（唱）眼前只觉闪光辉，

馨香入心握红梅；

魂魄渺渺随她去——

头晕目眩何处归……

（白）哎哟……她去了，她往哪里去了……

【王子服说着说着开始病病歪歪的，欲倒。

【众舞队扶王子服，夺过他手中梅花，王子服立即清醒。抢回梅花，众舞队笑搀扶王子服下。

【压光。

第一场

【两个月之后。

【王府内廷，吴生上。

吴　生　（唱）闻听表弟染重病，

心中惦念手足情；

　　　　举步且把王府进——

　　　　【家院迎上。

家　院　迎接吴相公。

吴　生　（唱）通报姑母侄儿临。

家　院　有请老夫人。

王　母　（唱）我儿重病两月整，

　　　　　　　食不甘味梦魇中。

吴　生　侄儿参拜姑母。

王　母　（唱）你表弟此病急坏了我，

　　　　　　　多少郎中皆不中。

吴　生　啊，姑母，不知表弟此病从何而来？

王　母　那是上元佳节。

吴　生　哦，元宵节，两个月之前的事了。

王　母　他独自一人西村去逛灯。

吴　生　是啊，西村热闹得很。

王　母　黄昏时突然一阵梅花雨。

吴　生　哪里会有梅花雨？

王　母　唉，是梅花架着他回家。

吴　生　这倒是怪事了！

王　母　更怪的是他从此懵懵懂懂。

吴　生　哦，从此懵懵懂懂。

王　母　食不甘味。

吴　生　吃不好，体力从哪里来？

王　母　梦魇中直喊着我那梅花姐姐。

吴　生　（想）梅花姐姐是哪一个呢？

王　母　请来多少郎中都医治不好呀。

吴　生　哎呀，这、这、这……哎呀姑母啊！依侄儿看来子服贤弟是患了相思之症，可否扶他出来，侄儿一问？

王　母　丫鬟！快快扶你家相公出来。

【丫鬟搀扶王子服上，王子服手持梅花枝。

王子服　（唱）梅花枝儿红艳艳，

　　　　　　兄长……吴兄你可曾见过这样的鲜；

　　　　　　她说道这儿郎目灼灼好似贼，

　　　　　　这莺莺细语我心中甜。

吴　生　贤弟，那日的情景你还记得吗？

王子服　兄长啊！

　　　　（唱）上元佳节梅花艳，

　　　　　　有一女子花魁仙；

　　　　　　我目不转睛看，

　　　　　　她闪入花丛我头晕目眩……

吴　生　哈哈哈哈哈……（背拱）这是相思病犯了。（向王子服）贤弟痴矣！此愿有何难遂？兄当代弟访之，并代为说媒，事成必然也！

王子服　兄长，此话真哪？

吴　生　此乃小事一桩。

王子服　啊？

吴　生　啊……

王子服　（对母）啊！

王　母　我儿怎么了啊？

王子服　我的病好了啊，哈哈哈哈……

　　　　（唱）谢表兄一番话知我心愿，

　　　　　　但愿得兄一去成就良缘。

吴　生　（唱）辞姑母与贤弟抽身前往——

王　母　我们早候佳音！

王子服　早候兄长佳音！

【吴生拱手出门。

吴　生　（唱）这扎手的差事不好担。

哎呀，且住，子服这相思病被我一说就好了，我趁好就收，哪里去寻找这个女子？我且到外面躲避躲避，明哲保身吧！

【吴生下。

【压光。

第二场

【仲春，桃花盛开的季节。

【音乐声中银铃般笑声传来。

【随着笑声婴宁和荣儿从屋内跑向室外。

【秦媪从家门里追出。

秦　媪　婴宁，到哪里去呀？

婴　宁　看桃花去，哈哈哈哈哈哈……哈哈哈哈……

荣　儿　小姐，您慢点走啊。（二人下）

秦　媪　好女儿！（唱）

时光如梭十六载，

养女长大鲜花开；

她娘本是狐仙女；

那一夜鲜血淋淋手抱着两岁的小婴孩；

言说道她父本是仗义汉，

只因为娶狐妻全家遭杀害，

她千里迢迢逃出来；

为儿托孤出无奈，

言罢归天实实悲哀。

想我秦媪，受其母所托，终身不嫁，搬在这西山脚下偏僻之处，抚养婴宁成人。只是看看她已到出嫁年龄，如何找到好人家呢？

【音乐起。

【舞队上（手持桃花），翩翩起舞。

【伴唱起：

老奶奶不用慌不用忙，

有缘在并蒂自由效鸳鸯。

【王子服手持干枯的梅花，匆匆地上。

王子服　（唱）听表兄报信后病去体壮；

桃花林沁心脾艳阳春光；

看郊外辽阔无垠天晴朗，

梅花唤桃花放交相映光。

舞队甲　哎，我们上次不是送你回家了吗？你病好啦？

王子服　（呆呆的）哦……是……

舞队乙　是不是又找你心上人来了？

舞队甲　还不好意思说，我们带你去！

【王子服随舞队下。

【荣儿上。

荣　儿　小姐——这边的桃林一片一片的，您快来呀——

婴　宁　（内笑）哈哈哈哈哈……（随着笑声上）

【舞队复上，造型。

【舞队将配合婴宁唱舞蹈。

婴　宁　（唱）三月桃花随风荡，

游人穿梭笑声扬；

　　　　　　我这里一枝桃花摘在手，
　　　　　　树公公莫笑我轻狂；
　　　　　　吻一吻桃花映脸上，
　　　　　　自觉生辉又生光；
　　　　　　自幼爱花心头上。
　　　　　　花随我舞更辉煌。
　　　　　　（笑）哈哈哈哈哈……
　　　　　【王子服被两舞队推上。
王子服　（唱）银铃笑声又在耳边响，
　　　　　【舞队配合王子服的每句唱中，婴宁在笑声中和荣儿来回穿场；
　　　　　　花团锦簇更芬芳。
　　　　　【荣儿躲到舞队后，婴宁以舞蹈与王子服的唱交流。
　　　　　　分明是上元的红梅丛中放，
　　　　　　爱在心头欲飞翔，
　　　　　　又怕此去忒孟浪；
　　　　　　折一枝桃花共舞蹈，
　　　　　　但愿共舞此春光。
　　　　　【婴宁示意荣儿悄悄地躲开，婴宁故意丢下一枝桃花，悄悄
　　　　　　躲起。
王子服　（唱）一枝桃花落地上，
　　　　　　抬头不见失红装……
　　　　　【婴宁的笑声不断地从舞队后传来，王子服呆头呆脑地找寻，
　　　　　　二人推动着舞队。忽见忽不见；婴宁甜甜的笑声，又银铃般
　　　　　　地传来；婴宁挑逗般地吸引着王子服，忽而躲在王子服后面，
　　　　　　用桃花枝打王子服头；婴宁大笑不止。
婴　宁　哈哈哈哈，你这个人太可笑了，干吗一直跟着我呀？
王子服　哦……哦小生有礼，小姐丢失了两件宝贝。

婴　宁　两件宝贝？我哪有什么宝贝呀？
王子服　一乃小姐上元佳节所丢梅花一枝，这二，乃是小姐方才纤指
　　　　所折桃花枝，学生特地送还小姐。
婴　宁　呵呵呵呵……【看看干枯的梅花枝。又看看桃花枝，又大笑
　　　　起来。
　　　【王子服双眼不离婴宁一举一动。
荣　儿　哪有看人往肉里盯的呀？真是目灼灼似贼！
　　　【婴宁假意要走。
王子服　小姐……小姐，你往哪里去呀？
婴　宁　西南山中，此去三十里。
王子服　西南山中，此去三十里。
荣　儿　桃花迷人处，天涯送东风！
婴　宁　个儿郎目灼灼似贼！嘻嘻嘻嘻！
　　　【婴宁笑着在前面走，王子服在后面跟着。
婴　宁　（唱）看着这痴呆呆书生模样，
　　　　　　　怎禁我喜盈盈笑声如簧；
　　　　　　　东风紧一片片桃花飞落，
　　　　　　　山脚下一阵阵飘逸芬芳。
　　　【婴宁隐下。
　　　【压光。

第三场

　　　【婴宁家门口，荒村，可见小院门。
　　　【王子服悄悄地走上。

王子服　明明循小姐笑声走来，怎么又不见了？

婴　宁　（内）小荣，看哪！哈哈哈哈……

王子服　哎呀正是这家院门……（扒墙往里看，没有看到）怎么又无人影了呢？待我敲门……不可，倘若问我……怎回答？哎呀这……看那旁有株大树。不免树下坐等。

【舞队上，合、开……

舞队甲　哎呀，都四个时辰啦！

舞队乙　真有爱的定力！

舞队甲　你倒是叫门说话啊！

王子服　叫我说些什么？……哦，有了，诗曰：西南山脚下，舍宇无他乡。门前皆丝柳，墙内桃杏香。

【舞队依次轻拂过大门，下。

【秦媪上，荣儿随上。

秦　媪　哪个在门外喊叫？

【秦媪开门。

秦　媪　哦，原来是个秀才。方才与哪个说话？

王子服　老夫人，我是前来探亲的。

秦　媪　敢问贵戚是谁？

【荣儿暗下。

王子服　三月前我表兄前来探望他的姑母，也就是我的姨姑母。看老妈妈偌大年纪可是姨姑母？

秦　媪　哦……是的，是的，我心中正在惦念此事。外甥今日可算到了。

【婴宁、荣儿上。

王子服　外甥王子服拜见姨姑母。

秦　媪　哎呀呀，我盼了三月，才把你盼来。赶了三十里的路程，现天色已然不早……随我来。

王子服　多谢姨姑母！

　　　　【婴宁见王子服进来，狂笑不止。

秦　媪　这个疯丫头，这是你姨表兄弟，你也这么哧哧笑，像什么样子？！

婴　宁　妈呀，他是我姨表兄弟？哈哈哈哈哈……我们早认识了。

秦　媪　你们在哪里认识的？

荣　儿　三个月前佳节、刚才我们在三十里外桃园，陪着小姐去玩，他盯着我们小姐眼睛灼灼的似贼！

秦　媪　不许胡说。原来你们是早有缘分。

荣　儿　对了，自由恋爱。（对婴宁耳语）眼光灼灼，贼的样子压根就没变。

婴　宁　（对荣儿）明天早上咱们可得看看后花园的桃花开得怎么样了。（大笑）哈哈哈哈……

　　　　【婴宁、荣儿下。

王子服　老夫人，容我细禀！

秦　媪　（暗笑）不要讲了，外甥来此不易，当留住三五日，如嫌忧闷，后有小园供你消遣，也有书可供长读。

王子服　外甥遵命！

　　　　【暗转。

　　　　【光起。

　　　　【王子服复又悄悄走到房后园子里。桃杏修竹满园，一棵大柳树横斜。婴宁坐在大树上。王子服寻找婴宁。

婴　宁　哈哈哈哈……

王子服　哎呀，这树高一丈，你快快下来吧！

　　　　【婴宁且下且笑，失手而坠地。

　　　　【王子服赶紧将她扶起，两眼盯着她看，手紧紧抓住她的手腕不放。

婴　宁　目灼灼贼腔未改！（转身就跑，王子服追）

婴　宁　嘻嘻嘻嘻！你来这儿干什么呀？

王子服　我、我是来送还桃花枝的。（从袖中取出桃花枝）

婴　宁　这花都蔫了，我不要了。你扔了吧。

王子服　哎，小姐纤指所折，岂能丢弃？

婴　宁　哦，你既喜欢，那就送给你吧，呵呵呵呵……（转身便走）

王子服　小姐！子服从上元节和你相遇，天天思念以致生病，自以为要死了，没想到能再见到你的面容，希望你怜悯我这一片痴情。

婴　宁　这是小的事啊，既是亲戚还有什么吝啬，等兄长走的时候，唤老奴来，在园中折一大捆花背着送你。

王子服　婴宁此话呆痴了……

婴　宁　怎么我比你还呆痴？

王子服　我不是爱花，是爱爱花的人。

婴　宁　本来就有亲戚之情，还怎么爱呀？

王子服　爱，非亲戚之爱，而是夫妻之爱。

婴　宁　亲戚和夫妻有区别吗？

王子服　夜晚……

婴　宁　夜晚怎么样？

王子服　夜共枕席耳……

婴　宁　我可不习惯与生人睡，哈哈哈哈……

【音乐起，众舞队上。

众舞队　不习惯与生人睡哈哈哈哈……

【舞蹈中王子服与婴宁分合，舞队遮掩二人。

秦　媪　甥男！甥男——

王子服　姨母——

秦　媪　你数日不归，家中寻你来了。我那妹妹，就是你母亲，不知你住她老姐这里。

王子服　我母亲定然心急如焚，只是婴宁……

秦　媪　婴宁，你要随你姨表兄一道回去，我这老弱的身躯不能去远处，你去多多问候姨母。

婴　宁　哈哈哈哈……

秦　媪　你姨家田产丰裕，到了大家族，胜过荒村小家多矣！你就住在那里，稍微学些诗，学些礼，也好将来侍奉公公婆婆。（看王子服）你那姨母定会为你选择一个好的配偶。

婴　宁　配偶呵呵呵呵呵……不去！

秦　媪　又是傻笑。怎能不去，我已让荣儿把你的衣物收拾好了。

婴　宁　母亲啊——
　　　　（唱）休怪我呵呵呵呵傻傻笑，
　　　　母亲你养我爱我如在仙家；
　　　　不责打，不叫骂，
　　　　祛暑避寒从无差；
　　　　风来大雨来大，
　　　　唯有你怀中能护花；
　　　　无忧无虑一刹那，
　　　　十六年的恩情怎报答？
　　　　唯有身边来尽孝，
　　　　"配偶"怎能比得了妈？
　　　　（白）哈哈哈哈……说完啦！

王子服　王子服对天盟誓要像姨母爱你一生！

秦　媪　真是可爱的一对，婴宁再莫傻笑，子服不要呆痴，"男大当婚，女大当嫁"，日后长大你们就明白了。有你这一份孝心，你嫡亲的爹娘……我们都满足了啊呜呜（哭）……

婴　宁　妈——您别哭，笑啊哈哈哈哈……

秦　媪　妈笑呵呵呵……

婴　宁　妈（哭）呜呜……

秦　媪　要笑啊！笑就对得起你嫡亲的亲娘……

婴　宁　（转笑）哈哈哈哈……

【音乐起，众舞队上。

众舞队　哈哈哈哈……

【舞蹈中，伴唱起：

嫡亲是谁留下谜？

唯有婴宁心自知；

"孝心"一片千钧重，

聊斋读罢不笑痴。

【舞蹈中，造型。

【压光。

第四场

【王子服家中，颇为奢华。

【王母上。

王　母　（唱）派人去寻我儿杳无讯音，

急得我茶饭不思睡不安宁；

虽说是三代单传子服他聪明绝顶；

十四岁洋洋入泮早早成名，

论婚姻多羁绊重压我心；

想起了儿夫遗言热泪滚滚，

捶胸顿足难对先人。

【王母入座。

王　母　（念）男大当婚女当嫁，

　　　　　三代单传更挂心。

　　　　　就说这子服孩儿，上元佳节前去观花，不知看到何物病倒郊外，被人送回家，自此昏昏沉沉。他表兄来看，说是得了相思病症，说是要与他做媒，不想子服听后病情大好，久等他表兄无信，春游的时节，偏要自己前去散心，一去三五日不归，真真急煞我也。

　　　　【家院边呼边上。

家　院　来了，来了！

王　母　什么来了？

家　院　少爷归来了，还带来一俏丽的佳人二人欢欢笑笑，回家来了。

　　　　【王子服、婴宁上，后有二家人挎行囊。

王子服　（唱）携婴宁三十里路不觉远，

婴　宁　（唱）可笑他呆痴话语呀总说不完……哈哈哈哈……

　　　　【二家人挎行囊进门下。

　　　　【王子服、婴宁进门。

王子服　参见母亲！

婴　宁　参见姨母呵呵呵呵呵……

王　母　姨母……我姐姐的女……这、这、这……（背拱）我那姐姐早已亡故，哪里来的女儿？莫非……

王子服　孩儿连姨母也见过了，她就是孩儿日思夜想的婴宁！

王　母　婴宁……真真是个俏丽的佳人！婴宁，走了过来。

婴　宁　（笑）呵呵呵呵呵……姨母！

　　　　【婴宁走向中间。

　　　　【王母围绕婴宁左看右看，看人，看地下影子。

王　母　真真是个俏丽的佳人！我儿不愧好眼力哈哈哈哈……

　　　　【音乐起。

【舞队手持红绸上。

【伴唱起：

母亲不必心疑重，

阳光照人人影清；

王家亲族人夸赞，

粲然然的儿媳何处寻！

【喜庆乐大奏。

【司仪画外音：子服、婴宁拜花堂喽！

【舞队将王母搀坐中央，为婴宁头上盖红绸，把长长的红绸交二人手中。

【司仪画外音：一拜天地。

【婴宁和王子服跪拜，起立时婴宁故意一拽红绸，王子服没站稳，差点摔倒，婴宁笑。

王子服　（轻声地）这是结婚的礼仪呀，

婴　宁　（轻声地）人家看不见啦……

【司仪画外音：二拜高堂——

【婴宁和王子服朝王母跪拜。

【司仪画外音：夫妻对拜。

【婴宁和王子服对拜。

【司仪画外音：送入洞房。

【婴宁和王子服下。

【众舞队上前归两排。

众舞队　给老太太贺喜！

王　母　众亲友同喜，大家喝喜酒！

【众舞队簇拥老太太下。

【压光。

第五场

【洞房中。

【婴宁独坐房中,外面传来酒席宴上喧闹声。

【远处渐渐传来狐狸长鸣声,愈来愈近……

【婴宁掀起盖头,跑到窗外。

婴　宁　母亲,母亲!娘,娘——您来了吗?今天女儿结婚啦!娘——

【画外音:儿啊,为娘千里迢迢未能赶上拜堂时辰,你责怪为娘吗?

婴　宁　孩儿怎能责怪娘亲,婴宁这里拜过娘亲。

【画外音:不必拜了,你乃为娘与一仗义男子所生。

婴　宁　母亲生育之恩,养母早已说明。

【画外音:如今你已长大成人,为娘怕你身上狐性未退,特来嘱咐于你要学做人,学人礼仪,定要好自为之……

婴　宁　孩儿明白。请问母亲:母亲坟墓,爹爹坟墓,所在何处?

【画外音:这个……世上之人,只有父母念孩儿,谁见孩儿思父母?为娘去了。

婴　宁　(跳出窗外)娘,娘!母亲!我是你亲生女婴宁啊!(哭)若不相告,孩儿绝不活在世上!

【婴宁欲撞死,被无形拦住。

【画外音:好个孝顺的婴宁!此去你养母处,自然了事于怀,西南千里外,千万不要为此挂心怀……

婴　宁　母亲,母亲!母亲她去了!

(唱)为人若把母亲忘,

不如猪狗烂心肠;

163

养母待我恩亦重，

合葬亲娘亲父并养母此生担当！

【王子服喝得微醉，进入洞房。

王子服　娘子！婴宁！

【婴宁从窗外跳入。

王子服　婴宁？新婚之夜你到窗外做什么去了？

婴　宁　哈哈哈哈……新婚之夜窗外就去不得了？

王子服　去得，去得！

婴　宁　去得就好，你我向窗外西南方一同磕头，拜过我母亲。

王子服　哦，是，是，是！

【二人同跪向窗外。

婴　宁　母亲请上，受我夫妻二人三拜。

【二人恭敬三叩首。

王子服　你母亲不是我的姨母吗？

婴　宁　她老人家年纪大了，不能亲自前来难道不该拜吗？

王子服　该拜，当拜，我再深施一礼。

婴　宁　哈哈哈哈……

王子服　婴宁不要笑了，我母亲嘱咐于我，让我转告于你——

（唱）王家诗书传家久，

文风礼仪不可丢；

见人只讲三分话，

微笑待人是应酬；

身正端庄步轻走，

祖先堂前闺芳留。

婴　宁　（唱）母亲方才再三叮咛，

人间礼仪竟似冰；

至真性情不再有，

　　　　　一片片假面手上拎。
　　　　　婴宁再不可真心笑，
　　　　　假戏真做方成人。
　　　　　假作真时真亦假，
　　　　　真作假时假亦真。
　　　　　罢、罢、罢，一心只做一时戏，
　　　　　遵命做一个懵懂的人。
王子服　娘子！
婴　宁　呵呵呵呵呵……（突然正经）啊，官人……
王子服　哎呀呀，我还是欢喜你原来的样子！
婴　宁　哈哈哈哈哈……个儿郎目灼灼似贼！
王子服　哈哈哈哈……
　　　　【二人亲昵造型。
　　　　【压光。

第六场

　　　　【翌日，王家大厅。
　　　　【起"乱锤"，两丫鬟逃上，躲避。
　　　　【一家院逃上。
　　　　【王子服、婴宁（一本正经）走上。
家　院　请公子为我讲情！
王子服　你犯了何事？
家　院　清晨奉老夫人之命，打扫宗祠，不慎挂断门前松枝，老夫人
　　　　知道定降罪重罚。

婴　　宁　这松枝断了吗……老家院放心,我自有接枝之法。

二丫鬟　启禀少夫人。我二人在厅内打扫,一不小心将花瓶碰倒摔裂,老夫人到此一定是一顿毒打呀……(哭)

婴　　宁　丫鬟们放心,老夫人不会责打你们的。

【王母上。

王子服　拜见母亲!

婴　　宁　拜见母亲!

王　　母　哎呀呀,好个端庄的儿媳。儿啊,你昨晚将为娘的话转告婴宁了吗?

婴　　宁　婴宁谨遵母亲教导,清晨起来特为母亲请安来了。

王　　母　好,好,好!媳妇呀,今早还要去祠堂拜见先祖,你可曾准备好了?

婴　　宁　儿媳一早准备完毕,只是两个丫鬟今早在厅内打扫,一不小心将花瓶碰倒摔裂,儿媳为她们讲个人情,婆母不要责打她们。

王　　母　这是家法,婴宁,此事是不能容忍的。

婴　　宁　儿媳可将花瓶修复如初。

王　　母　怎么?婴宁还有此本领?

婴　　宁　不敢夸口。

【两丫鬟,扶起花瓶婴宁用手袖掸过。

婴　　宁　请婆母验证。

王　　母　(看)果然修复如初。

王子服　母亲,孩儿为你选的儿媳怎样啊?

王　　母　不仅相貌出众,这手艺也是高超得很哪哈哈哈哈哈……(对丫鬟)你们要好好学上一学。

二丫鬟　多谢老夫人不罚之恩,多谢少夫人。

婴　　宁　不用呵呵……(突然意识到失态,念韵白)谢了。啊,儿媳同子服一起去祠堂祭祖。

王　母　好个懂事的儿媳，随我来。

【王母先行，王子服、婴宁随后，家院上前与婴宁作揖，婴宁摆手，家院与丫鬟随后。

【转场，来到祠堂。

王　母　家院，前去开门。

【家院颤抖着向前。

婴　宁　且慢，青苔路滑。这位老家院腿脚不便，待我向前。

【婴宁三滑步，用水袖拂旋两旁松树。

家　院　（背拱）哎呀呀，少夫人竟有此手段。

【婴宁向家院微笑，一家人依次进入祠堂，供品已然摆好。王母点香，跪拜。

王　母　先祖在上，我儿子服昨日完婚，今日清晨，祭拜祖先，先祖保佑：日后香烟长存！

【众人随从王母三拜，随王母出祠堂。

王　母　是啊，祭祖已毕，为娘要回房休息去了。

婴　宁　啊母亲，看着祠堂，只有两棵青松，冷清得很，媳妇将百花围上可好？

王　母　我早有此意，只是无人动手。

婴　宁　此事就交与媳妇吧，夫君搀母亲回房去吧。

【王母、王子服、家院、丫鬟下。

【音乐起，婴宁招手，舞队手持百花上。

【婴宁、王子服与舞队共舞，舞队堆玉于祠堂门口。

【音乐停，打击乐起，舞队变成墙角造型。

【邻居青年胡生从墙角窥视婴宁。

胡　生　（数板）谁见了美女心不动，

我胡生看见这婴宁两眼往肉里盯；

王子服有福分，

　　　　　天鹅掉在蛤蟆口中；
　　　　　咿——今天婴宁一人坐花丛，
　　　　好机会，来到了；
　　　　　一步跳墙——牛郎织女喜相逢；
　　　　【婴宁警觉躲，立刻笑出声。

婴　宁　哈哈哈哈哈……
胡　生　银铃般的声音是婴宁的笑；
　　　　星星般的媚眼抛得胡生；
　　　　哎哟哟，我的骨头也软，
　　　　我的色胆也增；
　　　　想把她搞到手，
　　　　嘴里得甜，心要横，手脚绷紧翅楞楞的硬；
　　　　先扒衣，后扒裤，
　　　　强暴才能得放纵；
　　　　婴宁啊，我的甜心，我的达令，我的乖乖宝，
　　　　我浑身上下、里里外外、四面八方就像火药轰，
　　　　胡生我立马坠入巫山云雨梦；
　　　　我一个箭步冲过去——
　　　　【舞队立刻把婴宁换成枯木桩，婴宁闪在一旁。

婴　宁　哈哈哈哈哈……（用手一挥）
　　　　【舞队人人手持马蜂向胡生蜇去。

胡　生　（接数板）哎呀呀……怎么抱上枯树乱麻藤；
　　　　树上的马蜂窝撞倒了；
　　　　树上的马蜂蜇来乱嗡嗡……
　　　　哎哟！救命啊！我的爸爸呀！
　　　　【胡生跑，马蜂追，胡生倒地。
　　　　【胡生被蜇死。

【"乱锤"起，胡父从外面跑上撞开门。

胡　父　我儿！儿啊……（扑向胡生）

【王母、王子服、家院、丫鬟上，家院向胡生走去摸鼻息。

王　母　这是怎么了？

王子服　这是隔壁的胡生啊。

家　院　老夫人，他被马蜂蜇死了。

胡　父　老乞婆！儿子被你家马蜂蜇死，我要投状告官，叫你儿替我儿偿命。

婴　宁　你给我站住！

胡　父　你、你是何人？

婴　宁　我是王家的少夫人，刚喝了喜酒就忘了吗？

胡　父　哼！美艳过妖，不是好人。

婴　宁　我问问你，你儿子被马蜂蜇死，怎么不死在你们家，反倒死在我们家院中呢？

王　母　是啊，这话问得有理。

胡　父　啊这……

婴　宁　要打官司，这一条就先站不住吧？

胡　父　死在你家院中，是啊，怎么会死在你家院中……

婴　宁　我家院中，有个新娶的媳妇是不是？我婴宁美艳过妖是不是？

胡　父　这有什么干系？

婴　宁　告诉你干系大着呢！我一过门儿忙的时候，你儿子见了我两眼恨不得往肉里盯，色眯眯地挑逗，不理他也就罢了。不想今日我为宗祠上花，就我一个人在院中。他就胆大妄为竟敢跳墙而过。上来就要扑我，玷污我，你这老头一见我就说什么美艳过妖，这就是你们父子商量好的吧？美艳是我父母给的，美艳有什么错，你们想美艳的媳妇，为你儿子找一个去呀。你儿子这样的男子跳墙抱美艳，强污美艳，无品、无形、

169

无德、无格，一心强行、强占、强暴、强奸，难道这美艳俏丽的女子就必当你们的玩物吗？

胡　父　好一张利口。

王子服　就是到了公堂，胡生死在我们的院中，你也休想胜诉！

胡　父　我儿……你死得好惨哪！

婴　宁　我问问你，刚才我们说的有没有道理？

胡　父　有道理……有道理。

婴　宁　就让你儿子给那些男人的坏种做个榜样吧。

【婴宁走到胡生前面用水袖拂了两下，胡生像僵尸一样站了起来。

婴　宁　说！

胡　生　我见色就起坏心眼！

婴　宁　再说！

胡　生　占不着便宜我就强奸！

婴　宁　还得说！

胡　生　我糟蹋过无数个女孩子！

婴　宁　你叫什么？给我大声地喊！

胡　生　胡生！胡生！我叫胡生——

【胡生再次僵尸倒地，婴宁用水袖再拂，胡生喘上一口人气。

胡　生　哎哟……爹爹我再也不敢跳墙，再也不敢贪色强暴了……

胡　父　我们胡家的脸面全让你丢光了。

婴　宁　还上不上公堂了？

胡　父　我……再无脸面上公堂了！

【胡父搀胡生下。

王　母　婴宁能干又精明，王家从此福禄生。

【舞队从四面围上造型。

婴　宁　哈哈（忙止）多谢婆婆夸奖。

170

【压光。

第七场

【舞队上，忽而展现旷野荒郊，忽而展现崇山峻岭。

婴　宁　（内唱）夫妻为寻找——

【婴宁、王子服上。

婴　宁　（接唱）

　　　　双亲孤坟！

【结合舞队，二人展现行路艰难各种形体动作。

婴　宁　（接唱）难忘亲娘，新婚嘱托谆谆，又思念养母接我两岁整，一把屎，一把尿，含辛茹苦十四春——

王子服　西南山中，此去三十里。我们到了姨母家中。

【舞队下。

　　　　（接唱）我在此曾拜过亲姨母，

婴　宁　（接唱）那本是鬼魂附人身。

王子服　啊——（惊吓倒地）

婴　宁　（接唱）子服啊，休害怕，

　　　　为妻一一说分明；

　　　　婴宁亲娘是狐女，

　　　　爹爹本是仗义人；

　　　　人狐相恋纯情爱，

　　　　亲娘茅舍养婴宁；

　　　　育养花苞待开放，

　　　　亲娘艰辛谁能闻，

乳奶一岁半，

怀中享暖温；

爹娘炽热爱，

婴宁笑不停；

打狐猎队仗势可恨，

恶杖击碎恩爱家庭；

护妻儿爹爹惨死屠刀下，

血淋淋的母亲千里送儿身；

人间哪有真情在？

鬼魂的化人唯有我那养母娘亲；

婴宁长大告身世，

耳闻难尽泪淋淋；

她告我不可违背亲娘命，

她要婴宁笑一生；

笑中化解殃戾气，

笑中看清世间人；

笑中藐视恨如粒，

笑中融入纯真情。

王子服　哎呀婴宁啊！我就爱听你笑！你笑声中包罗世间善恶，王子服就是你心中知音啊！

婴　宁　（接唱）觅得知音婴宁幸，

你可敢随我千里之外寻坟茔？

王子服　（接唱）既为夫妻同苦共，

王子服要做婴宁保护人！

婴　宁　（接唱）真心话语出肺腑，

你我即刻就登程——

【音乐起，舞队上，做各种山水造型。

【婴宁、王子服运用戏曲形体动作、技巧,跨越千山万水。

【突然一处传来狐狸叫声。

婴　宁　母亲……(向一处土堆扑去)

（唱）母亲你十七年竟葬在荒草乱坟……

【画外音传来:为何不听从娘言语?

婴　宁　（唱）看尽了人间子女忘却父母恩,

婴宁要供父母如神明;

涉尽千山与万水,

容儿尽孝这纯心;

母亲身魂随儿走,

再指点父亲尸骨何处存?

【狐狸叫声又传来。

王子服　母亲她应允了!

婴　宁　快!

【婴宁、王子服刨土,装遗骨,背负遗骨。

【狐鸣声引二人前进,又见一土坟,狐鸣。

婴　宁　这、这、这就是爹爹坟茔了!

（唱）爹爹又葬乱坟岗,

不孝儿迟来莫伤心;

刨土再负爹遗骨——

【婴宁、王子服再刨土,装遗骨。

（接唱）千里寻墓,不负孝心。

【二人与舞队共造型。

【压光。

173

尾　声

【莒县罗店，王子服家近郊。
【舞台正中后区三座坟茔。
【音乐起，伴唱起，舞队飘然而上，堆花掩坟。
【伴唱：
　为人子女不忘孝，
　千里寻亲起新坟；
　大笑不止何曾憨，
　婴宁初心是本真。
【婴宁、王子服持香对坟墓三叩首。
【王母、院公、丫鬟，向坟墓致哀。
【舞队从内翻出在演员前造型。
【幕落。

——剧终——

2024 年 7 月 31 日

倩女离魂

根据郑光祖元杂剧本改编

创作背景

《倩女离魂》是元杂剧四大名家之一郑光祖的代表作。在那个时代，敢于用艺术形象呼吁男女自由恋爱，表现了中国文人的胆魄和超越时代的精神。在艺术表现形式上，他运用了分离形象来表现灵魂出窍，超于西方"分离形象"的舞台运用数百年之多。

这出戏是上海戏剧学院戏曲分院2009届毕业生毕业剧目之一，当时参与这出戏创作的学生有田莎、佟珊珊等。在剧本的构思当中，加入许多青年学生对现实的批判，使之成为比较优秀的大学生毕业剧目。在演出之后的反思中，我感到尚缺乏郑光祖对青年执着爱情的描述，中间生发的情节有些杂乱，其中掺杂的一些现代的对话使得全剧欠统一。但是这出戏当时的演出还比较好看，受到了观众的好评。

当我又细读元代郑光祖的原著时，我不禁感到自己文学底蕴上的浅薄，更感觉到，我们没有达到郑光祖所要反映的深刻主题，尤其没有达到他笔下刻画的倩女心理和行动相匹配。继承并不是一项简单的工作，而需要不断地学习和深入。

借这次出版之机，我又重新改写了《倩女离魂》，希望这个改本能够在原来基础上有所深入和进步。这是一出"旦本"戏，期望能够有院团和演员选中这个剧目，把历史上传统的优秀剧目保留下来。

元杂剧属于昆曲中的北曲。昆曲唱词的平仄，来源于宋词的词牌。在改昆曲为京剧的过程中，需要注意平仄规律的改变。京剧"板腔体"的唱词，来源于唐诗的律诗，这是京剧剧本中需要遵循的客观规律。

剧情梗概

倩女与王文举两家自幼定亲。成年后王文举家道败落，到李家提亲时李氏夫人颇有悔婚之意，便提出李家不招白衣秀士，王文举必须考中状元方得来议婚。

倩女和王文举却一见钟情，不忍分割。李氏逼王文举赴试，倩女却因相思而病弱。王文举于梦中得知倩女得病，回归探视，又遭拒绝，亦在病中冒雨前往赴试。

倩女病中思念王文举欲绝，灵魂出窍，追赶王文举并与其同行赴京城。

倩女真身在家中始终卧病懵懂不醒，李氏爱女心切，欲寻找富户嫁女，见倩女坚持初爱，遂打消念头。

王文举得中状元，写信到李家，倩女误会，怒责王文举负心。

王文举与倩魂归家，倩女与倩魂合二而一，全家终得团圆。

人物表

倩　女（旦）李民之女

倩　魂（旦）倩女之魂

王文举（小生）自幼与倩女订婚，后中举

李　氏（老旦）倩女母亲

梅　香（花旦）倩女的丫鬟

张　千（丑）王文举中举后的书童

老院公　（末）　李家管官

倩魂舞队 A　倩女分离形象

倩魂舞队 B　倩女分离形象

倩魂舞队 C　倩女分离形象

倩魂舞队 D　倩女分离形象

第一场

【定点光下。

【倩女手拿签筒跪拜，摇签筒，签掉地声。

倩　　女　（清唱）柔肠一寸愁千缕……

【倩女定点光渐收。

【舞台另一角定点光起：王文举持马鞭。

王文举　（清唱）多情自古伤别离。

【王文举定点光渐收。

【舞台中央定点光起，李氏手拿佛珠。

李　　氏　我家三代不招白衣秀才，虽然是指腹为婚，若不高中，亲事作罢！

【音效：远方传来寺庙钟声。

【三定点光同时起。

倩　　女　王郎……

王文举　倩女……

李　　氏　住口，叫你们兄妹相称，就是兄妹相称！

倩　　女　王郎……哥哥！

王文举　倩女……小妹……

【李氏隐去。

倩　　女　（唱）母亲严命把心剜，

王、倩　（轮唱）端好姻缘临近深渊；

王、倩　（轮唱）剪不断情思醉新缠，

王文举　（唱）滴滴娇音春无边；

倩　　女　（唱）指腹婚约谁曾见？

　　　　　　　分明三生石上前世缘。

王、倩　（轮唱）佳期待展——为甚的棒打两边。

倩　　女　（唱）心子香前酬愿。

王文举　（唱）尺素寄下誓言。

【台上空落下条幅。

　　　　　　　九鼎誓言同生死，

　　　　　　　今生琴瑟共和鸣。

倩　　女　（唱）——寄下誓言。

　　　　　　（唱）折柳枝——

王文举　（唱）——赠笔管。

王、倩　（轮唱）九鼎誓言同生死，

二人同　（唱）今生今世琴瑟共和弦。

【舞台中央定点光起，李氏出现。

李　　氏　王文举事已至此，你快快去吧！

倩　　女　母亲，即使是兄妹相称，也要送他一程。

李　　氏　梅香上酒。这也是我李家仁至义尽……

【梅香端酒上，李氏洒酒一杯，隐下。

【倩女与王文举共举杯、共饮。

倩　　女　（唱）母恩准，心儿跳，

　　　　　　　离别话语无轻佻；

　　　　　　　心中事对伊道，

　　　　　　杯中之酒如醽醁；

　　　　　　长亭折柳最念处，

　　　　　　王郎啊……休做那有上梢来无下梢；

　　　　　　且记着渭城朝雨洛阳残照，

　　　　　　水长流长亭折柳青绿柔条；

　　　　　　不唱阳关残本末，

　　　　　　休忘今日送别我心中年少。

王文举　（唱）王文举岂是那忘义屑小，

　　　　　　倩女情早在心中扎深苗；

　　　　　　片帆南遮西风恶，

　　　　　　彩云飘绕紫鸾箫。

倩　女　（唱）知你并非茅檐燕雀闹，

　　　　　　知你志在掣擒鲸鳌；

　　　　　　奈何别离愁难了，

　　　　　　经年虚度可怜宵。

王文举　（唱）我不若骆宾挥笔论天表，

　　　　　　也不让太白醉写平蛮标；

　　　　　　绝不做相如高奉征贤诏，

　　　　　　有佳信即与倩女共良宵。

　　　　【定点光起，李氏立于舞台正中。

李　氏　时辰到，王秀才还不上路？！倩儿回闺房！

　　　　【音乐再起。

　　　　【倩女手中挥柳条，王文举手中挥毛笔，彼此走近赠送礼物，
　　　　　含情脉脉地凝视对方相拥……

倩　女　王郎……

王文举　倩女……

李　氏　（佛珠掉地，愤怒）成何体统！人言可畏！还不快走！

【倩女、王文举冲向对方，紧握彼此的手，被李氏拆开。

李　氏　（念）若想凤阙攀枝绕，除非京城龙门跳。

王文举　鹊桥此生难隔断，功名虽重情更高。

倩　女　母亲心狠焦又恼，隔断巫山魂魄销。

李　氏　自古婚姻娘做主，富贵无门缘自抛！

【两人越渐分隔，手捧礼物背对张望，越走越远……

王文举　（唱）青湛湛天若有情天亦老，

倩　女　（唱）急煎煎人间多情人去了。

王文举　（唱）她泪湿香罗袖，

倩　女　（唱）他鞭垂碧玉梢；

王文举　（唱）她一望望伤怀抱，

倩　女　（唱）他一步步待回镳。

倩、王　（同唱）虽说是指腹为婚迟相见，

　　　　　　　相逢时三生情缘再难抛。

【音效：关大门的重重回音声，一片黑暗。

【压光。

第二场

【老院公持伞出王府院门，上。

老院公　（唱）三月春寒风雨紧，

　　　　　　惊人电掣雷鸣声。

　　　　（白）这样的大雨说来就来，奉了老夫人之命，查看门外动静，墙外大道如泥泞一般，关紧大门，莫生祸端……（欲转身关门）哦？有一人影冒大雨骑马，像是王文举匆匆赶来，

　　　　　待我来问上一问，喂！骑马而来的敢是王相公吗？
王文举　正是学生，正是学生！
老院公　你为何冒雨赶回呀？
王文举　学生在旅店之中，偶得一梦，梦见小姐身染重病，老院公你就容小生见小姐一面吧啊……（哭）
　　　　【雨止，李氏上。
王文举　（唱）小姐重病昏迷不醒，
　　　　　此时刻哪有心夺取功名。
李　氏　你为何去而复转？
王文举　哎呀，老夫人哪！小姐此刻身染重病，小生无心赶路夺取功名，望老夫人开一线大恩，容我夫妻……兄妹见上一面吧！
李　氏　嘟！为男子者功名事大，我女儿身染小恙，与你什么相干？还不与我走！走！走！
　　　　【雷声突起，王文举跌下马来，老院公急去搀扶。
李　氏　老院公还不赶快关起院门！
老院公　看相公浑身发烫，且容他避过大雨再走吧。
李　氏　留他进院就要留出事来，关了大门！
　　　　【老院公关门，王文举拉马，跌跌撞撞下。
李　氏　哎呀且住，看这王文举身体弱弱孱孱，怎能赶到京城赴试？就是赴试得中，我女儿焉能嫁他？不免找媒人上门，寻个高门大户人家，也好了却我这桩心事。
　　　　【梅香跑上。
梅　香　老夫人可不得了了，小姐病病歪歪，都起不了床了。您快看看去吧。
李　氏　老院公，快、快请郎中前来！唉！
　　　　（念）女儿本是贴心肉，
　　　　　闻听病重揪心疼！

【暗转。

【翌日晨，倩女强撑虚弱的病体看着王文举赠的笔，立于屏风后。

【逆光起，唱前两句，观众看只是剪影。

倩　　女　（唱）

不见银河鹊桥路，

青墨涩笔伴孤独；

【病病歪歪从屏风中走出；舞台光启。

倩　　女　（接唱）

有心望郎无去处，

只把相思寄成书；

怎做蝴蝶绕锦树，

翻飞如练衔蕊珠；

无端自愁相思苦，

只怕红退绿也枯。

啊绿也枯……

【李氏、梅香端着药进门。

【李氏亲自喂药。

李　　氏　儿啊，快来吃药了……儿啊，昨晚为娘请的是本城最好的郎中，昨晚一剂，今晨一剂，你的感觉如何？

倩　　女　良药怎医心头苦。

李　　氏　儿啊，有些事儿要看淡一点，心不可太死太痴呀！梅香到我房内将嫁衣取来。

倩　　女　（看见嫁衣）母亲，这是什么……

李　　氏　你十六岁前为娘为你出嫁准备的嫁衣！（给倩试穿）

倩　　女　谢母亲！等哥哥得官回来，女儿就穿上这嫁衣成亲。（穿上）

李　　氏　听说出嫁，儿的病啊……就好了一大半了。

倩　女　母亲……

李　氏　唉，倘若那王生他考不上你怎能嫁他呀？

倩　女　女孩儿家穿上这身嫁衣自然要嫁，女儿情愿与他同甘共苦！

李　氏　信口胡说，为娘不能让你终身吃苦，人生苦短……你不懂啊！

倩　女　母亲……

李　氏　你要懂娘的心哪，娘要尽力把世间最好的都给你啊！

倩　女　（抱住母亲）母亲！

李　氏　孩儿，你父亲早年过世，母女相依为命，如今为娘年岁已高，希望你过得衣食无忧，富贵荣华，娘以后不在人世也就放心瞑目了……唉，当初你与王家指腹为婚，门当户对，可如今王家败落，一贫如洗，就算得一官半职，无有靠山，这贫苦的日子……难熬啊……儿的终身岂不被耽搁了！

倩　女　母亲，你说些什么？

李　氏　唉，为娘对你实说了吧！

（唱）那王生不应考折路回转，

病恹恹竟还敢行为不端；

盛怒之下将他赶——

他无心赶考是浪荡儿男！

梅　香　是啊，王公子赶考途中梦见小姐病了，他就冒雨偷偷折回看望小姐。老院公说他浑身发烫，连路都走不动啦！

倩　女　哎呀！（晕坐）

（唱）闻此信不由得天旋地转——

李　氏　我儿醒来！

梅　香　小姐醒来！

倩　女　（唱）情切切才是个纯情的儿男；

母亲你为我平添梦魇；

说什么拜兄妹你谋算在先！

　　　　（白）我与王郎从小指腹为婚，母亲你假借结拜兄妹，许诺他得官之时，必成亲事，你怎么拿女儿的终身大事出尔反尔呢？（哭泣）

李　　氏　儿啊！（念【扑灯蛾】）
　　　　　王生重病怕延误，不愿女儿受贫苦。

倩　　女　山盟海誓定终身，他若贫穷儿相助。

李　　氏　母亲为你心良苦，嫁入豪富终身福。

倩　　女　真爱才是儿归宿，

李　　氏　空谈情爱是虚无！

倩　　女　原来母亲你心中另有盘算……（脱掉嫁衣扔地）

李　　氏　儿啊，为娘不过想另选一高门大户人家。做亲娘的，怎么会委屈你呢！

倩　　女　只要与王郎在一起，绿窗贫家女，衣上无珍珠，女儿也心甘情愿！

李　　氏　即便如此，你也要养好身体，在家等候。

倩　　女　女儿情愿随他前去赴考——

李　　氏　你、你、你……身体这般孱弱，出不得家门半步。怎赴千里路程？

倩　　女　说什么家门半步。纵有千里路程，儿也要前去——

李　　氏　你——自古婚姻父母做主。不听为娘的话就为不孝！房门紧锁！（下）

倩　　女　母亲！母亲，怎不解孩儿之心，开门啊！
　　　　【音效：关大门的重重回音声；雷雨声。
　　　　【所有灯光随雷声切光，追光落在倩女倒卧榻前。
　　　　【倩魂从倩女榻前分离出来。

倩　　魂　哥哥……王郎……
　　　　【空中传出王生的琴声和画外音：倩妹……倩女……

【伴唱起：

（伴唱）九鼎誓言同生死，

今生琴瑟共和鸣。

【倩女倒卧在卧榻上；突然卧榻后飘出双水袖，虚虚渺渺的另一个倩女。随着伴唱舞蹈，那是倩女的魂魄……在音乐中冲出大门。

倩　魂　王——郎！（在伴唱声中，随风飘去）

【灯光灭。

第三场

【郊外。

【音效开启大门的重重声。

倩　魂　（唱）　真情一点魂穿云峡，

【侧光渐起，倩魂出，倩魂喜出望外，在唱中配合身段、形体动作表演。

倩　魂　（唱）悄悄冥冥，潇潇洒洒，步出家门才识得广阔天下，处处嫣红姹紫、争艳百花！

万水千山都只在一时半霎，

（接唱）惊得那——呀呀寒雁起平沙。

一叶扁舟掩映在垂杨下，

听长笛一声何处发？

（音响：雨声）雨姐姐再不要为我泪儿轻洒，

我如今像只那快乐的鸟儿展翅天涯；

沙堤移步款款踏，

　　　　秋草也自带霜滑；
　　　　任苍苔露冷凌波袜，
　　　　随细雨掠湿湘裙纱。
　　　　江上鱼旋晚来堪画，
　　　　自由天下碧玉无瑕；
　　　　雨飘风扬意肠挂，
　　　　心系王生同走天涯；
　　　　猛然间耳边又听马蹄声踏，
　　　　十里亭边分明是昼夜思念心中的他！
　　　【暗转，十里长亭。

王文举　（唱）为赶考日夜兼程京城奔，
　　　　风啸更著雨飘零；
　　　　心中惦念倩女病，
　　　　在马上只觉颤抖冷似冰……
　　　　勒缰无力坐不稳——（跌落下马）
　　　【压光，倩女闺房在舞台另一空间显示。
　　　【两度空间：倩女空间光起，倩女挣扎起身。

倩　女　（唱）看眼前落马之人是王生；
　　　　急切切忙搀扶懵懵懂懂，
　　　　睡梦沉沉眼难睁；
　　　　纵身死，难抛下——
　　　　相随形影——相随形影不离分；
　　　　拜求菩萨多保佑，
　　　　保佑他早日得中早回城；
　　　　不枉临别发誓愿，
　　　　今生共和鸾凤鸣。
　　　【光全面起，两度空间。

倩　女　王郎——

倩　魂　王郎——

　　　　【压倩女闺房光。

　　　　【提亮十里长亭光。

　　　　【王生病恹恹而坐。

　　　　【倩魂飘飘而上从身后走向他身旁，彼此对望。

倩　魂　王郎……王郎！落马伤可重？

王文举　（惊）倩女……

倩　魂　王郎落马伤可重？

王文举　倩女莫非在梦中？

倩　魂　十里赶来为探病，

王文举　你也是重病压在身；（手紧紧相握）真的是你吗？……

倩　魂　我是想念王郎的病……

王文举　我是惦念倩女的病。我梦见你病了，可……

倩　魂　知道了，为此赶来，你好些了吗？

王文举　倩女你……让我的心好温暖……

　　　　【音乐起，二人一段情意绵绵的舞蹈身段水袖，最后回到原位子。

倩　魂　王郎，把药喝了吧。（把药端给王）

王文举　（灵机一动）手无力呀……

倩　魂　（害羞喂药）药苦吗？

王文举　（盯着倩魂看）好甜呀……

倩　魂　（手摸王头）发汗了，病可好些了？

王文举　无事了！

倩　魂　那就……自己喝吧！（偷笑，咳嗽）

王文举　（给倩女披上衣服）真是同病相怜啊……可暖些了？

倩　魂　暖入心脾……

【倩女空间光起：倩女、倩魂两人含情脉脉定格。

倩　　女　　当真是暖入心脾……

王文举　　高兴得忘问小姐，是车儿来，还是马儿来？

倩　　魂　　你猜！

王文举　　看你风尘仆仆应是马儿？

倩　　魂　　我是徒步一径地赶将你来！

　　　　　　（唱）徒步赶来精疲力乏，

　　　　　　一路山陡带霜滑，

　　　　　　汗溶溶琼珠莹脸挂，

　　　　　　蓬松松云鬓乱堆鸦。

【绣房中。

倩　　女　　（接唱）薄命女只为伊牵挂，

　　　　　　有何人服侍你远赴京华；

　　　　　　我为你自情愿私离绣榻，

倩　　魂　　（接唱）我为你自打破牢笼锁枷。（行弦）

王文举　　岳母大人许了亲事，待小生得官，回来谐两姓之好。小姐今私自赶来，岳母定要责骂，古人云："聘则为妻，奔则为妾。"张扬出去，闲言碎语道我们有玷风化呀！

【倩女、倩魂同唱。

倩女、倩魂　（同唱）说什么闲言碎语道我们有玷风化！

倩　　女　　（唱）倩女立誓心无疵瑕；

　　　　　　常言道既然做着便不怕，

　　　　　　我视那闲言碎语似落絮飞花；

　　　　　　我宁愿背离古训担负罪名比天大，

　　　　　　也不愿春光付铅华。

倩　　魂　　（唱）真情在说什么有玷风化？

　　　　　　宁追随心上人一抹斜阳到天涯。

娘再相唬也不怕，

我凝睇双目不归家。

倩女、倩魂 （同唱）还有个心思一点难抛下——

倩　魂 （唱）我只怕呀……

王文举　怕什么？

倩　魂 （唱）到京城谁不恋奢华？

一旦高中媒人拦住马，

有佳人待嫁王侯帝王家。

倩　女 （唱）蝶儿远飞不念花落泥尘下。

跃龙门、播海涯，占鳌头、登上甲，

做娇客，自矜夸，

怎还想飞入寻常百姓家？

王文举　小生岂是负义之人，一举及第，心中只有小姐！只恐落榜不中……

倩　魂 （唱）你若是闷闷沉沉落三甲，

我为你吟唱消愁抱琵琶。

倩　女 （唱）他若似贾谊长沙困，

我敢效孟光奉贤达。

倩　魂 （唱）哪怕是云笼雾鬓挂，

哪怕是双眉淡扫似残霞。

**倩女
倩魂** （同唱）结同心——举案齐眉傍书榻，

一任粗粝淡薄生涯；

卸钗环、穿布麻，学一个沽酒文君服侍汉司马，

休想我半点星儿心意差，

同心相爱比天大，

愿同甘苦胜仙家！

王文举　（唱）一番话好似那月明直下，
　　　　　　　照得我心中放光华；
　　　　　　　发下的誓愿无虚假，
　　　　　　　怕什么流言蜚语把情真杀。
　　　　　　　愿秋风尽鼓云帆挂，
　　　　　　　化春光付与这一树铅华。
　　　　　　【王文举与倩魂相拥。
　　　　　　【折柳亭演区收光。

倩　女　（向前欲扑王文举不稳）王郎！
　　　　【倩女倒卧榻上。

梅　香　（急上扶）小姐！
　　　　【倩女再一次走到桌前，拿起了笔，在纸上写着字。

倩　女　（清唱）重叠泪痕缄锦字，人生只有情难死……
　　　　【演区渐渐收光。
　　　　【音效：远处寺庙钟声传来。

第四场

　　　　【音乐起。
　　　　【这是秋天里的雁鸣声。

梅　香　小姐，您今天好点儿吗？您还是吃点儿东西吧……

倩　女　（摇头）梅香，如今是何时了？

梅　香　如今秋风乍起，黄花飘落，快过中秋节啦！

倩　女　怪不得北雁南飞，黄花飘香……

梅　香　您总这么想着王公子，茶也不思，饭也不想，睡梦之中都在呼唤他的名字。这是不是就是爱呀？

倩　女　这是爱吗——

梅　香　小姐，到底什么是爱呀？

倩　女　梅香啊——

（唱）爱如藤缠树刀斧难割断，

爱是双双付出无悔心甘，

爱本长相守不弃到永远，

爱与被爱琴瑟同拨心弦。

梅　香　这么说，您和王公子真是相亲相爱呀！

倩　女　（摇头）去时节杨柳东风，今日梨花暮雨……

梅　香　是啊，王公子一去半年多了。您的病一点不见好转，可还是这么夜以继日，秉烛达旦地写呀绣呀思呀等呀，王公子怎么连封信也没有啊？

倩　女　隔千里春归人不归，数归期日长愁更长……

梅　香　解铃还须系铃人啊！您的病都是老夫人狠心棒打鸳鸯而起，我找老夫人去！

李　氏　（内呼）梅香，梅香！

【李氏上场，突然被画外音唱惊悚，寻找声音来处。

【画外音：（唱）九鼎誓言同生死，

今生琴瑟共和鸣。

李　氏　时候到了，怎么还不去给小姐端药啊！

梅　香　（鼓勇气）老夫人，您每天听小姐这迷迷糊糊的话，就一点儿也不心疼吗？

李　氏　住口！小小丫头懂得什么！快去端药来！

梅　香　（强辩的）我虽不懂得大道理，可也知道世间真情最可贵！……您想啊王公子去时东风日暖，如今又过暮雨寒食，眼见半载有余……

191

李　氏　我早就说过,那王生定要落榜,他哪有脸面回来!

梅　香　是啊,王生没有回来,可是小姐的病呢?一天比一天重,难道您真的不知小姐的病根从何而起的吗?你忍心看着小姐为相思枯肠不害饥,苦恹恹一肚皮吗?

李　氏　(许久没说话,看四周)

　　　　(唱)小小丫头话语似利箭,

　　　　刺我心点点滴血鲜;

　　　　为女儿婚姻事机关尽算,

　　　　只盼富贵相伴一生安。

　　　　眼看着她半年来千死万休憔悴竭损病恹恹,

　　　　名医束手我泪也干,

　　　　难道是驱赶王生、另选媒人留下积怨?

【李氏进门,倩女上。

倩　女　王郎归来兮,王郎归来兮,菩萨保佑……

　　　　(接唱)他、他、他月内必归。上上签!

　　　　(白)上上签,上上签!哈哈哈……

李　氏　儿啊,这这是怎么样了?多少吃点东西啊。(喂食不吃)病要治,饭要吃啊,我就你一个女儿,若要好歹……为娘怎么办啊?

倩　女　(望着李氏许久)你、你、你是何人?

　　　　(唱)分明一张陌生脸!

李　氏　我是……是……你亲娘啊……(哭泣)

倩　女　(唱)(拿签筒指李氏)

　　　　你骗菩萨、骗小倩、骗天、骗地尽谎言!

　　　　猛然听得鼓乐响,

　　　　王郎荣归做高官。

倩　女　(激动地抓住母亲的手)

王郎，是王郎，终于等到你回来了，得官了吗？（等李的回答）快说呀！快说呀！

（李氏点点头）

倩　　女　呵呵呵……这下母亲无话可说了！（抱李）

（唱）抱住王郎心抖颤，

此刻难止泪涟涟；

怕你不中羞归转，

怕你得官背誓言；

怕你归来遭婚变，

怕只怕亲娘心狠、另门嫁女，

从此错过相知相爱三生缘！

好、好、好——终于盼到得中状元来迎娶——

倩　　女　（敲打着紧锁的大门大喊）

娘开门，哥哥回来了，我要跟哥哥永远在一起！决不另嫁别门！

【喜庆音乐起，灯光变化，王文举上。

王文举　小姐，我来看你哩！

倩　　女　王生，你在哪里来？

王文举　小姐，我得了官也！

李　　氏　我的眼力果然不差。

王文举　拜见岳母大人。

李　　氏　不用拜了，不用拜了。

倩　　女　（唱）则道你忘却姻缘；

原来发奋鹏飞赢官宦，

归来千丈五陵豪气添！

你我再无分别日……

王文举　小姐，我要去了……

【喜庆音乐止，灯光变化，王文举下，倩女又抓住母亲。

李　氏　孩儿，你清醒清醒吧！我是娘啊！

倩　女　（唱）这一梦真切切笑语欢颜。

倩　女　王郎，这是我为你写的诗它依然在呀！（牵着母亲手，穿梭诗中）

李　氏　（抚摸倩写的诗念）爱如藤缠树刀斧难割断，

倩　女　（唱）爱如藤缠树刀斧难割断，

李　氏　爱是情愿付出无悔心甘；

倩　女　（唱）爱是情愿付出无悔心甘；

李、倩　（同唱）爱本长相守不弃到永远，

　　　　　　　爱与被爱琴瑟同拨心弦。

李　氏　孩儿啊！

　　　　（唱）青墨涩笔满纸泪，

　　　　　　病中痴情亦相随；

　　　　　　只说女大嫁富贵，

　　　　　　真情无价富贵堂皇换不回；

　　　　　　心爱女不知女扪心自问心自愧，

　　　　　　锁门墙设门墙反隔母女情堪悲。

倩　女　王郎……

李　氏　你清醒清醒，仔细看看，我是娘啊！

倩　女　王郎……

李　氏　是娘啊！

倩　女　王郎……

李　氏　（沉默）孩儿，（拿梳子给倩梳头）娘再为你梳头吧……

【倩女开始警戒，倏地看到母亲的泪水，点头……

李　氏　（唱）清早起来。

倩　女　（唱）娘梳头……

李　氏　（唱）眼见细发如流瀑，

　　　　　　但愿青丝长清秀。（不觉泪下）

倩　女　（唱）额添新皱白发稠……（给李氏擦泪）

【音乐起。

倩　女　母亲，你的白发又平添了许多……母亲，原谅孩儿不孝！求母亲，不要另选高门，富贵无情、人有情，情缘相依是婚姻，恩准我与哥哥在一起吧！……这才是女儿的归宿啊，哥哥的人品母亲是知道的，即使贫穷受苦，女儿一生也不后悔……原谅女儿不孝！

李　氏　可那王生去了，无音信寄来！

倩　女　（唱）我与他有一片蓝天的朗朗，

　　　　　　我与他有默念等待的心窗；

　　　　　　我与他有聆听彼此的寂寞，

　　　　　　我与他结伉俪更会孝敬亲娘。

李　氏　（点点头）孩儿啊，只希望你快快好起来，娘不奢求什么，都依你啊，娘心里有愧啊！

倩　女　母亲……

李　氏　娘伴你等王生回，一生姻缘遂儿心！梅香，把大门打开！

【音效：大门打开声。

【灯光：阳光普照。

李　氏　（走出大门）孩儿，等王生回来，亲手给你穿上嫁衣！

【倩女深深地给母亲一拜，李氏下。

【音效：大门启开重重声，鸟语花香，海浪声。

【倩女迈出大门感受四溢花香。

倩　女　（清唱）谁曾见金风吹姹紫嫣红，

　　　　　　谁曾见仲秋有争艳百花！

梅　香　（自语）情为何物啊，什么时候我也能有个……

195

倩　女　（紧接）如意郎君！呵呵！

　　　　【倩女与梅香在花园中嬉戏。

　　　　【收光。

第五场

　　　　【幕起，通往张家的路上。

张　千　（内白）闪开，闪开，我的马勒不住了！

张　千　（数板）

　　　　我做随从（书童）实在是棒，

　　　　公差干事的能力强。

　　　　一天走了三百里，

　　　　晚上睁眼还没下炕。

　　　　我家王相公才学广，

　　　　一举考中了状元郎；

　　　　如今封官衡州府判，

　　　　他要偕同夫人衣锦还乡；

　　　　命我先来下书信，

　　　　快马加鞭跑得我是汗流浃背浃背汗流晕头转向是转向晕头！

　　　　哪儿是张家宅子呀，八成这里就是。待我敲门询问询问。

　　　　【梅香正准备出门，张千往里敲门，两人恰好相撞。

张　千　好一个聪明端庄的小丫头。

梅　香　好一个莽撞清秀的少年郎。

张　千　心里怦怦直撞墙。

梅　香　心乱如麻小鹿跑上我心脏。

张　千　我心翻滚。

梅　香　我脸发烫。

二人合　好似中了邪全身僵，

　　　　待我上前来问上一问……

张　千　请问……

梅　香　我说……

【两个不好意思，又退回去。

梅　香　我说这是怎么回事，哪里来的莽撞鬼、鬼莽撞！兀那厮，你是什么人？

张　千　姐姐，多有冒犯，在下张千，奉我家老爷之命，差来衡州下书。敢问这里是张公弼张家府上吗？

梅　香　这里……我要逗他一逗，你向前走百米，看见杨柳树后向后转，再走百米便是了。

张　千　向前走百米，再向后走百米……姐姐，这，这。

梅　香　这什么呀，快呀！

【张千按照梅香指示走又回到原地。

张　千　你……哄我啊！

梅　香　（笑）呵呵……好了，好了，说真格的，这就是张府。你刚才说你奉了你家老爷之命，你家老爷他究竟是谁呀？

张　千　俺家老爷乃当今状元王文举……

梅　香　哦！王公子？你是王公子的差人，王公子高中了？

张　千　王相公官封衡州府判，就要前来上任啦！命我骑快马，下书信，先行报个喜，老爷随后就到！

梅　香　哎哟，瞧我这儿晕头晕脑儿的，快把这喜信儿禀告小姐知道吧。

【梅香进屋。

梅　香　小姐，小姐，

【拉小姐上。

倩　女　哎，慌里慌张做什么？

梅　香　王秀才得了官了！得了官了！

倩　女　你又来调皮！

梅　香　梅香不敢调皮，王公子已派差人寄家书前来啦！

倩　女　人呢？

梅　香　哟！我怎么把他给忘啦？

倩　女　快，快着他进来！

梅　香　是啦！

【梅香出屋，倩女整鬟……

【梅香拉张千进门。

【张千见了倩女，不禁惊吓。

张　千　啊！眼前这位夫人，怎与我家夫人生得一模一样，简直就是一个人！

倩　女　你是…

梅　香　嘿！我们小姐问你话呢。

张　千　喔，在下张千，京师王文举老爷差我前来下书。

倩　女　王文举？

张　千　我家老爷，授官衡州府判！

梅　香　到咱们衡州做官啦！

倩　女　他、他人在哪里？

张　千　命我前来送信，老爷随后就到！

梅　香　哎，你的书信呢？

张　千　在这儿呢……

倩　女　快将书信呈上！

梅　香　是啦……

【音乐起。

【张千递书信，梅香接，与倩女舞蹈。

【梅香递书信于倩女，倩女拆信。

倩　女　果然是王生的亲笔字迹。（自念）"寓都下小婿王文举拜上尊慈座前……"是写与母亲的。

梅　香　您先看，一会儿再送给老夫人。

倩　女　（念）"自到阙下，一举状元及第，今授官衡州府判，文举夫妻一同回家。万望尊慈垂照，不宣。"（惊）

【乐止。

倩　女　（再看）"文举夫妻一同回家"！你家老爷他，他，他有了夫人？

张　千　是啊，我家老爷有了夫人，日夜形影不离哪！

倩　女　哎呀！

【倩女气晕。

梅　香　哎呀，小姐，小姐！（转向张千）都是你这臭寄信的，还不给我滚！快滚啊！（将张千打下）

【梅香将张千推出屋外。

梅　香　小姐醒来！

倩　女　（唱）百年情只落得长吁气。

【倩女醒，两眼直瞪瞪看着梅香……

梅　香　小姐，小姐您这是怎么啦？老夫人，老夫人快来呀——（下）

倩　女　（接唱【回龙】）只道是春心满纸墨淋漓，
　　　　却原来比休书多了个封皮，
　　　　气得我泪涌如血流不尽，
　　　　魂逐东风吹不回。

【在激烈的音乐中撕信。

倩　女　（接唱）痴情空守三百日！
　　　　空留下词翰联句做成了断肠集；
　　　　只怕他考场折翅堕春闱，

只怕娘冰绡剪破鸳鸯离；

可叹我半载为他染沉疴，

可叹我整日无心扫黛眉。

可叹我盼红毡驾彩舆，

可叹我竟等来他另接丝鞭娶新妻；

真是个秀才乍富心肠黑，

情逐寒风吹不归；

不闻琴边知音语，

着床鬼病再难医。

梦已成空梦已毕，

难道说此生甘做了山间滚磨旗。

恍恍惚惚只觉得三魂七魄全归去——

【倩女不支，李氏、梅香上。

李　氏　倩儿，倩女！你，你不可抛娘而去呀！

梅　香　小姐！

【倩女强睁眼。

倩　女　（唱）春哪春——怎奈匆匆去得急！

李　氏　倩儿……

梅　香　小姐！

【二人搀倩女。

【收光。

第六场

【光启，通向王府大道。

王文举　（内白）前面就是折柳亭，夫人，你我下马而行！

【王文举上。

（唱）往事坎坷不堪省，

归来黄花别样情；

夫人她脚步踟蹰心不定——

（白）倩女，快些来啊！

【倩魂上。

王文举　夫人，前面就是折柳亭了！

倩　魂　（唱）没来由愁绪眉头生。

王文举　夫人！

（唱【古水仙子】）

一攒攒绿杨红杏，一双双紫燕黄莺，

倩　魂　（接唱）当初时节柳亭双双誓盟，

就好似一对蜂、一对蝶，各相比并。

王文举　（接唱）母亲教咱做妹妹哥哥怎答应？

倩　魂　（接唱）为真爱也只好丢弃身躯离魂。

二人同　（唱）如今归来，路旁排列花芳径，

教俺美夫妻富贵还乡井。

好一似水上鸳鸯，永交颈。

【张千急忙跑上。

张　千　老爷，夫人，大事不好啦！

王文举　何事惊慌？

张　千　我送信到张府，送给了和夫人长得一模一样的夫人，和夫人

长得一模一样的夫人听说老爷得官，问我老爷是不是有了夫人？我说老爷有了夫人，那个和夫人长得一模一样的夫人一听大怒，大骂老爷和夫人，那个和夫人长得一模一样的夫人她，她……

倩　魂　她便怎样？

张　千　她一跺脚——

倩　魂　她怎么样啊？

张　千　她就死啦！

倩　魂　哎呀！

【晕，王文举急搀。

张　千　哎哟，怎么跟张府的小姐一个样，跺脚就死啊？

王文举　胡说！夫人醒来！

倩　魂　（唱）突兀里只觉揪心痛！

王文举　夫人你怎么样了？

倩　魂　张千，快去张府照看老夫人……

张　千　照看老夫人……，是……（下）

【倩魂支撑不住，王文举急扶。

王文举　夫人，到了家了，你不是日夜思念家中吗……

倩　魂　（唱）体若去魂难归再无此生！（音乐延续）

王文举　夫人，你这是怎么了？夫人，夫人……（搂住倩女）

倩　魂　王郎……真的到家了吗？

王文举　（摇头）是呀，你看前面就是家了。你不是日夜盼望回家吗……就要到家了，倩儿……（背倩女）

倩　魂　（不让）王郎，如今为妻生死……生死难定……

王文举　倩儿，你不能抛我而去，抛我而去啊……

倩　魂　王郎，我曾在这里折柳的吗？

王文举　（点头）

(唱)九鼎誓言同生死，

今生琴瑟共和鸣。

倩　魂　沁人心脾啊……我自追你到长亭，以身相许，虽然只有半载，相亲相爱，尝尽了人间情爱，纵然一死，心也甜……

王文举　(摇头)倩儿……倩儿……(紧紧抱倩女怀中)

倩　魂　只是一年来未曾在母亲膝下尽孝，为妻愧疚于心，王郎……你要好好地替我孝敬母亲……(对观众)母亲，孩儿不孝……！(死)

王文举　不要舍我而去……舍我而去啊……(看着怀中倩女，轻摇她)倩儿……倩儿……(确定倩女死，大喊)倩儿……

【诗幅落下。

【画外音一人铿锵有力地唱：

(唱)一腔唱尽沧桑事，

不离不弃生死情。

莫道曲罢终散去，

人魂相应怎离分？

【同时，梅香、张千打白灯笼上，李氏扶拐杖上，见王生。

李　氏　王生，你活活生生地把我的女儿害死，我打死你！

【李氏打王文举，王文举躲，李氏再打，张千、梅香拦住。

张　千　万万使不得！使不得！他是状元公！

李　氏　你是个薄情寡义的畜生！还我女儿！(打)

王文举　岳母大人哪！

(唱)小姐不顾闲言碎语，

那一夜飞步十里长亭；

喂药送暖将我唤醒，

一路呵护到京城；

三场夺魁她喜庆，

　　　　　一心催我回到家中；

　　　　　临近家门突毙命，

　　　　　我心扎千疮百孔求死不能。

　　　　【大家发现倩魂。

李　氏　倩女，她，她怎么在这里？

梅　香　小姐，不是……（张千捂上梅香的嘴）老夫人，是小姐！

李　氏　这到底是怎么一回事？

　　　　【梅香拉过张千。

张　千　我刚才就跟你说了，我们老爷这个夫人，跟家里老爷夫人长得一模一样的夫人，老爷的夫人听说跟老爷夫人长得一模一样的夫人死了，老爷的夫人就死了……老夫人，您要是早同意这门亲事，不就没这事了吗！嗨，我哪说得清啊？

　　　　【音响：霹雳声，雨声，紧接音乐起。

　　　　【切光；台口降下纱幕。

　　　　【光再起，舞台闪烁，倩魂A、倩魂B上。

倩　女　（唱）三生梦蓦然醒恍惚人生，

　　　　【同时，苏醒。

倩女、倩魂　（同唱同舞）止不住泪盈盈；

　　　　　皆因是亲娘逼迫甚，

　　　　　便一似生个身外身；

　　　　　虽有这灵犀一点提相引，

　　　　　愿天下再无有倩女离魂。

　　　　【倩魂倩女合一，王生走向倩女。

　　　　（二人同唱）爱如藤缠树刀斧难割断，

　　　　　爱是双双付出无悔心甘，

　　　　　爱本长相守不弃到永远，

　　　　　爱与被爱琴瑟同拨心弦。

【反地流光出：王生与倩女拉绣球拜李氏，渐收光。

——剧终——

2008 年 10 月 14 日改稿

2024 年 8 月 11 日改稿

马蹄声碎

创作背景

《马蹄声碎》是著名作家姚远创作的话剧，荣获全国一等奖剧目。

这出戏写在红军长征时期，由五个妇女组成的运输班，完成长征时红军所需的军需品运送任务。由于国民党军队的围追堵截，这次师首长派运输班完成送电线的任务时，接到了上级紧急出发的通知，致使运输班的五个女战士回到原地找不到大部队，戏剧冲突由此展开。五个女战士中，有的认为是大部队故意甩下女兵，有的认为大部队只把女兵当牛做马，关键时候不把她们当人。在班长冯贵珍的劝说下，大家统一了思想继续追赶大部队。战士们在追赶部队的过程中，有时发生口角，有时发生灾难性的困难，但是，在任何困难的情况下，她们永远坚持长征，追赶部队，表现了真正的长征精神。

这出戏在话剧演出的过程中，深受观众欢迎，使观众从思想感情上认识到了什么是长征中的困难和什么叫真正的长征精神。我和同学们也为此深深感动。

上海戏剧学院戏曲学院分院戏曲导演专业2007班同学在话剧片段中选中了其中片段，演出时我觉得这是一个可以改成京剧现代戏的好剧目。我们首先得到了姚远先生的支持，接着开始写京剧剧本，任务落到了一个叫郭亦菲的学生身上。对于一个大学本科三年级的学生来说，将话剧改成戏曲确实是困难的，经过和她多次交流，最后还是我担当起编剧的工作。

改成戏曲，首先要分清楚人物的哪些行动可以用唱念形式解决，哪些行动必须纳入戏曲形体的表现形式，哪些可以加入扩大成适合用戏曲舞蹈表现的场次。我也是在教学中同万红老师一起和学生们讨论中下笔。2011年年初，这个戏以毕业大戏在校内公演。专家、老师、同学们给予了一致的鼓励和肯定。

但是这毕竟是一个半小时的小剧场剧目。学生们毕业后，我没有放弃这个题材，在仔细研究了长征的历史和江奇涛的纪实小说后，从全剧戏剧结构中改编了两场原来的幕后戏。这就是这次出版中呈现的剧本《马蹄声碎》。

写京剧现代戏，遇到的问题很多。首先是戏剧观念问题，要不要写正面人物的缺点？要不要写出正面人物成长的过程？我认为写缺点，写他们成长的过程，正是留下最后主题揭示的悬念，更会突出感人泪下的立意和主题思想。这些都在剧本中呈现了。"样板戏"的写作是一种模式，是一种可以突破的模式。我希望更多的革命现代戏在健康的道路上发展。

剧情梗概

无论在什么时候，长征，都是个美丽的神话。除了在它发生的年代……

红军长征某部队，由五个女战士组成的运输班，完成长征时红军所需的军需品运送任务，其中一个叫隽芬的女战士爱上了团长陈子昆，但又胆怯地把少枝推给了陈子昆。由于国民党军队的围追堵截，这次师首长派运输班完成送电线的任务时，接到了上级紧急出发的通知，致使运输班的五个女战士回到原地找不到大部队了，少枝也因陈团长的去世和姐妹们会合。戏剧冲突由此展开。五个女战士中，有的认为是大部队故意甩下女兵，有的认为大部队只把女兵当牛做马，关键时候不把她们当人。在班长冯贵珍的劝说下，大家统一了思想继续追赶大部队，战士在追赶部队的过程中，有时发生口角，有时发生了灾难性的困难，但是，在任何困难的情况下，她们坚定信念，不畏困难，勇于牺牲，在最困难的时刻，隽芬牺牲自己，换来了三位战士继续渡河追赶大部队，表现了真正的长征精神。

人物表

冯贵珍　红军某部运输营班长

隽　芬　妇女班战士

少　枝　妇女班战士

张大脚　妇女班战士

田寡妇　妇女班战士

陈子昆　九十二团团长

师政委　方面军某师政委

张阿宝　途中遇到的汉子

喇　嘛　途中遇到的喇嘛

扎　多　藏民

第一场

【幕前曲。
【山歌曲随风飘来。
【新镇关郊外，出现了五个女兵窈窕的身影。她们系着一色的红领巾，脚上穿着缀有红色绒球的麻草鞋，坐在石头坡上看着又被红军夺回的解放区。

【隽芬的歌声响起：

哎呀哎——

门外的号号子吹响了哎，

当红军的哥哥又要走了哎。

三年五年的不得归来哟，

红旗子越飘越远了哎。

少　枝　（艳美地）隽芬姐，你的嗓子真特别，什么歌子到你嘴里唱出来就跟别人不一样！

张大脚　那是。心里不想着男人，那歌唱出来哪能这么水汪汪的。

隽　芬　（不在意地笑了笑，从地下采了朵黄灿灿的野花戴在头上）那当然。我又没嫁过人，干吗不能想男人？

张大脚　（翻了隽芬一眼）我那是封建包办婚姻，现在我革命了！

隽　芬　（嘲弄地）哦，那你也想吧。（在张大脚脸蛋上抚了一把）

张大脚　（用力地嗅着鼻子）唔！

冯贵珍　干什么？

张大脚　骚！

【一批健壮的马在飞奔，传来马蹄落地"嗒嗒"的响声……

众　人　陈子昆？

【女兵们的目光顿时一亮，向着那马蹄疾驰的方向看去。

田寡妇　（警惕地）谁？

隽　芬　（兴奋地拍起巴掌来）陈子昆，九十二团的团长。

张大脚　（冲田寡妇）陈子昆，九十二团的团长。怪不得！

冯贵珍　什么叫"怪不得"？

张大脚　长得真神气！比说的还要好！

少　枝　你听说什么了？

张大脚　乖乖！陈子昆那时候还是骑兵连长，

　　　　　抓着马尾巴就蹿到马背上。
　　　　　打起仗来马刀舞得呼呼响,
　　　　　子弹穿不进刀风掉地叮叮当。
　　　　　打完仗旧马刀往地上"当"一丢,不要了!
　　　　　那军衣上溅的都是人肉丝子,喷喷喷,喷满了,粘住了,
　　　　　脱不下身——他挥起刺刀割衣裳!
　　　　　高喊一声:"换新马刀!"
众　　人　啊?
张大脚　你们猜怎么着?
众　　人　怎么?
张大脚　新刀见了陈子昆刀刃闪金光、刀背闪银光,
　　　　　没人碰它自个就"哗啦啦"地响!
少　　枝　你瞎说!
张大脚　骗你小狗子!
田寡妇　大脚,你刚才在说什么?
张大脚　我是说陈团长拿刺刀割衣服!
隽　　芬　她耳朵背、耳朵聋,别跟她啰唆啦。
　　　　【远处传来"嗒嗒"的马蹄声……
隽　　芬　(唱山歌)"嗒嗒"的马蹄声哎——
　　　　　踏碎了我的心哎……
张大脚　又犯你的骚!
隽　　芬　(大声地)陈团长!
张大脚　(责怪地)叫什么叫!叫你个魂啊!
　　　　【马蹄声慢了下来。
隽　　芬　(愈加得意地)陈团长,把马给我们骑骑呗!
　　　　【女兵们脸上现出了兴奋、激动、紧张和羞赧的神色。她们的
　　　　　视线随着那悠悠笃笃的马蹄声移动着。

【光渐暗，音乐声中马蹄声、马嘶声渐渐响了起来。

【隽芬的呼叫声"陈团长，把马给我们骑骑啵！"穿透音乐。

陈子昆　（内唱）打下了新镇关——

【陈子昆骑马上，他个子高大，背插钢刀，雄壮威武中带着一点粗鲁，但比女兵们想象中要年轻，唱到高兴时，边骑马边舞刀。

陈子昆　（接唱）——心头振奋！

白匪败逃如河堤崩、地主老财假面迎，

眼看着穷人浮财分到手我如临春风！

马蹄声声苍穹震，

一路飞奔出了城；

止不住挥刀高声喊：

九十二团又立新功！

隽　芬　（内呼）陈团长，把马给我们骑骑啵！

【边喊，几个女兵随同她一起上。

陈子昆　（唱）这声音袅袅真甜美，（边唱边下马，回头）

【陈子昆阳光般洒向他面前的这五位女性。

陈子昆　刚才，是谁在叫我？

【回答陈子昆的只有"嘻嘻嘻"的一片笑声。

陈子昆　你们是总部运输营的？

冯贵珍　（敬了个礼）报告团长，运输营妇女班奉命前来为九十二团送慰劳品，现在正在休息，请指示！

陈子昆　稍息！哈哈哈……运输班的女兵们！

（唱）谁想骑马快应声。

运输班劳苦功高，我也来慰劳慰劳，是谁想骑马呀？

众　人　（拉扯隽芬）她——

隽　芬　（忽然害羞地拉住少枝往陈子昆怀里一推）是她！

少　枝　（一个踉跄扑在陈子昆的怀里）不，不！我不会！

陈子昆　（拉着少枝的手）想骑就骑吧。

少　枝　不，不……

隽　芬　（含着妒意）她会！你过门子那场子，不是骑过公公家的黑骡子吗！

少　枝　（欲申辩）我……

陈子昆　怕什么？骑！（又将少枝一推）对！来吧，上马！（将少枝拦腰一抱，托着她向他的战马走去）

　　　　【音乐起。飘飘欲仙的音乐。

　　　　【众人隐下。

　　　　【陈子昆把少枝扶上战马。

　　　　【马蹄声咔嗒咔嗒……

陈子昆　雪里青！一步、一步走稳了！

　　　　【宛如少枝心跳一般的马蹄声。

少　枝　（唱）霎时红霞飞脸上，

　　　　　　　依偎着粗大的手臂暖心房；

　　　　　　　这一生是第一次——

　　　　　　　好像是大姑娘做了新娘；

　　　　　　　这大手紧紧攥住我手掌，

　　　　　　　就像是摸到了天边的彩云暖洋洋……

　　　　【二人在马舞中下。

　　　　【压光，音乐中暗转。

　　　　【光起。

　　　　【女班在新镇关住所门外。

　　　　【隽芬上，痴痴的。

隽　芬　（唱）看少枝骑到了子昆马上，

　　　　　　　酸涩涩的情意涌进我心房；

子昆本是我的偶像，

我多想他请我跳舞篝火旁；

恨自己关键时刻没了胆量，

少枝难道是真做了团长的新娘？

【突然外面传来砍树声。

隽　芬　谁在那儿砍树啊？（狡黠地一想）准是王洪魁来找田寡妇……

（假装田寡妇声音）是洪魁吗？

（内应声）啊……是我。

隽　芬　哈哈哈哈……哨兵在后面盯着你呢！不怕犯纪律被铐走吗？

【少枝暗上。

【王洪魁内画外音：我……是给田大姐送几个猪蹄打牙祭！不犯纪律，我这就走。

隽　芬　（喊）田寡妇在丁字街口看灯呢！

【少枝被隽芬搞蒙了，呆呆地看着她。

隽　芬　干吗？干吗这么看着我？

少　枝　恨你。

隽　芬　干吗恨我？

少　枝　你自己心里明白。

隽　芬　（默默地笑着）我当然明白。你白天骑马骑累了！

少　枝　不！我不累。

隽　芬　（试探地）你又看见陈团长了吗？

少　枝　没有。

隽　芬　他……刚才跟我跳舞了。

少　枝　跟你跳舞了还来问我。

隽　芬　（试探地）他心里想着的是你。一边跳舞，一边问我呢。

少　枝　问你什么？

隽　芬　（唱）他问你为什么参加部队？

少　枝　你怎么说的？

隽　芬　（唱）我说你受不了家里小男人整日相偎，

　　　　　他问那个小男人今年几岁？

　　　　　我说大概十七岁矮痴身肥，

少　枝　你瞎说，才七岁！

隽　芬　（唱）我……怎么知道这么详细？

少　枝　不知道你瞎说！你还说什么了？

隽　芬　（唱）说那个小男人天天在你身上爬来爬去随便尿（niào）尿（suī）……

少　枝　（被气得一边哭着一边用拳头打着隽芬）你你你怎么这样……呜……

隽　芬　少枝，我是骗你的。嘻嘻嘻……

少　枝　你才不是呢，我知道你会这么说。你看见他让我骑马，你心里不高兴。

隽　芬　我干吗不高兴？他又不会看上你。你已经许过人家了。再说，你也没文化……

少　枝　我上过识字班！

隽　芬　（不屑地）咦！人家陈团长到过苏联，吃过面包，苏联话说得"的儿的儿"的，见过的漂亮姑娘多呢。

少　枝　那你嫁给他？

隽　芬　你怕我不敢？我就喜欢这样的男人。一个女人能嫁给一个红军英雄，为他死都值了！要不是上级有规定……

　　　　【冯贵珍上。

冯贵珍　你们在这儿聊什么？师部有命令，少枝和陈子昆团长立刻结婚！

隽　芬　什么？

冯贵珍　师部命令：趁着休整这几天，少枝和陈子昆团长结婚成家！

隽　芬　啊……
少　枝　是！
　　　　【切光。

第二场

　　　　【数日后。
　　　　【紧张音乐夹杂飞机大炮声起。
　　　　【陈子昆在音乐中骑马边呼喊边跑上。
陈子昆　敌军反扑开始了！敌军反扑开始了！各营撤出新镇关，山地隐蔽！山地隐蔽！
　　　　【突然一颗子弹飞来，打中陈子昆后腰，他从马上跌下，倒地。
　　　　【隽芬急上。
隽　芬　陈团长！（扑向陈子昆）
　　　　【隽芬用力搀起陈子昆，但是他已经站不起来了。
隽　芬　担架！担架！
　　　　【压光。
　　　　【暗转。
　　　　【光起，新镇关边妇女班收拾出来做宿舍的一间牛屎房。
　　　　【冯贵珍带领运输班在整理电话线。
张大脚　（突然心烦地把手上正整理着的电话线一甩）不理了，不理了！手勒得像猴爪子，屁股都磨出了老茧子，怎么给我们的就怎么给他们送去！这是乱麻绳，哪是什么电话线？
隽　芬　（捡起张大脚扔下的电话线）大脚……
张大脚　你要是再叫我一声大脚，我就把你的头发撕下来捆电线怎

215

样，你信不信？

隽　芬　怎么，班长喊得，我就喊不得？

张大脚　对了！班长喊得，你就喊不得！班长的爱人是师政委，你能嫁给师政委吗？

【众人才要笑，忽然止住了。

【师政委上。

众　人　首长！

冯贵珍　你怎么来了？

师政委　少枝还没回来？

冯贵珍　刚才让营长叫走了。噢，对了。

【冯贵珍从身旁拿起双刚刚打好的草鞋，递到了师政委手里，众人暗下。

冯贵珍　我正准备给你送去呢，你就来了。

师政委　（看了看）你自己留着吧。

冯贵珍　我这是特地为你打的。

师政委　我……这双不是还能穿吗……

冯贵珍　能穿个鬼呀！把脚抬起来（师政委抬起右脚，草鞋已经破得不能穿）。

冯贵珍　瞧瞧……

（唱）看看看……鞋帮虽在底早烂，

血泡和草凝底粘；

（含泪把他扶到石墩坐下）

（唱）都说红军钢铁汉，

山崖石板也踏穿；

草鞋一双路几许，

脚破趾裂走山川；

厚厚老茧标志向，

　　　　　点点鲜血我心酸；
　　　　　冯贵珍真是粗心女，
　　　　　平日里不能问寒问暖，
　　　　　为什么一双草鞋也未挂心间！
　　　　　你身上肩负着全师重担，
　　　　　我这颗心哪……总在你身边悬……
师政委　（唱）一双草鞋伴着她千滴汗，
　　　　　一双草鞋暖心头情意无边；
　　　　　忘不了同结伉俪共患难，
　　　　　忘不了红旗映照心相连；
　　　　　忘不了投军时看护我病患，
　　　　　忘不了受重伤你救我命悬；
　　　　　实可恨蒋介石围剿背叛，
　　　　　露狰狞百年魔怪舞翩跹；
　　　　　长征坎坷草地往返，
　　　　　拖累了你们女兵千里跋涉也要与敌盘旋；
　　　　　缺衣少食还要身负运输重担，
　　　　　征途上离多聚少两心悬；
　　　　　莫怪我儿女私情淡，
　　　　　胸怀大局眼界宽；
　　　　　困难中要坚信红军信念，
　　　　　长夜过定叫朝阳常照赤县天！
　　　　【少枝上，众女兵上。
众　人　少枝？
　　　　【少枝的神情让一屋子人都愣住了。她低着头，避开众人投来的目光，飞快地收拾起自己的背包。
师政委　（问冯贵珍）营长跟你说了没有？

冯贵珍　说什么？

　　【少枝什么也不说，只顾抹着泪，抹着抹着，便趴在背包上大哭了起来。

冯贵珍　到底是怎么回事？

师政委　陈团长负伤了，伤很重。她要留下，照顾陈团长。

冯贵珍　留下？留到什么时候？

　　（师政委看了看冯贵珍……）

冯贵珍　她……她不跟我们一起走？

师政委　（沉吟半晌）……不走。

冯贵珍　你们准备把他们怎么安排？她是我的战士，我要对她负责！

师政委　组织有安排！（少顷，又张了张嘴，结果什么也没说）

　　【少枝打好了背包，走到了师政委和冯贵珍的面前，缓缓地敬了一礼。

少　枝　班长，祝你们胜利！（走到众人面前，一一拉手，算是告别。走到隽芬面前，怨尤地看了她一眼）

隽　芬　（欲伸出手来，又缩回，哭）

　　【少枝看了看伸在她面前的那只显得比别人要细嫩得多的手，又抬起眼皮看了隽芬一眼，背转身匆匆地下。

师政委　（看了一眼冯贵珍，从口袋里掏出了一匣子弹，递给她）给你。

冯贵珍　（不解地）干什么？

师政委　送给你！回头我就没工夫来看你了。你们马上就要去执行任务。

冯贵珍　执行什么任务？

　　【师政委什么也没说，只是向冯贵珍伸出了手，把子弹塞进了她的手中，紧紧地握了握她的手。

师政委　这批旧电话线要送到空心树兵站。回头指导员会跟你们交代。

冯贵珍　大部队什么时候出发？

师政委　等待上级命令。

冯贵珍　（很不习惯地抽回手，疑惑地看了看丈夫，见他的手还僵在那里，打了一下他的手）神经病……

【师政委什么也没说。

冯贵珍　陈团长怎么了？

隽　芬　陈团长瘫了……

众　人　什么？

隽　芬　瘫了。

冯贵珍　（疑惑地）你怎么知道的？

隽　芬　我……去过了。

【女兵们一愣。

隽　芬　（看了看众人）我在现场。一颗子弹打在腰上，下半身不能动了。这辈子算是完了。

张大脚　（一肚子感叹）啧啧啧……唉！这不是命吗，那么条好汉你说他打了多少漂亮仗，百胜关、新镇关……还有哪里啧啧啧（忽然想起了什么，眼睛盯着隽芬）那你从医院回来为什么一直不告诉少枝？

隽　芬　组织上不是来告诉她了吗？我告诉她，谁知她会怎么想。

【场上人的心里似乎都沉甸甸的。

【忽然响起了急促的哨音和喊声："运输营女班，全体集合！"

冯贵珍　（迅速整理好军容，冲到门外）拿好电话线，集合！快！

【压光。

第三场

【正觉喇嘛寺的院墙外。高高的红墙内飘扬着一面红十字旗。

219

红军的野战医院就设在寺内。

【门外，负了伤的陈子昆躺在担架上。他身上盖着的羊毛氆氇一直拉到了脸上，只露出一双眼睛，眼神黯淡地看着坐在他面前的妻子少枝。她在默默地抹着眼泪。

【长时间的沉默……

陈子昆　（从氆氇下伸出了一只手，揩去了少枝脸上的眼泪）回去吧，不要管我。

【少枝摇了摇头，继续流泪。

【隽芬上。

隽　芬　少枝，少枝！

少　枝　（哭泣地）隽芬，子昆他……

隽　芬　（唱）他……是个挺得过来的英雄汉，

　　　　　细心照料定能重跨征鞍……

　　　　　（白）少枝，我想上师部请求，陪你一块儿留下照顾他。

少　枝　那怎么行？红军战士一个人顶十个用，师长让我留下来照顾他，已经是最大的照顾了。

隽　芬　你，你怎么能行？看你这弱小力微的，恐怕都背不动他，这喇嘛寺的医院部队一转移就得找地方，你熟悉地形吗？你会藏语吗？他身边离不开人，到处找粮食、找水、做饭，一个人哪行啊？

少　枝　只要有决心，什么做不了？我——是他妻——子，都是分内的事。

隽　芬　那我是……他团里的战士，也不是分外的事。少枝，我是真心，你让我再看他一眼吧。

少　枝　我知道你心里一直有他……我知道，谢谢你，咱们还是听从组织分配吧。

隽　芬　（擦眼泪）哎呀，担架放在背阴的地方怎么成？快，我帮你抬过来让陈团长晒晒太阳。

【隽芬、少枝把陈子昆的担架抬到前面。

陈子昆　是谁呀？

少　枝　是隽芬。

陈子昆　隽芬……你们不是执行任务去了吗？

隽　芬　我也想留下来照顾你。

陈子昆　我一个人怎么能拖累两个人？快、快去执行任务要紧！

少　枝　你别让班长着急，快回去吧。

陈子昆　当兵就得听组织的话，快走！

【音响：一批健壮的马在飞奔，传来马蹄落地"嗒嗒"的响声……

隽　芬　（唱山歌）"嗒嗒"的马蹄声哎——

踏碎了我的心哎……

陈团长，你会好起来的。

【隽芬下场。

少　枝　其实要骑马的那个人是她。

陈子昆　隽芬……可是骑上马的是你。

少　枝　这是缘分呢。

陈子昆　（点了点头）是。是缘分。

少　枝　骑上你的马一直到结婚，可还从来没像今天这么说过话呢。

陈子昆　是啊，还没像今天说过这么多话……

少　枝　以后，咱们说话的时候就多了。不行军了，也不打仗了。

陈子昆　少枝……（沉默了一会儿）

（唱）战争中哪有过温情话？

只知道枪林弹雨去拼杀；

少枝啊，有了你说不够暖心话，

有了你尝够了人间幸福如红霞……

少　枝　（害羞）以后，咱们说话的时候就多了。不行军了，也不打仗了。

陈子昆　不行军，也不打仗……少枝，我这一生对不住你呀！

少　枝　快别说，我要照顾你一辈子。

陈子昆　有你这话，我这辈子知足了。你……回去吧，还是回去吧，跟着部队走。

少　枝　你会好起来的，跟着你咱们就是一个家！

陈子昆　一个家……

　　　　（唱）好少枝憧憬着美好一家，

　　　　陈子昆冷暖绞心苦挣扎；

　　　　当红军本为穷人打天下——（挣扎不能站起）

　　　　肢体无用……尊严弃我远隔天涯；

　　　　再不能驰骋跨战马，

　　　　再无神力把敌杀；

　　　　对我妻说句肺腑衷肠话：

　　　　靠组织靠部队就靠红军这个家。

　　　　（白）少枝，你听明白了？

少　枝　听明白了。俺守着你照顾你，也是组织上的决定，师政委说打开局面就来接咱们呢。

陈子昆　我相信。（突然紧紧抓住少枝的手）但是你要记住我的话，任何时候都不能离开组织，一定要跟着红军部队走……

少　枝　好，别想了，我去给你盛碗粥来……

　　　　【少枝转身盛粥……

　　　　【突然一声枪响。舞台上照着陈子昆的光急收。

少　枝　（失声地）子昆！子昆……

　　　　【少枝转身扑向陈子昆。

　　　　【压光。

222

第四场

【几天后，新镇关郊外。

【扎多背柴上，放柴，左右望。

【少枝木然地上。

【她背着背包，睁着迷茫和惊恐的眼睛打量着这周围的一切。她几乎不相信自己又来到了这里。

少　枝　（半晌，恐惧和悲伤渐渐浸满了心房）人呢？部队呢？（泪如泉涌）指导员——班长！你们上哪儿去了？

【扎多上。他用疑惑的眼神看着少枝。

扎　多　啊，我的女菩萨，你是从哪里来的呢？

少　枝　（并没听懂扎多的话）他们人呢？这儿的大军呢？

扎　多　他们走了。

少　枝　（从扎多的面部表情上感受到了恐惧）你说什么？告诉我你在说什么？

扎　多　阿罗都走了，你一个人到这里来干什么？

少　枝　那我们呢？我们女兵呢？她们到什么地方去了呀？临走的时候，她们对你说什么了吗？

【扎多瞠目结舌地望着少枝……摇头。

少　枝　"任何时候，不能离开组织。跟着队伍走，跟上队伍……"子昆，这是你跟我说的吧？是你死前，留给我最后的话，可是组织呢？队伍呢？

（唱）呼天天无涯——

问地地也不回答！

红军队伍——革命组织将我抛下，

我的丈夫啊，（从背包里掏出那支左轮手枪）

　　　　黄泉路上等等我，

　　　　白骨成双共对黄沙。

【扎多还是愣愣地呆在那里，麻木地看着少枝的举动。

【少枝停止了啼哭，慢慢地打开了枪的保险，枪发出了声清脆的"咔嗒"声。

【少枝举起了枪，对准了自己的太阳穴，正要扣动扳机的时候，扎多猛地扑了上来。"砰"的一声，枪声响了。

【两人都被这枪声惊吓住了，枪不知怎的被抛到了另一边。

扎　多　（在倾听着什么，怀疑地掏了掏自己的耳朵，呼唤着少枝）阿罗，阿罗，（指了指远方）阿罗，阿罗——

【音乐起。

【远处传来了女兵们行进的口令声。那是冯贵珍在带领女兵呼喊革命口号"坚决赤化大西北、反对右倾逃跑"。她们情绪亢奋地走上。

【到达目的地突然感觉到了一种不安，她们停止了呐喊，开始审视着周围的一切。

冯贵珍　（发现了少枝）少枝，你怎么在这儿？

少　枝　（呆滞地）我……

冯贵珍　他们人呢？部队呢？方面军到哪儿去了？

少　枝　（摇了摇头）……

张大脚　（冲到扎多面前）人呢？……我们的人哪儿去了？

隽　芬　（一直在看着少枝）你怎么回来了？陈团长呢？

少　枝　（刚刚揩干的泪水又涌了出来）……

扎　多　（依然说着谁也听不懂的藏语）她也刚刚回来。她是从那边来，你们是从那边来。他们是从那边，他们往那边去了。两天前就走了。

张大脚　隽芬，他在说什么？

冯贵珍 （试探地）他说我们的部队怎么了？

隽　芬 （似乎听明白了扎多的意思）他是说我们的大部队两天前从那边走了。

扎　多 太阳刚刚升起的时候，我听见号筒吹响了，他们一起走了，全都走了。两天，对，两天前……

张大脚 两天前？班长！那就是说，我们才走，他们就走了！

【扎多惊恐地盯着这群妇女。他从地下拾起了那支左轮手枪，诚惶诚恐地送到了冯贵珍的手里，用手比画着，告诉她少枝刚刚也想自杀的意思。

【冯贵珍拿着枪走到了少枝身旁。

冯贵珍 （轻轻地）少枝……

少　枝 （失声痛哭）班长！

张大脚 少枝你别哭啊，跟我们说说这是怎么啦？

田寡妇 少枝。

隽　芬 少枝，陈团长呢？不是，不是让你留下来照顾陈团长吗？你怎么回来了？你别哭啊，哎呀，你倒是说句话啊……少枝！

【少枝慢慢地从冯贵珍肩上抬起了头，所有人盯着她。

少　枝 他……他……他，死了（轻轻地），（大声地喊出来）死了，（蹲下又站起）就是用这把枪。

【众人散开，大静场。

少　枝 （点着头）政委命令我留下来照顾子昆。我跟他说，我会伺候他一辈子的。可老陈说让我回来，说在任何时候，都不能离开组织，要跟着队伍走！还说他对不住我……然后他……他就用这把枪，自己把自己打死了。

【众人惊呆，一阵沉默。

田寡妇 （跺着脚，指着北去的山口大哭着）男人没个好东西！他们想甩就甩！想丢就丢！从来不为我们女人想一想！狗日的东西哎！

【一阵沉默。

隽　芬　（突然爆发了出来）把我们派去送什么电线，是他们把我们甩了，他们把我们甩了！

冯贵珍　不许胡说！赶紧到屋里找找，指导员一定给我们留了条子！都去找，都去给我找！

【田寡妇、张大脚都去找了，只有隽芬不动。

冯贵珍　你为什么不去？

隽　芬　我？我不白费那个劲儿，他们就是想甩我们！

（唱）【西皮流水】

把几团破电线送到兵站，

兵站的战士早撤完。

留下个老头儿来敷衍，

要收条给几张纸连字也写不全。

害得我们打转转，

来回耽搁整两天。

想一想指导员交代任务让我们不要急慢慢慢——

分明是把我们当包袱甩一边！

【田寡妇、张大脚返上。

田寡妇　班长，（拿出了四只马蹄子）马蹄子。他们没拿我们的。

隽　芬　那是没看见！

张大脚　那是王洪魁送给田大姐的。

冯贵珍　连一张条子都没留？

隽　芬　条子？这儿！（举起手里的黄裱纸）

张大脚　（冲了过去）这不是兵站那老头开的收条吗！

隽　芬　这就是我们拼了命，两天两夜换来的！（将纸往地下一扔）电话线是他们不要的！我们也是他们不要的！

【顿时爆发了一场号哭。只有冯贵珍脸色苍白地站在那里，眼睛望着远远的山口。

张大脚　班长，追去吧。还愣在这儿干什么，等死呀？

隽　芬　追？都饿了两天了，一粒粮也没有，这样进草地不是找死呀？

张大脚　贪生怕死的闹不出个人物来！

隽　芬　我怕死？你没走过草地呀……

冯贵珍　好了，不许再说了！

隽　芬　（从地上一骨碌爬起来，甩掉了帽子）我偏要说！我们像牛马一样驮枪驮炮，驮米驮面，我们都快忘记我们自己是女人了！可他们还是把我们像穿过的破衣服一样给丢了！

冯贵珍　你怎么能这么说？

隽　芬　你是师政委的"太太"，话倒是说得好听，可是他已经带着部队走了，把你和你的一个班都甩在这儿！他们以为自己了不起，连个招呼都不打，这是他们有意骗我们！他们想走就走，想甩就甩，要是他们自己想死，就拔枪往自己脑袋上打，把女人丢下来，让我们去受苦受难！

【少枝惊呆了，女兵们也惊呆了。

隽　芬　（继续发泄着）……什么首长，什么英雄！自私自利！他们从来不会替妇女着想！

张大脚　你住口！不准你再欺负少枝！

隽　芬　你红口白牙说什么，我欺负谁啦……

张大脚　你骂陈团长，就是骂少枝，你骂政委就是骂班长，骂班长就是骂我们大家！

冯贵珍　不要吵了！

张大脚　姓杨的，我跟你讲，我张大脚这次跟你吵定了。

（念【扑灯蛾】）你有什么了不起？

不就会扭个大腿，使个媚眼吗？

　　　　　陈团长娶了少枝你嫉妒，陈团长死了你就欺负她。

　　　　　你当你那脸长得漂亮，男同志都喜欢？

　　　　　可我告诉你，现在这里没男人了！

　　　　　你那套没人喜欢了！

　　　　　你能呀！你骂句我看看，你敢骂，我就撕你的嘴，

　　　　　我不在乎你！

隽　芬　你……（冲着张大脚就冲了过去）

　　　　【冯贵珍一下就插到了她们两人中间，企图阻止这一场内乱。

　　　　【少枝像只受了伤的兔子，双手捂住了眼睛，痛苦地站在一边。

　　　　【张大脚和隽芬真的打起来，隽芬只有挨打的份……

田寡妇　（突然走到张大脚的面前，扬手给了她一记耳光）看你张大脚脸我就知道你骂了些脏话，你们这样子好看呀？我们是红军战士。这要是让群众看去，不怕给红军丢脸？

　　　　【张大脚捂着腮帮子发了呆，隽芬被这一记响亮的耳光惊呆了。

冯贵珍　（站了起来，摘下军帽，凝神看着军帽上的红星，又默默地戴上，整了整军装，沉沉地）同志们，我们集合。看着我干什么？（提高了声音，大声地）集合！

　　　　【女兵们的精神突然之间振作了起来，立即站成了排，昂首挺胸。

　　　　【气氛音乐起。

冯贵珍　立正。（严肃地用目光扫过女兵们的脸）

　　　　同志们，谢谢田寡妇提醒了我。我们是红军！我们现在正在进行着一场革命，一场战争！哪怕我们已经忘了我们是女人，但我们不能忘记我们属于无产阶级，属于共产国际！否则，我们，都只是女人，而且都是没有出路的悲惨的女人！

　　　　【女兵们在听着这几句话后，刹那间都变得悲壮了起来。

冯贵珍　同志们，出发前指导员跟我单独讲过，他说："冯贵珍，你是

鄂豫皖出来的老同志，你们班不论遇到什么情况，你都要顶住，都要坚持住。不出三天……"

隽　芬　不出三天怎么样？

冯贵珍　我会派人来的！

张大脚　哎呀，班长，你可真能打埋伏，怎么不早讲！

冯贵珍　（看了看自己的部下，似乎有些满意地点了点头）好，我们清点一下武器。

【女兵们检查着各自的武器。

张大脚　报告班长，检查完毕本人武器，"俄国造"一支，性能完好，还有子弹八粒。

隽　芬　报告班长，本人武器，马枪一支，性能完好，尚存子弹八粒。

田寡妇　报告班长，本人武器，马枪一支，性能完好，尚存子弹八粒。

少　枝　报告班长，本人武器，左轮手枪一支，报告完毕。

冯贵珍　同志们哪，

（唱）田寡妇方才话把我们来提醒，

不能丢脸因为我们是红军。

告别苦难闹革命，

革命哪有不牺牲？

哪怕是驮枪驮炮像牛马，

哪怕是已然忘记我们自己是女人！

同志们，想一想扪心自问：

没有这场大革命，

我们的前途哪里寻？

童养媳青春守寡白头恨，

任凭买卖堕风尘；

谁能逃出悲惨命运，

谁能像今天做一个英勇的战士大写的人？

　　　　　虽然只有人五个，

　　　　　五个人就是一个组织，一支队伍——叫红军！

　　　　　我们会打枪，

　　　　　我们爱百姓；

　　　　　我们能筹粮，

　　　　　我们善宿营。

　　　　（众女兵重复这四句唱）

　　　　　我们会打枪，

　　　　　我们爱百姓；

　　　　　我们能筹粮，

　　　　　我们善宿营。

　　　　　长征决不能坐等，

　　　　　腿杆子长在自家身；

　　　　　追，追，追——顶住困难向前进，

　　　　　看一看女战士压不垮的红军精神！红军精神！

冯贵珍　整装。

冯贵珍　同志们！出发！追部队去。

　　　　【音乐起。

　　　　【压光。

第五场

　　　　【几天后。

　　　　【暗夜。空山野谷，星光幽暗。

冯贵珍　（唱）急行军风割面脚步踉跄。

【光启。女兵班在暗夜中艰难地行进着。

【突然，不远处传来长长的狼嚎声使少枝与隽芬惊叫了起来。

少　枝　（惊魂未定地擦着脸上渗出来的虚汗）……狼……

冯贵珍　怕了？

少　枝　（点了点头）……

【班长点火驱狼，众人抱团的造型。

冯贵珍　（唱）顾不得天摇地晃虎豹豺狼，坚定信心斗志昂扬，

披荆斩棘向前方！

【边唱边在崎岖的山路上前进。

（唱）姐妹五人要跟上，

相呼相应更相帮；

饥肠辘辘牙咬紧，

寒风飒飒志更强。

夜临仔细辨方向，

抬头望月冷如霜。

冯贵珍　向后传！不能停，保持距离！跟上

隽　芬　向后传！不能停，保持距离！跟上！

少　枝　向后传！保持距离！不能停！跟上！

【田寡妇的步伐显得十分吃力。她的背上还背着口不大不小的锅。四个马蹄子被细细的绳索穿着，吊在她的腰间晃荡着。

田寡妇　（迟钝地）向后传！什么情况？

张大脚　你到底是什么情况？我们越走越瘦，你反倒是越走越胖了，看你这小肚子都肥了（大声地笑了起来）哎哟！我前面是个聋子哎！向前传！胖聋子把我们的通信线路给破坏了！

【众人顿时驱散了恐惧，哈哈地笑了起来。

张大脚　（向着少枝喊）向前传，田寡妇听不到！

少　枝　向前传，田寡妇听不到！

冯贵珍　向后传，把她留到最后！

少　枝　（用足了力气）田寡妇，你走最后！

张大脚　（抢上几步，将田寡妇推到了自己后面）让你走在最后！向前传，队列调整完毕！

【前面不断地传来冯贵珍和几个女战士的口令声。

冯贵珍　向后传，反对右倾逃跑。

少　枝　是，向后传，反对右倾……

隽　芬　向前传，没哪个逃跑。

冯贵珍　向后传，隽芬不要瞎改口令。

隽　芬　向后传，坚决赤化大西北。

张大脚　向前传，万岁万岁我红军。

【来回传递的口令，使得这支小小的队伍似乎成了一支颇具声色的部队，行进中，这支队伍的笑声在这暗夜中震荡着。

田寡妇　王洪魁！王洪魁！你这个害人的东西！

【突然田寡妇捂住肚子蹲下了……

【急促的音乐起，收光。

第六场

【山林间。一团篝火并不十分旺盛地在燃烧着。架着的一口锅里，冒着热气。水在沸腾，一只马蹄子在锅里翻腾着，发出了"嗒嗒嗒"的响声。

【田寡妇脸色蜡黄，头倚在冯贵珍的怀里瑟瑟地抖着。

田寡妇　班长，是我把你们给拖累了。

冯贵珍　别说这些，我们都是姐妹嘛！

田寡妇　你们别管我了，只顾你们自己走吧，别因为我，赶不上队伍！
冯贵珍　你想想，我们能就这样把你一个人撂下吗？
田寡妇　你说，陈团长他为什么要自杀？
冯贵珍　嘘！不许说了！
　　　　【少枝与张大脚上。
少　枝　田大姐，是个男孩呢！
冯贵珍　快让我们看看。
田寡妇　隽芬……
隽　芬　这是我们当中牺牲的第一个人！
　　　　【音乐进。
少　枝　大姐。
田寡妇　（吃力地睁开了眼睛）你说说，这害不害臊，人家明媒正娶的没怀上，我这偷鸡摸狗的倒怀上了！
张大脚　怎么就没看出来，王洪魁这小子，怎么就这么坏？
少　枝　嗯。
隽　芬　那陈团长就不叫坏，王洪魁就叫坏？
张大脚　少枝没怀上，可咱田寡妇怀上了！（对田寡妇）你怎么就不早点儿告诉咱们呢？
　　　　【田寡妇听了听，想了想，以为明白了张大脚的意思。
田寡妇　（唱）上一回飞机撂炸弹，
　　　　　　　炸得我耳聋落了伤残；
　　　　　　　人人说话都要凑着我的脸……
张大脚　哎呀，我是说你怀上了，就该早点儿让我们知道！
田寡妇　（唱）王洪魁学你们说话也贴在我耳边，
　　　　　　　说着说着……
众　人　怎么样？
田寡妇　（唱）……他的嘴……

隽　芬　他的嘴能把你怎么着？

田寡妇　（唱）嘴就贴上我的脸，

　　　　　　一巴掌打得他真难堪；

　　　　　　想一想三十多的男子汉，

　　　　　　没见过女人的身子只知道馋；

　　　　　　要不是离乡背井投奔革命，

　　　　　　早已是生儿育女把家安。

　　　　　　想到此心就软——

张大脚　这能心软吗？

隽　芬　心软怎么着了？

田寡妇　（唱）心一软——成就他的好事在那窝棚里边。

张大脚　这能心软吗？光咱运输营就二百多号男子汉，那你能软得过来吗？这事可一点儿都不能含糊！我就立场坚定！

隽　芬　咱这一个班，就剩咱们两个立场坚定的了！

张大脚　你？

隽　芬　你看看——

　　　　（唱）班长心软嫁政委；

　　　　　　少枝心软也有过好姻缘；

　　　　　　老老实实田寡妇，

　　　　　　心软引得与男人共百年，

　　　　　　都说我是风骚婆，

　　　　　　从不心软——也没见谁对我惜怜……（伤心落泪）

张大脚　咦！她还挺受屈的？（众人笑）

田寡妇　对不住这娃儿，让他也受了苦了。不死，他也活不了。死也就死了吧。（顿了一顿）那会儿，倒也没想着生娃儿。（一番话引得少枝又伤心得哭了起来）你就莫哭了。你家陈团长当年多英勇哪！一个女人，能嫁着这么个好丈夫，也是你前世

234

修来的福气。

冯贵珍　不说这些了。大脚，看看马蹄子炖得怎么样了？

张大脚　（拔下身上佩着的刺刀，往锅里戳了戳，用舌头赶紧舔了舔刀尖上的"汤"）唔，香了。不烂，早呢，慢慢炖吧。

田寡妇　我说过了，不要炖。留着要过草地呢！

冯贵珍　大家刚才决定了，给你补身子要紧！

张大脚　（突然怀疑地）班长，指导员什么时候才会派人来？

冯贵珍　……

　　　　（唱）此时刻难对众人问——

张大脚　你不是说指导员临走跟你说好的吗？

少　枝　对呀，我们这么乱走，指导员他们能找到我们吗？

隽　芬　（盯着冯贵珍的眼睛）班长，指导员压根儿都没跟你说，对吧？你说指导员三天之内会派人来是你编的，是不是？

冯贵珍　……是

　　　　（唱）是我编的话只为宽你们心。

隽　芬　这么说根本没人会来接我们，可现在田寡妇……（指）

张大脚　（"啪"的一巴掌打隽芬手）你又要放什么狗屁？

隽　芬　我们不能这么走下去了。再这样走是会要死人的！

少　枝　你不能轻点儿说？

隽　芬　（看了眼田寡妇）没关系，反正她也听不清！

田寡妇　（唱）看她们在一旁指指点点，
　　　　听不清缘由心难安。

冯贵珍　（唱）不这样走下去能往哪里奔？
　　　　是战士只能跟着红军。
　　　　难道说回头再当童养媳，
　　　　守着那十二三岁的小男人？

隽　芬　班长！谁说回头啦？我是说……咳！

（唱）照这样追赶队伍慢又慢，

照这样追上队伍悬又悬。

照这样啃光了玉米饼子就剩这两斤青稞面，

照这样仅有这三个马蹄就要吃完。

我们饿得地上爬，

她——她——她——怎么办？丢下怎心安。

还是陪她在此坐月子？

再不然轮流背她我们背朝天？

张大脚　（唱）隽芬这是混账话，

田大姐不用你可怜；

你一人甩手朝前走，

怕出力气闪一边。

隽　芬　（唱）隽芬从来不惜力。

张大脚　（唱）出力不听你空谈。

隽　芬　（唱）眼下要把队伍来追赶，

快马加鞭抢时间。

张大脚　（唱）大部队丢下我们姐妹不管，

大部队丢下了多少伤员，

难道说我们也要丢弃田大姐？

难道说一走了之你们心安？

难道说革命就管快快快？

难道说红军就是这样快马加鞭？

冯贵珍　（对张大脚）

（唱）你少把没原则的话来喊！

张大脚　（唱）我只知实话实说决不空谈！

你这骚婆娘再敢嘴贱，

叫你尝尝我的老拳。

隽　芬　（捂住脸哭着）
　　　　（唱）天哪天，真情实话谁也不敢讲在当面，
　　　　　　张大脚动不动就要骂人使粗耍老拳。
　　　　　　他们大男人撒手归天去，
　　　　　　丢下了——一群女人——怎么办？
　　　　　　穷途中却要抉择……抉择难！
田寡妇　（唱）看她们争得变了脸，
　　　　　　看着隽芬痛哭我也心酸。
　　　　　　定是遇到为难事，
　　　　　　欲劝阻无力走上前，
　　　　　　田寡妇，真命贱，
　　　　　　不该生产你生产，
　　　　　　克死了亲儿，
　　　　　　又把队伍来拖累，
　　　　　　猛然心头生一念……
　　　　　　难决断，抉择难……
冯贵珍　（唱）难决断，抉择难也要做决断，
　　　　　　丢下了田大姐怎能心安？
田寡妇　（唱）——拖累大家怎能心安？
少　枝　（唱）运输班她帮我们把家管，
张大脚　（唱）行军中她负重最多从无怨言；
冯贵珍　（唱）她年长……
田寡妇　（唱）年长本应为你们多分担，
　　　　　　谁想到拖累姐妹——
冯贵珍
少　枝　（唱）姐妹们听她的知心话语憨中甜，

田寡妇　（唱）我心一软犯了错，

少　　枝　（唱）大姐心软犯了错，

隽　　芬　（唱）男人的错不该都要让女人担。

田寡妇　（唱）——自己的错，就要自己来承担。

张大脚　（唱）这个那个听得我心真乱，

　　　　　　　那个这个说得我眼中酸；

　　　　　　　张大脚我只有一条意见，

　　　　　　　队伍五个人，

　　　　　　　五人一个班，

　　　　　　　要活在一起，

　　　　　　　要死相伴赴黄泉。

冯贵珍　（唱）谁说要死赴黄泉，

　　　　　　　只要活———一起活着看到胜利那一天！

　　　　　　【突然，"砰"的一声枪响，把在场的人都吓了一跳。她们回头看，田寡妇的头已经歪倒在一边，她的手上紧握着左轮手枪，枪口里冒着<u>丝丝蓝烟</u>。

少　　枝　大姐……

张大脚　（像狼一样地扑向了隽芬）都是你！是你说的让她听见了！是你害死了她！

少　　枝　（冲过去，挡在隽芬与张大脚中间）这跟她没关系！

张大脚　你？

少　　枝　陈子昆，就是这样死的！

　　　　　【悲伤的音乐起。

少　　枝　我也想这样死过，可我没死掉。田大姐也这样死了。可他们不一样……田大姐是为了我们大家死的。隽芬说得没错。就算隽芬不说，大姐心里也明白，像我们这样拖着她，是永远也追不上队伍的。她不能让大家陪着她。她自己死了，我们才有希望活出来。她也是为了把马蹄子留给我们，为了让我们追上队伍，让我们走出草地……

【隽芬上前拾起了握在田寡妇手中的那支左轮手枪，失神地看着，冯贵珍走过去拿过那把枪，大家一起跟田寡妇告别。

冯贵珍　让我们最后跟大姐告个别吧！

【四人分别与大姐告别。

隽　芬　大姐，我后悔了，我不该说那些！大姐！

冯贵珍　同志们，出发！

【伴唱声起：

（伴唱）啊……

一声枪响苍天落泪，

大地回鸣风雨同悲；

大姐啊……大姐啊……

滴滴泪化云泥伴你安睡，

声声唤化作千山为你塑丰碑。

【压光。

第七场

【一片"哗哗"的涉水声。

【灯光起。

【这是一段岔路口。

【少枝、隽芬上。她们已经显得十分疲惫，慢慢地从一个陡坡下面摇摇晃晃地登上了路面。随即，她俩腿脚一软，先后跌跪了下去，大口地喘息着。

张大脚　（内）少枝。

【张大脚跑上。

张大脚　（喘息着）少枝，有纸吗？

少　枝　怎么了？班长呢？

张大脚　在那边。班长身上来了，淌得凶着呢。（问隽芬）你呢！

隽　芬　（摇摇头，在身上摸索着，摸出了张黄裱纸）给。

张大脚　（接过一看）这不是那张收条吗？

隽　芬　是，还留着它干吗？

张大脚　这是收条！我们为它跑了两天两夜！

隽　芬　（苦笑着）两天两夜，何止两天两夜！拿去吧，好歹还算派上了点儿用场。

张大脚　你倒想得开！哼，这是什么？这是我们完成任务的证明！到哪里都证明我们胜利地执行了上级的命令！

隽　芬　那随便你了。

张大脚　（没好气地）找找！你的那块裹胸布呢？你也贡献贡献！你的裹胸布呢？

隽　芬　（气愤地）你装什么糊涂！已经全让田大姐用完了！

张大脚　用完了又怎么样？那是九十二团打仗缴获来的，又不是你娘家带来的！

隽　芬　你！我犯什么错误了，要你对我这个样子？

张大脚　你就是犯错误了！你犯了杀人不眨眼罪，我要咒你一辈子！（下）

少　枝　（看着大脚下）大脚，大脚！

【又一阵"踢踢踏踏"的涉水声。

【音乐起，抒情缓慢柔和的……

【隽芬呆呆地坐着。少枝走上前去帮隽芬理理凌乱的头发。

少　枝　大脚就是这样赤胆忠心的人。她对田大姐好，别往心上去。

隽　芬　我有什么资格怪她？她是赤胆忠心的人，我就不是？这两天，我好像已经没有脑子了，只剩下两条腿。心里就在说，走吧，走吧，走到哪里，就算哪里！

（径自走向前去）

少　枝　隽芬，你等等！（走到条路口，停了下来，向前张望着）这路口，我们走过。

隽　芬　（恍惚地）走过吗？我也不知道。

少　枝　隽芬姐，我们班就你记路记得清楚。你怎么了？隽芬姐！

隽　芬　我不知道。一个人做错了事，大概就是这个样子。

少　枝　隽芬姐，你说，我们还能追上队伍吗？

【隽芬默默地坐了下来。少枝也慢慢地坐了下来。两人背靠着背地坐在了路口。

隽　芬　我后悔，后悔会说出那样的话来，我真没想到田大姐会……

少　枝　（沉默半晌）我也没想到。

隽　芬　没想到田大姐会死是吧？

少　枝　不，没想到你会说出后悔这样的话来。

隽　芬　……（怔怔地看着少枝）

少　枝　……（牢牢地盯着隽芬）

隽　芬　你觉得我不应该这么想？

少　枝　……有些心里的盘算只能放在心里想，嘴里是不能说的。

隽　芬　（仔细地端详着少枝）你比我聪明。

少　枝　不，因为我经过了，所以我才想得明白。

隽　芬　少枝，那你说我心里想的对还是不对？

少　枝　你真烦！你现在就希望我说你对，你心里好舒服些！可是如果我要是说你对，那就是说，陈子昆是该死的，田大姐也是该死的（怔怔地）……

隽　芬　你怎么不往下说？你说呀！我要是那天没有说那些话，田大姐就不会死，然后就凭我们这三个人要把她一直扛到……扛到大家都走不动了为止……死了为止？

少　枝　可是谁都希望自己活着！

【沉默的静场。

隽　芬　少枝，你恨我吗？

少　枝　（摇摇头）……

隽　芬　别说不恨——

（唱）知道你们都在把我怪，

个个脸上挂阴霾。

少　枝　（唱）事事并非你所愿，

隽　芬　（唱）——姐妹们见我再无笑颜开。

少　枝　（唱）沉痛心中恨无奈，

你又何必自心哀。

你的歌儿唱得好，

歌声人人爱。

你会撩男人，

歌声撩得他们笑颜开。

隽　芬　（唱）撩男人——

哪个男人能看上我？

少　枝　（唱）陈子昆——

隽　芬　（唱）——陈子昆

少　枝　（唱）是你——

隽　芬　（唱）——是我……

少　枝　（唱）把他推到了我的情怀。

隽　芬　（唱）——推伤了我的情怀……

相对多感慨，

往事悲心怀。

我曾在陈团长面前给你使过坏，
今天后悔头难抬！

少　枝　（唱）妹妹我不怪，
姐姐莫悲哀，
说起子昆他，
我知你心痛如刀裁。
哪个少女不把英雄爱？
你当众蜚语伤人让我痛心怀。
田大姐产子本无奈，
你高叫拖累刺她心太不应该；
大脚行军出力大，
为什么总用恶语来编排；
少枝知你心直口快，
想一想犯众怒该是不该？

隽　芬　（唱）好少枝搬开我心头垒块，
坦诚相见驱阴霾。
你比我聪明懂自爱，
尊重他人心无尘埃。
同为战友这几载，
扪心自问愧满怀。

少　枝　隽芬姐，别这样。我还是喜欢你从前那样一天到晚高高兴兴的。我还真爱听你唱歌，什么歌到你嘴里唱出来，就跟别人不一样。

隽　芬　我还能唱好歌吗？

少　枝　能。

隽　芬　（哭泣着哼唱）
"嗒嗒"哒哒的马蹄声哎——

踏碎了我的心哎……

【音响：传来马蹄落地"嗒嗒"的响声……

少　枝　这是为陈子昆唱的……

隽　芬　少枝我心里就是忘不了陈子昆……

少　枝　陈子昆九泉下听得到。

【二人紧紧拥抱在一起。

【张大脚与冯贵珍上。

冯贵珍　还是不知道走哪条路。（一边看着，一边回忆着）我们从这儿走过。……第一次过草地，是从这条路过去的。第二次过草地是从那条路回来的，不知道总部他们会走哪条路。要是走岔了，就再也追不上了。你们说，他们会走哪边？

【沉寂。

冯贵珍　怎么都不说话？我们五个人是一个集体。

张大脚　四个人！

冯贵珍　（黯然）对，四个人。

张大脚　让我出力气行，拿主意，我可拿不了。

少　枝　我也是。这辈子我都没自己拿过主意。

冯贵珍　隽芬，你说呢，他们会走哪条路？

隽　芬　我记得，这两条路，一条先到拈扩然后去东谷，一条经过让徜去打金寺，过了打金寺，有座索桥，过了索桥，就快到草地了。

张大脚　这谁都记得！

隽　芬　可是这条路上有喇嘛寺。

张大脚　那又怎么样？

隽　芬　（生气地）喇嘛总比士兵好对付，不好色！我不说了！（径自向那条路走去）

张大脚　（气愤愤地）哼，三句话不离本行。少枝，我们偏走那边！

少　枝　大脚，这种时候了，就别使性子了。（跟了上去）

冯贵珍　她说得对，有喇嘛寺，就可能找到粮食！大脚，走！（也跟了上去）

张大脚　对！喇嘛们的伙食不错，烧饼、麻花不离嘴。（下）

【灯暗。

第八场

【幕间曲。

【百川桥边，被炸断的铁索，像死蛇般垂落在那里，点缀得周围的景色仿佛也随之委顿与颓败起来。

张阿宝　（内唱）盼媳妇盼得我心内焦——

【背羊皮筏子、拿粮食上。

（接唱）每日守候百川桥。

王洪魁把他的遗孀托付我，

张阿宝再不是光棍一条。

受人之命不能违，

领人的好记心梢；

羊皮筏子准备好，

一口袋炒米和年糕；

渡送女兵过河去，

换来田寡妇和我拜堂把香烧。

王洪魁的儿子要养大，

我的香火也断不了，

死者在天安息了，

阿宝我有信有义自有老天睁大眼把我瞧。

　　　　　哎呀呀，老天变脸下雨了，
　　　　　喇嘛寺屋檐下避雨猫一猫；
　　　　　瞧，瞧，瞧，再找，找，找……（远看）
　　　　　今天还是没盼着！
　　　　【喇嘛上，二人对视。

张阿宝　大喇嘛。

喇　嘛　（指汉子头上的军帽）你也是打仗的兵？

张阿宝　扎西德勒，说什么呀？这是一顶军帽。

喇　嘛　这里再也没有粮食了……给，（拿出红军告示）你看。

张阿宝　说什么哪？粮食？谁要你的粮食！我有自个的粮食（晃晃手中两袋），这是什么？（接过告示，看）我不认字（交还告示），也不要你的粮食！

喇　嘛　（仍有些惊恐）……你来寺院有什么事？

张阿宝　我不信佛，我是等人的，下雨了，在这儿避避雨，行吗？（指天示意）

喇　嘛　（点头）施主请便，菩萨保佑。（下）

张阿宝　这田寡妇哪天能到啊？菩萨保佑！
　　　　【压光，暗转。
　　　　【光起。
　　　　【字幕：数日后。
　　　　【张大脚跑上。她的身上扛着这个班所有的重武器，怀里还抱着一袋粮食，摇摇摆摆地跑到了隘口，一个趔趄，差点儿没冲下谷去，这才发现索桥已断。
　　　　【枪声、嘶喊声越来越近。

张大脚　（气急败坏地）桥炸断了！桥！（回身）老天爷！
　　　　【隽芬、冯贵珍、少枝上。

隽　芬　喇嘛追上来了。

张大脚　（卸下身上一支又一支的枪，然后举起了那支"俄国造"）我要开枪了。

冯贵珍　（冲到桥边）不许开枪！

【冯贵珍把张大脚的枪口推向天，枪"砰"的一声响了。

【突如其来的安静。

【女兵朝着追击她们而来的喇嘛们看着。

张大脚　班长，桥被炸断了！

【喇嘛上。

喇　嘛　（藏语、汉语字幕）看，这是你们留下的。（扬了扬手中的一份告示）这是你们大军向佛爷许下的愿，所有过路的部队不准再向我们拿粮食。

冯贵珍　（迟疑地接过告示，看着看着眼睛亮了起来）隽芬，你来看，这是我们总部路过这儿留下的告示！

少　枝　上面说什么？

张大脚　说什么？

冯贵珍　（吃力地念着）"今有红军辗转途经打金喇嘛寺，我总部机关因军中粮秣短缺，已将该寺可食之物一一征用。自今日起，凡我军部队途经该寺不得再向该寺征用粮秣等。有关部门见此告示务必遵照行事，如有违犯，一经查出，严惩不贷。汉番一家，苏维埃保护信仰自由。中国工农红军司令部"

隽　芬　我们走对路了！他们是从这儿走的，是从这儿走的！（兴奋起来，不觉流下了泪）

喇　嘛　（惊异地看着女兵们）女人？（转身向身后大喊）她们是女人！是女人！

【喇嘛突然把张大脚手中那袋粮食抢回，扭头就跑，张大脚又把喇嘛拉住，二人抢粮食，粮袋落到地上。

隽　芬　（从地下抄起了枪，对着喇嘛欲扳动枪机）不许动！

冯贵珍 （把枪压下）不许开枪！你这是违犯纪律！
【幕后传来了一阵喇嘛们的喊声。喇嘛把粮食拿了过去。
【张大脚放了手，青稞撒落在地上，两人都急急忙忙地往布袋里捧着。

喇　嘛 （藏语大意）我们寺院已经没粮食了。带枪的人，黄军装的、灰军装的都到我们寺院里来拿。藏民也都给吓跑了，没有粮食了，没有粮食了！
【张大脚呆呆地看着年轻喇嘛把粮食兜起，揣进了他的袍子里。喇嘛欲下又回身，胆怯怯地看着冯贵珍手里的告示，冯贵珍把告示双手交还给喇嘛。

张大脚 班长，你就看着我们几个，都饿死在这儿？
冯贵珍 我们要了他们的粮食，他们也会饿死！
【喇嘛欲下又转身。

喇　嘛 你们衣衫褴褛，可头上有红星，和前面的红军是一样的，你们坚守本心，是去朝圣的，菩萨会保佑你们！（急下）
【女兵们失神地看着远方。

冯贵珍 你能听懂他说什么了？
隽　芬 我只听懂他在喊我们是女人。大概他没看出来。
少　枝 还有呢？
隽　芬 还有就是总部告示上说我们不能拿他们的粮食！
【沉默。

冯贵珍 我们是战士，应该遵守上级的指示。
【张大脚没有发言，女兵们都向她看去。只见张大脚蹲在地下，一边拾起刚刚撒落在地的青稞粒，一边下意识地往嘴里丢着。忽然她抬起头，看见两双眼睛都在盯着自己，她的手停下了。

张大脚 我……我不是有意的。我太饿了，这儿还有。（又急急忙忙地在地下拾了起来）

少　枝　她是饿了。她背的东西最多，个子也最大。

张大脚　（将手中拾起的麦粒，掬到了冯贵珍面前）你们也吃点儿垫垫……

【女兵们小心翼翼地从张大脚手里拈取着麦粒，仔仔细细地放在嘴里咀嚼着。

隽　芬　晚来的和尚不如先到的僧。他们把粮食都征收完了又把桥炸了。

冯贵珍　他们炸桥肯定是为了阻断敌人，你们不能这么来理解上级！

隽　芬　（无奈地）班长，我们怎么过去？

张大脚　隽芬，这一路上我就想忍住不说，可是……你以为你带对了路了，就可以对班长说这说那的了？要我说，当时要是走了另一条路说不定……

冯贵珍　大脚，现在不是埋怨的时候。我们要想积极的办法。

隽　芬　回喇嘛寺，跟他们再商量，哪怕让我们能吃上一小口糌粑……

少　枝　（像是发现了什么）看！

【一个人扛着个羊皮筏子上。

【一个四十多岁的汉子——张阿宝从羊皮筏子里钻了出来。他穿着件土黄色上衣，头戴红军军帽。

【女兵们与汉子相互审视着。

张阿宝　（数了数女兵的人数）谁是田大姐？

冯贵珍　你是谁？

张阿宝　你是田大姐？

冯贵珍　你先说你是谁？

张阿宝　（发现隽芬在悄悄地拿枪）你不要动。你们自己看看你们自己，风一吹就要倒了的人，还拿什么枪？

冯贵珍　你到底是什么人？

张阿宝　是王洪魁让我在这疙瘩等你们呢！他说的，让我找你们当中的田大姐，她肚里怀上了孩子了。他怕她受不了这苦，让她留下跟我过日子哩！还真让我把你们等着了！你们不是五个人吗？还有一个呢？

张大脚　王洪魁呢？

张阿宝　王洪魁，死了。
　　　　（唱）红军总部得到了敌兵的情报，
　　　　追兵紧决定了即刻炸断百川桥；
　　　　王洪魁对此不得知晓，
　　　　那一天他站在桥头等你们，等得心焦；
　　　　猛抬头看见了点燃的炸药，
　　　　轰隆的一声震天响，
　　　　炸断了他的身子挂在树上，腿在水中漂；
　　　　那时看得我心如刀绞，
　　　　我救下了王洪魁，
　　　　看着他一口一口捯气他捯不上来气，他嘴里还絮絮叨叨：

众女兵　（白）说什么？

张阿宝　（接唱）后面还有还有五个女兵，
　　　　田大姐还有肚子里的小宝宝，
　　　　坚决不能把她们抛；
　　　　他死前留下这顶红军帽，红军帽，
　　　　把田大姐托付给我，
　　　　我还要把那养孩子的重担挑。

张阿宝　谁是田大姐？

张大脚　她死了。

张阿宝　死了？哄我？

张大脚　就是让王洪魁给害死的！

张阿宝　真死了?

冯贵珍　真死了!临死还喊着王洪魁的名字呢!

张阿宝　可惜了了。可惜了了,这么个有情有义的女子啊。

冯贵珍　你今天来,就是专为等我们的?

张阿宝　对,答应死人的事情不能不做,那是丧天良的。我答应他了,要把你们送过河去!

众女兵　(喜出望外)真的?

张阿宝　你们看嘛,我把羊皮筏子都扛来了嘛!

冯贵珍　看看哪里能过河。

张阿宝　别看了,这皮筏子你们谁会用呀? 你们到河里翻跟头去。

少　枝　大哥,求求你就帮我们这个忙吧。

张阿宝　把你们渡过去?

【众点头。

张阿宝　那当然了。

冯贵珍　这位大哥,我们怎么谢你呢?

张阿宝　不用谢嘛。我答应他的事,我来做;他答应我的事,也要做嘛!

冯贵珍　他答应你什么事?

张阿宝　让田大姐跟我过日子嘛!

冯贵珍　可是田大姐已经死了!

张阿宝　那就随便哪个嘛!

冯贵珍　这怎么可以?我们都是红军战士!

　　　　(四人同)我们都是红军战士!

张阿宝　啥子红军战士,都是女人嘛……

隽　芬　女人也是红军战士。(抓住张阿宝)

【张阿宝手一甩,隽芬倒地,冯贵珍急扶。

张阿宝　(有些歉意)女人红军?是红……军,就是战……看看你们一个个都站不稳了，还是做女人好些。

张大脚　你是看不起女人！（将袖子向前）

张阿宝　（闪）没的这个意思……你们只要跟了我，把军装一脱，我每天好菜好饭供着你，不消几个月就把你喂得个油光水滑的，那就是女人，就不是红军了嘛！

冯贵珍　不行！我们四个人，再不能少了谁了！

隽　芬　看你长得那个丑样！

【众人无语，汉子摇摇头，拿起皮筏子，欲走。

【张大脚抓住皮筏子，欲抢。

张阿宝　你们就是抢了我的皮筏子，这么宽的河，这么大的浪，你们也过不去。

【张大脚放手，四人无望地走到四边。

张阿宝　看看，看看，一个个饿得不成样子了嘛。

隽　芬　你……有粮食吗？

张阿宝　有，我只要你们留一个人，还是那句话，随便哪个，我又不要你们多，只要一个嘛！

张大脚　班长，我们要是不答应他，就一个都过不去！

冯贵珍　那你说谁留？你留下？

张大脚　我？我是班里的主力，怎么也……

【冯贵珍与隽芬对视。

隽　芬　（唱）滔滔河水把路挡，

　　　　　难道说前功尽弃空自忙？

　　　　　低下头来暗自想……

　　　　　鱼死网破路一条……何必耽搁时光？

隽　芬　班长，我留！让我嫁给他！

少　枝　隽芬，你……你不能答应！

隽　芬　大哥！

张阿宝　唔？

隽　芬　你看我行吗？

（唱）【摇板】转【流水】

我本是她们中最俊模样，

差点儿成了红军的团长新娘。

要不是，要不是王洪魁，要不是我们路途无望，

凤凰女怎会下嫁丑儿郎。

张阿宝　（绕着圈看着隽芬的周身）以前许过男人吗？

隽　芬　你放心！

张阿宝　那就这么定了，我要你！

隽　芬　大哥，还有粮食吗？

张阿宝　带着了。你有情，我有义。

隽　芬　快把粮食交给她们吧。

【汉子从羊皮筏子里取出了一小口袋干粮，交给了冯贵珍。

冯贵珍　不，隽芬！

（唱）【散板】

不，不，不！隽芬啊，你别这样……

你怎能典当自己为我们换来粮？

少　枝　（唱）这位大哥你行行好……

隽　芬　（唱）【原板】

少枝啊，不要再求莫悲伤。

虽然我再不是红军战士，

姐妹们头上的红星还要放红光！

【张大脚猛地冲向隽芬，双膝跪下，抱住隽芬双腿。

张大脚　（唱）【快板】

怪我怪我都怪我，

我不该成天和你吵吵嚷嚷，

　　　　我不该抓你辫子揭你短，

　　　　我不该多次动手把你打伤；

　　　　好姐妹一起走，

　　　　若分开——大脚我后悔……后悔一辈子九泉下难见爹和娘！

隽　芬　（唱）【散板】

　　　　有这话我一辈子也不后悔啊……

　　　　【转身双手搀起跪着的张大脚。

　　　　【清板】转【原板】

　　　　原谅我常常笑你粗鲁嫌你脏；

　　　　（对冯贵珍）原谅我屡犯纪律和你顶撞，

　　　　（对少枝）原谅我争风吃醋和你抢做新娘……

　　　　虽说是姐妹们磕磕绊绊舌根子痒，

　　　　那却是一生中最灿烂的时光！

　　　　隽芬我以身换粮并无高尚，

　　　　过不了百川河前程渺茫

　　　　辜负了田大姐死得悲壮，

　　　　怎忍看成饿殍姐妹纷纷倒路旁？

　　　　一人换得三人前往，

　　　　我合掌——

　　　　真心求上苍，

　　　　人生啊，真的是一辈子都在路上走……

　　　　别姐妹心泪淌，

　　　　回首听马蹄声碎更恓惶；

　　　　别姐妹心泪淌，

　　　　嫁英雄成梦想，

　　　　梦醒身边丑儿郎；

　　　　站立在河口日夜向北瞩望，

　　　　　　望你们找到队伍回到家欢欢笑笑永安康，

　　　　　　待等到阳光普照山河日——

　　　　　　（白）你们能来看看我……

　　　　　　还记得隽芬我为你们换来这活命的一袋粮，一袋粮……

冯贵珍　（唱）【散板】

　　　　　　字字和泪淌，

　　　　　　声声伴恓惶；

　　　　　　执手真情意，

　　　　　　愧对一袋粮。

张阿宝　（接白）该走的走吧，该留的就留下吧！你们不是还要追上去吗？（扛起羊皮筏子）

　　　　　【张大脚扑过来，与隽芬哭成一团。

　　　　　【伴唱起：

　　　　　　雪皑皑，

　　　　　　野茫茫。

　　　　　　高原寒，

　　　　　　炊断粮。

　　　　　　上路都是钢铁汉，

　　　　　　留下也有情意长，情意长！

　　　　　　人生如大海，

　　　　　　驶出港才知道浩瀚茫茫！

　　　　　【伴唱声中她们互相道别。

隽　芬　（推开张大脚）走吧！让我一个人在这儿坐坐！

张大脚　（一边抹着泪，一边又把所有的东西往身上架着）隽芬，我会想你的，真的！想你！

少　枝　（轻轻地搂着隽芬，悄悄地）隽芬，我们走了，你不会死吧？

隽　芬　（抽泣着）不！（更加伤心地哭着）

少　枝　（轻柔而深情地）隽芬，听我的。咱们都别死，好好地活着。记住，活着，一定要活到革命胜利！

冯贵珍　隽芬，我们对不住你！

【众人随张阿宝下。（音乐渐渐淡去）

【隽芬突然站起，跑向她们走的方向，怔怔地望着。清唱山歌：

"门外的号号子吹响了哎，

当红军的哥哥又要走了哎。

三年五年的不得归来哟，

红旗子越飘越远了哎……"

【唱完，众女兵一个一个上场。

【山谷里回荡着隽芬的歌声（伴奏）和画外音。

画外音：

"门外的号号子吹响了哎，

当红军的哥哥又要走了哎。

三年五年的不得归来哟，

红旗子越飘越远了哎。"

女战士　哈哈哈哈……

【灯光下，出现了五个女兵窈窕的身影。

【她们系着一色的红领巾，脚上穿着缀有红色绒球的麻草鞋。

少　枝　（艳美地）隽芬姐，你的嗓子真特别，什么歌子到你嘴里唱出来就跟别人不一样！

张大脚　那是。心里不想着男人，那歌唱出来哪能这么水汪汪的。

隽　芬　（不在意地笑了笑，从地下采了朵黄灿灿的野花戴在头上）那当然。我又没嫁过人，干吗不能想男人？

张大脚　（翻了隽芬一眼）我那是封建包办婚姻，现在我革命了！

隽　芬　（嘲弄地）哦，那你也想吧。（在张大脚脸蛋上抚了一把）

张大脚　（用力地嗅着鼻子）唔！

冯贵珍　干什么？
张大脚　骚！
众女兵　哈哈哈哈……
　　　　【光渐收。

——剧终——

2018 年 6 月 21 日

乱世枭雄

创作背景

《乱世枭雄》是根据著名剧作家莎士比亚的《理查三世》改编的中国历史故事。《理查三世》是莎士比亚著作中最长的一部悲剧。剧中莎翁虚构了15世纪的英格兰王位争夺时期,战乱不断,权谋横行。生来就有残缺的外貌和丑陋的性格,对权力极度渴望的理查三世,通过一系列的谋划和阴谋,从自己的家族成员和政治对手手中夺取权力,一步步爬升至国王的宝座。理查三世的权谋手段十分毒辣,他通过虚伪、欺骗和暗杀等手段,将自己的敌人一一除去,以保护自己的地位。莎士比亚之所以不惜笔墨写这部充满权谋、阴谋和复仇的历史悲剧,就是告诉人们:恶人在复杂心理和人性的黑暗面是残忍的,在权力欲望中会带来人类的灾难。

上海戏剧学院戏曲学院戏曲导演系接受这个戏的任务,也有一定的喜剧或叫悲剧性。2010年亚太地区高校联合会做出决定:国际高等院校同时排出《理查三世》并在北京会演。学院将这个任务交给了我。其实我对这个戏并没有太多喜爱感情,但是参加将在北京举办的全亚太地区的演出,又吸引着我。

我院领导做出明确指示,一定要把这个戏改成中国的剧目。这就又使我陷入了困境。中国的哪朝哪代能够和英格兰15世纪为争夺王位而战乱不断相提并论呢？我带领2008班的同学们，认真查阅了中国历史，唯一找出对应的就是中国五胡十六国时期后赵的历史。研究中我们发现，后赵的石遵与理查三世很类似。定下这个可以有对应的历史事件之后，我便开始动笔了。

可叹的是，我们虽然把戏改成功了，但是院领导却把这件事情忘了。中央戏剧学院也不接受我们前去演出，这是我在学院工作以来最不愉快的一件事。

具体细节不在这里赘述。要谈的是在我的戏剧观念里，就不可以无端地将外国戏拿来变成一个中国戏。一定要有相似的历史时代和历史事件，否则就会引起人们思想认识上的混乱。有专家任意改编这类的剧目，不但立不住，还落不下好评。这是我们要改编外国剧目的一个基本的戏剧理念。

为证实我的这个理念，我们自己组织到上海的"国际莎士比亚研究会"演出，得到了与会专家们的一致肯定和赞扬，并鼓励我们用京剧的形式，走出国门去演出，但是这个耗资是我们学院承担不了的。这次出版前我又重新对剧本做了一些改动。

这里借出版的机会将剧本推荐给各个院团，希望有兴趣的剧团也可以排演莎士比亚名著改编为中国故事的戏。

剧情梗概

五胡十六国时代，是中国历史上统治者更替最频繁最混乱的时期。

后赵，羯族石氏打灭后晋建立后赵，石遵虽为三弟，但因落地之时已成残废，心存变态，早有篡位之心。他精心谋划了杀死二哥的阴谋，在战场上从背后杀死了大将军张柴，并骗取了他的妻子安姬的爱。接着阴谋杀死了太子，当场气死了大哥正帝。戴上皇冠后，强娶了自己亲侄女普兰，又杀掉了安姬和皇后。政治上强力杀除异己，又不兑现拥护自己的同党的封赏，致使后赵大将石闵叛变，倚仗自己高强的武功御驾亲征。但在睡梦中，他杀死的各个冤屈魔鬼向他索命。他不向自己的命运屈服，像野马一样冲向战场……

人物表

石　遵　后赵正帝的三弟，护国公，后为成帝

石遵乙　石遵的组合形象

石　世　后赵正帝，石遵的大哥

石　斌　正帝的二弟，保国公、大丞相

张　柴　正帝外甥，后赵将军，被石遵暗杀

安　姬　张柴之妻，后为成帝之后

皇　后　正帝的皇后

普　兰　皇后之女

柏金汉　石遵同党，后背叛

凯　慈　石遵同党

海世勋　御前大臣

李福思　皇后之弟

葛　雷　皇后之侄

兵士、侍卫

序

【时间：五胡十六国

【地点：后赵

【汉代音乐起，五胡十六国纷战音乐切入。

【舞台正中定点光起，一个夸张的象征中国皇帝御用的玉玺呈现。

【主题音乐起，阴险、恐怖又很滑稽，引一瘸一拐的石遵上，他贪婪地围着玉玺，扭动着畸形的身躯冲向玉玺。

【王室另外两兄弟石世、石斌上。

【石遵退后一步，面藏杀机，立即用笑容掩饰。

【伴唱起：

皇冠一顶金煌煌，

千古斑驳刻沧桑；

铁骨铮铮响！

皇权擎天上。

哪管得腥风血雨，

说什么兄弟阋墙。

英雄成败亦绝唱，

滚滚浪涛掩兴亡。

【渐渐压光。

【光起，战场上。

【东晋兵四处杀上，赵将张柴奋勇力杀晋兵将。

【石遵从背后刺死张柴。

【晋兵被杀退。

众兵将　晋兵大败！

众　将　恭贺我主重夺皇位！

正　帝　哈哈哈哈……我们羯族石氏又得天下，狼烟尽扫众卿之功，二弟——

石　斌　臣。

正　帝　封你为保国公兼大丞相。

石　斌　谢陛下。

正　帝　三弟——

石　遵　臣。

正　帝　封你为护国公兼大将军。

石　遵　谢陛下。

正　帝　御外甥张柴——

石　遵　臣启陛下，张柴战死。

正　帝　什么？

石　遵　张柴战死！

正　帝　为孤江山，又失心腹大将啊……（落泪）

石　斌　陛下不必伤痛，早登龙位要紧。请驾还朝，举国上下恭贺吾皇登基大典！

石　遵　二哥，你身当保国公大丞相，一人之下，万人之上，日后对小弟要多加指教。

石　斌　你我弟兄同心。

正　帝　三弟，按国礼厚葬张柴将军。

石　遵　领旨。唉……

　　　　（唱）我的好外甥啊……

　　　　【音乐起，正帝挽石斌手下。

　　　　【众随正帝下。

第一场

　　　　【石遵指挥四兵士抬张柴尸体。

石　遵　（唱）叹赵国失去一位将军——神勇无敌；
　　　　　　　我为你哭泣……
　　　　【石遵乙上。

石遵乙　（唱）你、你、你……真是好演技。

石　遵　（唱）哪一个人生不在演戏？

　　　　　　不过是在比、在拼、在PK……

石遵乙　（唱）PK演技的高与低！

　　　　　　你趁战乱一剑杀死了张柴——除去了皇上的膀臂，

石　遵　（唱）他本是我将来大业一宿敌。

石遵乙　（唱）哈哈哈……你对我还不敢抛心底？

　　　　　　你更想以此霸占他的妻。

石　遵　（唱）哈哈……你何不仔细看看自己？

石遵乙　（唱）左肩高来右肩低，

　　　　　　一瘸一拐，残缺不全，

　　　　　　娘胎里造就一副陋相形畸，

石　遵　（打石遵乙）你是在嘲笑我？

石遵乙　（打石遵【数板】）我说的难道不是实际？

　　　　　　别说是人，就是狗见到了咱们，

　　　　　　汪汪！汪！狂吠乱叫也把调门提。

石　遵　（唱）天哪，父母啊！为何给了我这残形废体？

　　　　　　偏偏降生皇族以貌比高低！

　　　　　　论机谋——

石遵乙　（白）没人能和咱们比；

石　遵　（唱）论战功——

石遵乙　（白）咱们数第一；

石　遵　（唱）我争强——

石遵乙　（白）争强遭人嫉妒；

石　遵　（唱）我鞠躬尽瘁——

石遵乙　（白）还是为了他人作嫁衣！

石　遵　（唱）为皇室贡献我的青春我的爱——

石遵乙　（唱、念）嗨，别提啦，

　　　　要怪就怪咱的娘啊——

　　　　她不为咱整形美容，

　　　　便把咱抛进——人间来喘息，

　　　　调情弄爱——谁能看中这副身躯，

　　　　从来没享受过对着含情的明镜宠幸讨取；

　　　　比不上爱神的风采，

　　　　怎能凭空在袅娜的仙姑面前阔步移；

　　　　既不能春心奔放、卖弄风情、韶光洋溢，

　　　　就只好打定主意以歹徒自诩，

石　遵　（唱）老天爷——既然造就我丑陋身体，

　　　　索性造就个邪恶的心灵表里统一。

　　　　我要把皇冠玩在我手里，

石遵乙　我这就去干！

石　遵　（唱）不，这出好戏先从女人……

石遵乙　（唱）女人？

石　遵　（唱）从女人身上唱起！

石遵乙　（白）这件事我去搞定！

石　遵　（白）这种事用不着你。

石遵乙　（白）那、那我干什么？

石　遵　（白）还有件事比这更重要，

石遵乙　（白）你是说？

石　遵　（白）有人他在挡我的道，挡道的人就得让他死……

石遵乙　（白）我还是想干前面的事，面对女人多有情调啊！那杀人的事……

石　遵　（白）谁让你杀人啦？你去托梦，散谣言，吹阴风……看！

　　　　（拿出一张谶语）

石遵乙　（接过谶语）"奸佞兴风……"

石　遵　　不让你念，而是去托梦。

石遵乙　　托梦——哦，盗梦空间……我懂！

石　遵　　必须让皇上大哥和丞相二哥之间结下生死仇恨，让人人传说刚刚打下的江山就有个名中有斌字的人要弑君篡位……只要大哥相信，管叫他今天就把我那丞相二哥囚进大牢。

　　　　　（唱）皇上懦弱本性多疑；

　　　　　他又拖着病体，

　　　　　我要让皇冠在我头上举，

　　　　　只要我动动心机——

　　　　　搬弄是非、用尽诳言、毁谤、梦呓，挑唆欺诈，

　　　　　一个一个施毒计，

　　　　　牢牢抓住时机！

安　姬　　（内呼）夫君！

石遵乙　　明白，第一幕好戏就要开场了！我这就去……

　　　　　【石遵乙下。

　　　　　【光暗。

第二场

　　　　　【音乐起，兵卒抬棺木上。

　　　　　【安姬急上，见兵卒抬尸。

安　姬　　（白）夫君，夫君！我的夫君！

　　　　　（唱）啊……我的夫君啊！

　　　　　皇族血统成枯骨，

　　　　　圣体如冰血流干；

祸首背后穿心剑，

心毒胜过那蛇、虺、蛛、蛊、蟾！

千万遍将夫君来呼唤，

可叹你英灵含恨无人雪冤。

【石遵上，想要拉安姬被推开。

石　遵　夫人，切莫如此伤心，这人已经死了，哭坏了身体，不值当啊。

【安姬不理睬。

安　姬　是哪个恶鬼来阻挡人间忠爱的大事？

石　遵　夫人仁恕要紧，莫这样恶言恶语。讲仁恕就要以善报恶，以德报怨。

安　姬　你还说什么仁恕？你既不懂天理，也不顾人情！你从背后杀死了我的夫君。

石　遵　我知道夫人此刻的悲痛，可不要给我假设虚构的罪名，夫人冤枉我了。

安　姬　有几十双明亮的眼睛看到你的罪恶行径！

石　遵　夫人横眉怒目娇媚可爱，丽质天生叫我夸不完，将来会有充分时日让我充分向你表白。

安　姬　滚开！（唱）

你是个人间地狱的凶孽障，

残害我夫君一命身亡。

你让人间悲声放，

快乐世界被你涂抹得暗淡无光！

你看一看——看忠良含恨双眼被人暗杀喊冤枉，

怒目仰面对天上，

见到你血管又偾张！

伤口裂，血又淌，

诅咒灵魂恶豺狼，

　　　　　悖逆上天兴逆浪。
　　　　　心毒貌丑乱世流氓！
　　　　　上天哪，雷击罪犯轰鸣响，
　　　　　大地呀，地裂吞噬罪恶还我一片白茫茫。
石　遵　一片白茫茫……你纯洁的心境照得我无地自容，我不能再欺骗你，我要向你请罪，（跪倒在地上，抱住安姬的腿）夫人，我，我是凶手。
安　姬　我的夫君啊，你真的是在这个恶魔的刀下成了野鬼孤魂！
石　遵　夫人，逝者已去，让他走好。他上了天比留在人间更加快活自在。
安　姬　你这个禽兽，你应该下十八层地狱。
石　遵　夫人，除了十八层地狱我还有好去处。
安　姬　哼，你这样的人，还有更好的去处！
石　遵　那就是夫人的闺房！
安　姬　无耻之徒！
石　遵　夫人，你真的不明白，皇室争杀，犯下滔天罪行的祸根是什么吗？
安　姬　祸根就是你那豺狼之心！
石　遵　错！看得见的刀光剑影，而根源在于……夫人……
安　姬　我？
石　遵　夫人！
　　　　　（唱）原是你的天姿国色惹争端，
　　　　　夫人的姿色在我梦中纠缠；
　　　　　直叫我顾不得天下生灵涂炭，
　　　　　一心只想在你的酥胸边取得一刻温暖。
　　　　【石遵乙暗上。
安　姬　（唱）早知如此，我一定亲手抓破我的红颜。

石遵乙 （念"数板"）别，别，别，夫人你一时冲动——
　　　　一时冲动将留下千古遗憾，
　　　　上天造就红颜美色，
　　　　如同太阳带给世界啊——五彩斑斓……

安　姬 （唱）红颜美色只为人间添灾难。

石　遵 （唱）这一切都是天性使然。

石遵乙 （念"数板"）天下的男人谁不爱美女呀？
　　　　争夺美女千万别用是非、别用是非来分辨。

安　姬 （唱）男子野心争天下，
　　　　挡箭牌，是红颜，
　　　　安姬宁愿毁容貌，
　　　　不为后世做笑谈。

石遵乙 （念"数板"）三国时曹操灭了袁绍，
　　　　腥风血雨来征战。
　　　　父子们都是为了甄宓美色垂涎，
　　　　甄宓多情人人称赞，
　　　　上天封她"洛神"千古流传。

石　遵 （唱）"洛神"美名千古流传。

安　姬 （唱）我不要美色传千古，
　　　　宁愿随夫一死赴黄泉。

石遵乙 不——不——不！你不能死啊！
　　　　（念"数板"）夫人若赴黄泉路，
　　　　男人的世界塌了天。

石　遵 （唱）夫人难释心愤懑，
　　　　罢，罢，罢！杀了我即可报仇冤。

石　遵 请你用这匕首刺进我这赤诚的胸膛！

石遵乙 解脱我这向你膜拜的心灵！

石　遵　了结我这条生命！
　　　　【打开胸膛。安姬看到他持剑。
安　姬　（白）若是你死了倒好，能替我的亡夫报仇雪恨。
石　遵　（白）为了你这美人我死也值得！
　　　　（唱）我只要看你秋波一转，
　　　　　　　就是死也能更痛快；
　　　　　　　你那双迷人的眼睛像大海，
　　　　　　　看得我泪珠盈盈像童孩；
　　　　　　　我对权力虎视眈眈，
　　　　　　　却对你美色无法忘怀；
　　　　　　　你若叫我死也照办，
　　　　　　　只要让我亲一亲吻一吻夫人的香腮。
安　姬　（唱）我……用手举起匕首剑——（颤抖）
　　　　　　　恨女人关键时刻抉择难——难，难，难！
　　　　【安姬手中匕首剑落地。
石遵乙　夫人，剑掉了。（拾起剑）
安　姬　我不想做你的刽子手。
石　遵　那么吩咐我自杀，我自己动手！
安　姬　（拉住其手）我已经说过，不想做你的刽子手。
石遵乙　杀吧，杀吧！此刻向心窝插上一剑！看一看最爱你的真心是怎样滴血鲜？
安　姬　我倒很想看看你这颗心。
石　遵　只要杀了我，世上就没有一个真心爱你的人了。
　　　　【安姬捡起匕首剑，又丢掉在地上。
石　遵　夫人不舍得了。
安　姬　你……你把你的匕首剑收起来吧。
石　遵　那么就算是和解了。

【安姬不说话。

石　遵　我这有一块玉，我将它赠了予你。

【将玉握在安姬手里。

石　遵　夫人，你拿了这块玉就是将我心拿了去，我还要请求你答应我一件事。

安　姬　什么事？

石　遵　愿你允我来办理这场葬礼，我的罪孽深重，必应赎罪。

安　姬　我能看见你这样深悔前非，我心里也十分喜悦。我得走了。

石　遵　夫人倒是向我道别一声哪。

安　姬　你既教了我如何待你和善，不妨就假想我已道别过了。

【安姬下。

石　遵　来，将棺具抬往法门寺院，待我请来高僧超度张柴将军亡灵，国礼安葬。

兵　士　（内呼）闲人闪开！

【兵士押解宰相石斌上。

石　遵　你……你不是二哥吗？

石　斌　三弟！

石　遵　二哥！你为何身披枷锁？

石　斌　三弟呀！石斌的名字害愚兄，皇兄与皇嫂昨晚同做一梦，梦中天神显圣，丢下谶语一篇在枕边……（拿出谶语纸）

石　遵　什么谶语？

石　斌　"奸佞兴风，篡位弑兄，有文有武即是名，特留谶语示警。"皇兄、皇嫂即刻惊醒，枕边果然有这张谶语！

石　遵　待我看来！（接过纸片）"有文有武即是名"……

石　斌　"有文有武"乃是个"斌"字，就是我的名字，愚兄千思万想理不清，难道这谶语——就定下了愚兄的罪名吗？

石　遵　难道兄长还不明白吗？

石　斌　明白什么？

石　遵　男子受了女人的统治，不是皇兄有心把你关进牢狱，而是他的妻后——皇嫂的指使！我们大赵王国的外戚向我们羯族石氏动手了……第一是你，第二就是我……恐怖啊！

石　斌　三弟，你要为大赵国效忠啊。

石　遵　二哥暂受一时牢狱之苦，我就去见兄皇；不管什么事，只要你吩咐我去办，即使让我向那恶毒的皇嫂和那帮为虎作伥的外戚低三下四也好，那奇耻大辱——
（唱）我也得忍受，
只要能为你换取自由……
这兄弟阋墙的滋味啊——
如血滴滴落心头；
我舍身也要把你救，
丞相的大位为你留！

石　斌　（唱）终究是一母同胞情意厚，
为国为民我们弟兄志同酬；
好兄弟呀……

兵　士　丞相大人，您该走了！

石　斌　为兄的去了……唉！
（唱）我走，走，走！
【士兵押解石斌下。

石　遵　（唱）走上那万劫不复的路莫回头，
好一个同胞兄长纯净不藏污垢，
面对着他我怎能心灵无忧，
狭路相逢妇人之仁才会罢手——
【石遵乙引凶手甲、乙上。

石遵乙　（唱）雇来了刽子手杀人的魔头。

石　遵　你们人生的哲学是什么?

凶手甲　守法朝朝忧闷,

凶手乙　强梁夜夜欢歌;

凶手甲　损人利己骑马骡,

凶手乙　正直公平挨饿。

凶手甲　修桥补路瞎眼,

凶手乙　杀人放火儿子多,

凶手甲　我到西天问我佛,

凶手乙　佛说:

二人同　佛说:我也没辙!

石　遵　好!我很看得上你俩,快去干起来。去,去,快去。

石遵乙　下手必须敏捷,尤其要心如石铁。

凶手甲　我们不讲空话,

凶手乙　"做他伊"(上海话)用手不用嘴巴。

石　遵　对,眼里要落石块,傻子才滴傻泪。

凶手甲　"做他伊"(上海话)虽然不用嘴,

凶手乙　提前支付的佣金要加倍。

石遵乙　(对石遵)现代人怎么都这样。

石　遵　(扔钱袋)十万。

凶手甲　不够养老钱。

石遵乙　(扔钱袋)二十万。

凶手乙　刚够买个卫生间。

石　遵　干完活再来领赏钱!

石遵乙　哼,世风日下!

凶手同　正是:

凶手甲　我到西天问我佛,

凶手乙　佛说:

272

二人同　　佛说：我也没辙！
　　　　【四人对视。
　　　　【切光。

第三场

　　　　【场上，病卧龙榻，众臣在侧，皇后坐在床榻。
正　帝　（唱）昏沉沉卧龙榻病夺三魂……
众臣同　陛下醒来！
　　　　【正帝醒。
正　帝　（唱）强睁双眼对群臣；
众臣同　龙体珍重了！
正　帝　（唱）三件事未了心不定——
海世勋　这第一件？
正　帝　（唱）孤病重太子还没有回帝京。
海世勋　待臣前往鲁城迎接太子回京。
李福思　待臣前往鲁城迎接太子回京。
海世勋　臣前去！
李福思　臣前往！
　　　　【双方争去。
正　帝　唉，皇后宣读诏书。
皇　后　遵旨。（念）"父皇龙体病重，快马加鞭回京。"
　　　　【交正帝，正帝看。
正　帝　吩咐八百里快马鲁城传旨！
李福思　敢问万岁第二件大事？

正　帝　（唱）第二件怕公侯不和江山难稳——

李福思　皇天在上，臣李福思虽为娘娘外戚，定要摒弃私怨恨，忠心为国，苍天可鉴。

葛　雷　皇天在上，臣葛雷虽为娘娘外戚，定要摒弃私怨恨，忠心为国，苍天可鉴。

正　帝　夫人！

（唱）孤有遗言你且听：

外戚有过莫护短，

公侯贵戚要和平。

皇　后　臣妾决不再记旧怨，愿意与满朝公侯将相同心协力共辅皇室，都愿陛下昌达！

正　帝　海大人，柏将军？

海世勋　御前大臣海世勋，抛弃前嫌，立誓精诚无欺！

柏金汉　我柏金汉如果有仇视皇后娘娘，或是不衷心拥戴娘娘的亲朋，我愿受天罚！

海世勋　愿娘娘千岁，千千岁！

柏金汉　愿娘娘千岁，千千岁！

石　遵　（内白）护国公来也！

【石遵上。

石　遵　臣弟参见万岁！

正　帝　三弟呀！你看原有间隙的公侯将相之间，干戈化成了玉帛，恨转为爱了。

石　遵　（唱）好好好，我真高兴，

皇兄听我表表忠心：

消除隔阂最要紧，

如有得罪我行礼赔小心；

愿我们都像初生的婴孩一样纯净，

护国公永远谦恭待人。

（白）皇兄，恕弟直言，皇兄病重小弟一直担忧，继位的大事关乎我大赵万年社稷……

正　帝　我们弟兄想到一处了，寡人要立继任皇位的人选，可是，怕他一时难以担当！

石　遵　大哥放心，您看中的人选必定是人中龙凤，一定能承此大任！

正　帝　御前大臣，你记下来，（海世勋记录）寡人要立……

（石遵起身准备受封）

正　帝　皇子昭为君王！继承寡人的江山！

（石遵愣在原地）

正　帝　孤已传旨，太子不日就要从鲁城回京来了。

皇　后　（唱）愿上天让人间裂痕补尽，

求主君赦回二弟法外施恩。

正　帝　是啊，太子登基全靠二弟、三弟辅佐，二弟乃是托孤的重臣，快快传旨，赦免二弟！

石　遵　啊？难道皇上和文武众臣还不知道我那二哥他……他已经在狱中归天了吗？

正　帝　你……你说什么？

石　遵　我方才去探望二哥，狱官回禀：皇兄传下圣旨，赐死我那二哥啊……

【石遵大哭。

正　帝　哎呀！

（唱）闻言不啻惊雷轰，

孤何时定他死罪名？

霎时昏沉血上涌……

【正帝吃惊地咳嗽，吐血，身亡。

众　　（同）陛下，万岁啊……

【众臣哭成一片。

石　遵　唉！

（唱）我好悲伤……我那屈死的二兄长，

哭一声好兄王！

【石遵一步一步失落地走下台阶。

【压光，国王病榻及众臣暗撤下，舞台仅剩石遵。

【石遵乙上。

石遵乙 （白）佩服佩服！今年最佳男主角都是你的了！

（唱）暗杀二哥在先——干得漂亮，

糊弄大哥在后——冠冕堂皇，

着着局局致命棋，

石　遵　（唱）棋差一着路渺茫……

他当众调回太子来继位，

我哭啊……

石遵乙 （唱）啊……（哭）机关算尽竹篮打水——

石　遵　（唱）——空忙一场！

石遵乙　这哪像成大业的英雄？兄皇已死，权势最大的是谁？看看识时务的来啦！

【柏金汉、凯慈上。

柏金汉 （唱）痛哭声中藏动荡，

凯　慈 （唱）关键时再不要过度悲伤；

石　遵 （唱）也不知他二人是敌是友？

二人同 （唱）识时务背靠大树好乘凉。

石遵乙 （唱）成大业还需左右臂膀，

一个好汉两个帮。

【石遵乙隐下。

石　遵 （白）感谢二位大人对我的关心，皇兄临终前已使一朝众臣修好言和了，不过我最想知道的是御前大臣海世勋此刻的心境。

柏金汉　当然，御前大臣，举足轻重。

凯　慈　末将即刻前往海大人那里探听虚实。

柏金汉　什么虚实？

凯　慈　末将心中明白得很。

【凯慈下。

柏金汉　护国公，如今重中之重把皇后那班目中无人的亲朋和太子拆开！

石　遵　（计上心来）……太子？可惜这太子不是我大哥的亲生！

柏金汉　啊？此话从何说起？

石　遵　柏大人你应当记得，我那皇嫂进宫不到八月就生下了这位"太子"。

柏金汉　如此说来太子是皇后带来的野种！

石　遵　我大哥伤了赵家皇室的脸面，惭愧……

柏金汉　当断不断，反受其乱，最好的计策，待微臣快马赶到鲁城，将那个野种"太子"斩草除根（手势），再将真情诏告天下。

石　遵　我的咨询大臣，我的神坛先知！我的好兄弟，等我成就大业，你就是御前大臣兼定国将军，领燕北封地。

柏金汉　谢殿下封赏！

凯　慈　（内呼）护国公！（上）禀告护国公，御前大臣海世勋明日召集众臣，共议太子加冕。

石　遵　啊？他竟不同我商议？又是串通皇后的阴谋，柏大人事不宜迟，快快赶到鲁城截太子斩草除根。

柏金汉　我即刻快马启程。

石　遵　凯慈将军，集合倾国兵马围住京城，明日殿前议事听我号令行事，附耳上来！（密语）

【音乐起。

【收光。

第四场

【海世勋、李福思、葛雷上。

海世勋　国无君主民不定。

李福思　谨遵遗嘱立新君。

海世勋　召集各位大人，就是为了议定加冕太子的吉日。

葛　雷　加冕盛典都准备好了吗？

李福思　都齐备了，只等决定日期。

海世勋　国不可一日无君，明日就是吉日。

李福思　不知护国公有什么高见？

海世勋　昨日命你请护国公议会，为何不见到来？

葛　雷　看，柏金汉大人来了！

【柏金汉上。

海世勋　姗姗来迟，你往哪里去了？

柏金汉　迎接太子去了。

海世勋　太子现在哪里？

柏金汉　已然送他上西天了！

众　臣　啊？你竟敢反叛？

石　遵　（内白）柏金汉做得好！（上）这个太子不是我石家的血统，我大赵的江山怎能让外姓继承？

凯　慈　（内呼）护国公！（上）启禀护国公，末将在海大人后花园，跟随海大人的侍卫，为孝敬海大人挖取天麻，不想挖出一个木人，有七根绣花针钉住木人的七窍，护国公请看！

石　遵　待我看来：（念）石遵大祗，辛丑、乙卯、丁亥、庚辰生。

【柏金汉将木人身上的针一一拔去，石遵精神为之一振。

石　遵　海大人，你把我的姓名、生辰写在木人身上，七窍钉针到底要干什么？

海世勋　此事绝非老臣所为。

柏金汉　这是妖人所用魔魇法，分明要害护国公性命！

海世勋　太子加冕在即，你暗杀太子，图谋不轨！

柏金汉　你们加冕的是一个野种！侮辱了大赵国的皇族血统！

石　遵　海大人，皇兄娶有孕的皇嫂进宫封后，不到八月就生下一子的事，你应当不会忘记吧？

海世勋　皇后娘娘虽说先孕后进宫，所怀之子也是先帝的血统。

李福思　皇后是正统的皇后！

葛　雷　太子是正统的太子！

海世勋　你们暗杀太子，意欲何为？

石　遵　怎么三位重臣，要结党谋反吗？我石遵还没让你们害死，大赵血统的皇族还没死绝呢！（向凯慈）集结兵马！

【鼓声大震，兵马团团围住皇宫。

石　遵　你急于用魔魇法将我害死，就是为了这个不清不白的太子吗？看来，传说中海大人和皇后有染，是真的啦！

李福思
葛　雷　护国公休要污蔑皇后！

石　遵　你们看清我了。对于要想杀我的人，看不到他的头颅，我食不进餐！

【凯慈给海世勋上绑，给李福思、葛雷上绑。

海世勋　（唱）忠良无辜被刀裁，

　　　　　　血雨腥风滚滚来；

　　　　　　悲惨邪恶的时代，

英雄何惧断头台！

【兵士押海世勋、李福思、葛雷下。

柏金汉　臣，柏金汉，恭请真龙天子登基。

凯　慈　臣，凯慈，恭请真龙天子登基。

柏金汉　（唱）纲常不振皇朝非正统，

担负重任全靠护国公；

数十年战功卓著鞠躬尽瘁德高望重，

盼国公登龙位听一听正义呼声。

石　遵　（唱）甚感激忠臣良将一片热忱，

只恐我胸无大志涌上浪尖欲罢不能；

宁愿闭门多思过，

做一个堂堂正正忠良臣。

柏金汉　（唱）赵国天下先王定，

时势造就大英雄。

石　遵　（唱）英雄何必登龙位，

谋朝篡位留骂名。

柏金汉　（唱）国公心地真磊落，

石　遵　（唱）此刻不愿听奉承。

柏金汉　（唱）臣民本是真相请，

石　遵　（唱）违背我愿万不能。

【凯慈率兵托海世勋、李福思、葛雷人头上。

凯　慈　斩首已毕！

石　遵　酒来！

【侍卫端酒壶、酒斗上。

石　遵　这一杯酒送忠良之臣上天！

【石遵洒酒。

石　遵　唉！我们曾是一殿之臣，痛心啊。啊……（大哭）

【石遵自饮酒，醉吐，抱起人头下。

柏金汉　嗯，自饮大醉，真有爱臣之心。

凯　慈　怎么？殿下真是不肯登基吗？

柏金汉　唉，我已劝了半日了……（背拱）搞不清真假，帝王的城府——深哪！

凯　慈　我有好办法。

柏金汉　什么好办法？

【凯慈向柏金汉耳语。

柏金汉　（笑）哈哈哈哈哈……

【凯慈指挥士兵拿来龙袍、皇冠，柏金汉下。

【柏金汉搀大醉的石遵上。

【众人给石遵穿起龙袍戴皇冠。

柏金汉　万岁醒来！

【石遵酒醒，一看二看自己的穿戴。

众　同　臣等参拜！万岁！万岁，万万岁！

石　遵　唉……（念）趁着我哭臣酒醉，竟强迫黄袍加身；

　　　　从此我任劳负重，只可惜留下恶名。

凯　慈　哪个暗中攻讦，辱骂殿下，凯慈定斩他的人头！

柏金汉　臣草诏，据实告天下。我等拥戴圣主登基，一切污垢之言与万岁无关。

皇　后　（内呼）篡位的豺狼！（冲上）

　　　　（唱）大骂石遵豺狼性，

　　　　杀死皇儿如刀剜我心！

　　　　先皇归天尸骨未冷，

　　　　你、你……你杀太子、诛皇戚、残害忠臣桩桩罪恶天不容！

石　遵　（白）天理不容第一件，你身怀野种嫁皇兄。

皇　后　（唱）未嫁时你兄已然强暴我！

石　遵　（白）这胎儿不是我大哥的种！

皇　后　（唱）你污言作践我名声！

　　　　　　做皇后又跌落深渊，

　　　　　　唯叹女人遭噩运！

石　遵　（白）我已以正宗血统君临天下，你可听一听臣民的忠心。

众　同　万岁！万岁，万万岁！（众下）

皇　后　（唱）天爷呀……你为何沉眠不醒，

　　　　　　怎能让野心人肆意施暴行！

石　遵　（白）"成者王侯败者贼"这定论从古传至今。还是想一想怎样保住你皇族，尊贵……也保住你花容月貌的女儿。

皇　后　（唱）

　　　　　　我女儿普兰公主是你亲侄女，

　　　　　　待字闺中玉洁冰清；

　　　　　　只求你饶了她青春生命！

　　　　　　哪怕是让我早早葬身埋骨入新坟。

石　遵　哪能啊！说句实实在在的话，我爱皇嫂的美貌……还要保护你的名节，所以：

　　　　（唱）我要娶普兰封皇后，

　　　　　　繁茂皇家血脉——传下石氏后人。

　　　　（念）有外孙称你外祖母和有爱子叫你一声慈母，并无丝毫差异；生孙儿虽比儿子低了一辈，但他们还是离不开你的本性，用你女儿的帝后之位——我的皇嫂岳母啊！

　　　　（唱）你经验暗示定有准，

　　　　　　只要她放弃羞涩献真诚。

皇　后　你……你这个无耻畜生！

　　　　【音乐中收光。

第五场

【后宫，普兰公主上。

普　兰　（念）父亡，兄死，皇家遍布刀光剑影，
　　　　　　悲痛，悲痛……
　　　　　　有谁怜顾少女青春。

【石遵上。

石　遵　（念）瘸腿，驼背，女人见了如见鬼魅，
　　　　　　帝王，权位，
　　　　　　爱神眷顾给力加倍。

普　兰　万岁。

石　遵　不要这样称呼我。

普　兰　叔王。

石　遵　更不要叫叔王。

普　兰　你本来是我的叔王啊！

石　遵　怎么？你母亲下朝回来不曾向你说起吗？

普　兰　母亲下朝回来，抱住我痛哭……

石　遵　哭什么？

普　兰　哭父皇，哭兄长……

石　遵　难道她不曾关心你的婚姻吗？

普　兰　我的婚姻？唉，父兄刚刚亡故，还谈什么我的婚姻？

石　遵　有道是：逝者已矣，青春难再呀！

普　兰　青春难再……叔王，你是说侄女我吗？

石　遵　是啊，普兰，假如我没记错，你今年一十七岁了。

普　兰　唉，可怜生在帝王家，宫冷只有甘寂寞。

石　遵　帝王最惜花开时，怎容普兰空自香……

普　兰　叔王，这是何意？

石　遵　（走近公主）普兰，一十七岁兰花怒放，香气袭人，酷似你母当年，胜似你母当年，上天造就如此美色，难道你不该身居皇后之位吗？

普　兰　叔王此言，侄女甚不明白……

石　遵　好了，好了，寡人初到后宫，还不曾见过你的闺房，还不请驾临幸？

普　兰　母亲说过，普兰的闺房，不准男子进入。

石　遵　哈哈……寡人乃万乘之君，难道君命比不过母命？

普　兰　如此叔王……万岁请……

　　　　【石遵拉公主下。

皇　后　（唱）闻报禽兽内宫闯——

　　　　【皇后拉安夫人上。

皇　后　（唱）心惊胆怕步慌慌；

　　　　　　　天颜冷酷灾难降，

　　　　　　　求皇后救普兰你是好婶娘！

安　姬　（唱）事不宜迟内宫往！

　　　　【石遵上，坦然面对二人。

石　遵　（唱）花蕾初绽分外香。

皇　后　你、你、你到我内宫做什么来了？

石　遵　嫂嫂不从皇命，寡人不得不亲自登门求爱。

皇　后　你！……到我女儿内室做什么去了？

石　遵　普兰闺房清香可人！

皇　后　（发疯般）女儿——（冲下）

安　姬　禽兽！

　　　　（唱）人间败类廉耻丧尽，

　　　　　　　淫欲肆虐乱人伦；

　　　　　　想当初甜言蜜语设陷阱，

　　　　　　坠你魔窟夜夜梦魇惊；

　　　　　　驼背的蟾蜍瘸蛇蝎，

　　　　　　登上皇位更狰狞！

石　遵　（唱）上天给我畸形貌，

　　　　　　我看世人心难平；

　　　　　　就要报复这世界，

　　　　　　做尽恶人恶事不皱眉头铁铮铮！

安　姬　（唱）你在地狱领使命，

　　　　　　专为魔鬼卖灵魂；

　　　　　　大地即崩裂，

　　　　　　炼狱烈焰喷；

　　　　　　人神同呼号，

　　　　　　共愤绞尔魂！

　　　　　　再不戴这皇后的金箍罪恶的顶！

　　　　【安姬将皇后冠掷向石遵，石遵踢安姬倒地，石遵乙上一剑刺死安姬。

　　　　【皇后携普兰公主上。

石　遵　封普兰公主为大赵皇后！

皇　后　誓死抗旨！

普　兰　母亲，我已经是他的人啦……

　　　　【压光。

第六场

【夜，鼓起三更。

【内侍画外音：柏将军求见皇上！

【柏金汉上。

柏金汉 （唱）当初为他谋帝位，

他许我御前大臣、定国将军封地在岭北。

半载已过无兑现，

为君食言用人太黑。

【石遵上。

柏金汉　万岁！我听到了一个消息，我的君主。

石　遵　夜半进宫什么事？

柏金汉　石闵起兵了，来势很猛啊。

石　遵　你做了什么部署？你的职责呢？

柏金汉　陛下，臣想皇上有一件重要的事忘记了。

石　遵　你在胁迫朕，我是皇上。

柏金汉　万岁有诺言在先，一旦登上王位，便封赐我御前大臣、定国将军，还有燕北的封地。

石　遵　燕北的封地……那不正是石闵起兵的地方？你该当何罪。

柏金汉　皇上还没有把燕北之地封给我，臣无罪。陛下对我的正当要求不可食言。

石　遵　这个石闵，孤记得孤为大赵打天下时，石闵还不过是个顽皮的孩童。

也许——

柏金汉　您的信誉和信义要维护。

石　遵　我当初为什么没有杀死他呢？

柏金汉　万岁，您答应封赐我的爵位——

石　遵　我需要你到燕北去看看虚实。

柏金汉　皇上。

石　遵　唉，什么时间了？

柏金汉　臣斗胆请万岁回忆一下您当初对臣的诺言。

石　遵　唔，可是什么时间了？

柏金汉　三更了。

石　遵　好，让它敲吧。

柏金汉　为什么让它敲？

石　遵　因为一面你在乞求，一面我要默想，而你却像那更夫手中的梆鼓更锣当当敲个不停。我今天无心封赏。

柏金汉　那就请万岁再次承诺。

石　遵　你真麻烦，我此刻心情烦恼。（与侍从们下）

柏金汉　啊？

　　　　（唱）利用我时许封赏，

　　　　一旦登基踹一旁；

　　　　拥戴这样的君王哪有下场？

　　　　倒不如战场复仇枪对枪。

　　　　【柏金汉愤愤下。

　　　　【石遵上，吩咐凶手暗杀柏金汉，凶手下。

　　　　【战鼓音乐起；凯慈上。

凯　慈　石闵大军兵临城下！

　　　　【刽子手捧柏金汉人头上。

石　遵　大赵皇帝御驾亲征，讨伐叛将石闵！

　　　　【画外音：大赵皇帝御驾亲征！

　　　　【压光。

第七场

【石遵寝宫,半夜,雷雨交加,突然一道闪雷惊醒。石遵从床上坐起。

石　遵　（白）把灯点上,把灯点上。
　　　　（唱）夜半噩梦惊醒,
　　　　一双双枯瘦的手指掐我脖颈。
　　　　带血迹爬过了荆棘满地,
　　　　我是无所畏惧的大英雄。

安　姬　（上）夫君,夫君。

石　遵　（白）你……你……你——

安　姬　（唱）杀我夫君在先,
　　　　骗我嫁你为妻;
　　　　从未在你枕边有过片刻的安睡,
　　　　篡王位杀了我鲜血尚滴……
　　　　此刻叫你翻来覆去,
　　　　战场上叫你钝刀落地魂无所依!

石　遵　（白）不,杀你是柏金汉的主意。

柏金汉　（从石遵背后升起）我的主意?
　　　　（白）你这个黑心肠的暴君!
　　　　（唱）我拥戴你才得皇位,
　　　　登大宝就变脸口是心非;
　　　　噩梦中要让你胆裂心碎,
　　　　战场上看昏君魂丧烟灰!

安　姬　黄泉路上多寂寞,夫君你快来陪我!
【三人舞蹈。

【张柴的鬼魂升起。

张　柴　（白）你还记得我吗？

（唱）背后穿心剑刺我西去，

尸骨未寒夺我妻；

黄泉路上多寂寞，

你也来领略阴间寒与凄！

三幽灵　（白）黄泉路上多寂寞，拉你石遵来陪我！

【四人舞蹈。

石　遵　（白）不……不……不……

（唱）野鬼拉我去做伴，

黄泉路上喊孤单。

【石遵惊醒，发现是梦。

（唱【导板】）猛然间睁开了双龙眼。

（唱【回龙】）蓝色的微光闪、死沉沉的午夜寒、这汗珠挂满皮肉抖抖颤颤，好吓人的梦魇！

难道说我也怕？

良心把我苦苦纠缠，

良心惊扰得我心乱，

伸出了千万条舌头吐怒言。

控诉我伪誓罪、罪无可恕，

谋杀罪、血迹斑斑；

乱伦罪、罪欺天地，

种种罪行、大大小小、拥上公堂、齐声嚷"有罪有罪！"罪恶滔天！

我恨自己……我爱自己……丑形残躯半世相为伴，

恨又哪堪爱又哪堪！

又何必让良心懦夫惊扰得心惊胆战，

我靠自己换来这至高无上的皇冠,

我高高站立在大赵国权在手——开弓没有回头箭,

只有勇往冲向前,

莫说回头是蠢汉,

一身残缺有谁怜?

孤注一掷决胜负,

千古成败亦空谈;

战场上只要给我一匹马,

我还要报复大地报复天!

侍　卫　报——(上)

石　遵　说!

侍　卫　石闵将军率军入宫,已经兵临城下!

【鼓角齐鸣。

【石遵会战石闵,混战。

【凯慈上。

凯　慈　快来营救,快快来。皇上武艺惊人,非凡夫可比,他的敌手谁都招架不住。他的马战死了,他在平地作战,在死亡的虎口中到处搜寻石闵,快去救驾,我们决不能让皇上失利了!

【鼓角齐鸣,石遵再持枪上。

石　遵　一匹马!一匹马!我的皇位换一匹马!

凯　慈　后退一下。我的君主,我来扶你上马!

【伴唱声起:

(伴唱)皇冠一顶金煌煌,

刀丛剑影梦一场;

铁骨空自响,

正道是沧桑;

不要那腥风血雨,

不要那邪恶猖狂；
美丑善恶有天鉴，
滚滚浪涛掩兴亡。
【伴唱中闭幕。

——剧终——

2010 年 9 月 18 日

汤显祖与临川四梦

创作背景

在这里首先应当说明该剧本和北方昆曲剧院当时演出的剧本有所不同。主要是北昆当时排《南柯记》戏时间比较分散，原剧本构思中后面用人较多，不能成行，因此做了一个人舞蹈的改变。这次借出版剧本之机把原构思改回来。

《牡丹亭》《紫钗记》《南柯梦》《邯郸梦》是汤显祖所作"临川四梦"，世称昆曲中的经典名著，四个戏都是"梦"，都用"情"贯穿，这也把汤显祖推向了16世纪末期的传奇高峰。

然而汤显祖为什么能够写出这"四梦"？他一生经历了什么？他究竟是怎样一个人？大多数人并不清楚。

2015年秋，我接到了北方昆曲剧院院长杨凤一的电话。他问我能不能写一出汤显祖的戏，让观众知道汤显祖的为人、经历以及写"四梦"的过程，还要有"四梦"片段穿插其中……我想这是一个非常有意义的工作，于是欣然接受。

其实在这之前也有昆曲院团演出了《汤显祖和"四梦"》，剧中汤显祖仅作为"四梦（片段）"的串场人，观众并没有从演出中看到汤显祖的人生经历。这是很遗憾的。

我既然接受了任务，就要认真来做。我知道，2016年是纪念汤显祖逝世400周年的日子，写出汤显祖故事的剧本，已经是迫在眉睫的事。但是我对汤显祖本人也是一知半解。对于一个历史知名人物，不熟悉是写不出来的。于是我买了12本关于汤显祖生平和评论的书，那些日子里几乎是夜以继日地读书，12本书夹满了字条，把自己觉得对写戏有用的重点写在上面。一个月后一个活着的汤显祖形象在我心中树立起来！于是我开始了剧情的构思。

汤显祖是江西临川人。临川人杰地灵，名人辈出。汤显祖也是一位神童，14岁就中了秀才，21岁中举。但他拒绝与当时的权贵交往，直到34岁才考中进士，《紫钗记》就是那时完稿的。他直言上书遭到驳斥，开始有了出世的思想。而在现实中，他又做了五年遂昌县令，把一个县治理得"路不拾遗，夜不闭户"，但是黑暗的政治，使他不得不做出辞官的决定。

汤显祖49岁回到了临川，《牡丹亭》就是在他50岁大寿时写成演出的。接着又写了《南柯梦》《邯郸梦》。"四梦"后，他觉得"世事已写尽"，于是封笔不再写戏。汤显祖与佛家名人达观交谊深厚，受其影响很深。按照汤显祖自幼追求功名、解放个性的思想，认定人要为情一往而深；但在他的一生仕途之中，受尽了坎坷磨难，也使他出世的思想不断地发展。矛盾的两方面共同构成了汤显祖的思想统一体。因此在他的"四梦"中，尤其是《南柯梦》《邯郸梦》表现了这种矛盾的心理和主题。

一出戏不能概括这么多的内容，我用"章节体"方式把他人生四个主要阶段的内容充实起来，在演出中树立了汤显祖这个人物的鲜明形象。这个剧本可以说是第一个写汤显祖故事的剧本，后来听说其他剧种中也排演了汤显祖的戏。这是令人高兴的。

我觉得写中国历史上有骨气、有品格、有经典作品的著名人物，是当今作家应担当起的责任。比如孔尚任、洪昇等，至今还没有人问津。希望写他们的戏也能早日见于舞台。

剧情简介

该剧以"章节式"叙事，汤显祖少年时期，志在千里。

然而自 14 岁开始他就遭遇官场的黑暗。他 34 岁中进士仅被放为南京詹事府去管理图书。此时他完成了《紫钗记》的创作，并调教戏班子弟。他的好友顾宪成、李志清来看《紫钗记》演出，确实精彩。

由于汤显祖上《论辅臣科臣疏》遭到贬斥，被贬为徐闻（今海南岛）典史。汤显祖在徐闻建"贵生书院"讲学，开拓蛮荒。三年之后，又升迁浙江遂昌知县，他又把遂昌县治理成大明第一"桃花源"。

汤显祖拒绝矿监史开矿挖金，厌恶大明的贪污成风，决定挂冠辞职回临川。适逢爱子汤士蘧赶考别妻吴迎红赴试，佛家名士达观、顾宪成、李志清来访，汤显祖讲述写《牡丹亭》生活经历，并请诸好友看《牡丹亭》，受到众好友绝赞。一年后遂昌父老为汤显祖立生祠、送画像。同年，爱子汤士蘧被害去世，接着自己又彻底被削去官职。

汤显祖愤世嫉俗至极，请诸友看《邯郸记》《南柯记》。诸友看罢纷感汤显祖写破大千世界。汤显祖亦以封笔为快。

人物表

汤显祖（老生）（1500—1616） 出场 18 岁—39 岁—50 岁—67 岁，著名戏剧家。

达　观（净）（1543—1603） 紫柏真可，法名达观。出场 46 岁，明代四大高僧之一，汤显祖挚友。

顾宪成（老生）（1500—1612） 出场 39 岁，汤显祖好友。

李志清（老生） 出场 29 岁，晚明秀才，汤显祖好友。

书　童（丑） 出场 12 岁。

吴迎红（花旦） 出场 20 岁，汤显祖的伶人子弟，宜黄班名旦。

汤士蘧（小生） 出场 18 岁，汤显祖之子。

王安石 （1021—1086） 北宋临川人，宰相，著名的思想家、政治改革家、文学家。

晏　殊 （991—1055） 北宋临川人，著名文学家、政治家。

晏几道 （1038—1110） 北宋临川人，晏殊第七子，著名词人。

曾　巩 （1019—1083） 江西省南丰人，后居临川，散文家、史学家、政治家。

紫　箫　汤显祖青梅竹马的恋人。

太　监　1589年、1597年剧中人物。

遂昌百姓、家院、伶人若干。

霍小玉 （吴迎红扮）《紫钗记》中人物

李　益 （汤士邈扮）《紫钗记》中人物

黄衫客 《紫钗记》中人物

胡　奴 《紫钗记》中人物

杜丽娘 《牡丹亭》中人物

柳梦梅 《牡丹亭》中人物

众花神 （女）《牡丹亭》中人物

卢　生 《邯郸记》中人物

众刽子手 《邯郸记》中人物

群　众 《邯郸记》中人物

淳于棼 《南柯记》中人物

瑶　芳 《南柯记》中人物

檀萝太子 《南柯记》中人物

周　弁 《南柯记》中人物

田子华　《南柯记》中人物

右丞相　《南柯记》中人物

众蚁兵　《南柯记》中人物

序

【舞台上隐约可见云烟梦绕，各种临川四梦版本图印。

【随着开场钟声止，推出字幕。

【幕前曲入，清纯飘然，也如云烟梦绕般……

【舞台上汤显祖画像与剧名消失，云烟远去，碧水蓝天呈现在太极圆形的画框中。

【伴唱声远远传来：

少小逢先觉，平生与德邻；

为情甘作使，"梦"留万世馨。

【伴唱声中可见年轻时的汤显祖侧卧于石上。

四　人　文曲星醒来……文曲星醒来……

汤显祖　（起身追逐）这不是我们临川的前朝先贤王安石、晏殊、晏几道、曾巩吗？晚辈汤显祖有礼！

【王安石、晏殊、晏几道、曾巩画外音。

四　人　（同）画外音：凌乱金光更斑斓。家乡文曲星又灿——

汤显祖　这文曲星么——

　　　　（唱）晚生生而手文现，

　　　　　　　志在接持荆公剑，

　　　　　　　腾腾能干斗柄转，

　　　　　　　成蛟龙飞天把乾坤陡挽。

四　人　（同）好志向！

　　　　　【王安石、曾巩、晏殊、晏几道隐下。

　　　　　【倏地，箫声袅袅传来，汤显祖回头。

汤显祖　紫箫，我们临川先贤都来了，称我是文曲星？

紫　箫　是啊，三岁作对，五岁诗言志，"四书""五经"过目不忘，日后治国安天下，文曲星舍君有谁？

汤显祖　我已向他们明过志向！

紫　箫　我都听到了！

汤显祖　知我者紫箫也！

　　　　　【箫声中沉浸着二人青涩的初恋情，汤显祖将紫箫拢在怀里。

汤显祖　……来来来，我们同唱今古——

　　　　（唱）大江滚滚东去，

　　　　　滴水映今古；

　　　　　年少谁留梦，

　　　　　情多数被呼。

　　　　　游仙袅袅，

　　　　　春度曲殊，

　　　　　【二人唱中舞蹈。

达　观　（内呼）若士！（上）无痴无惑在西天！

　　　　　【达观冲上抓住汤显祖。

汤显祖　（不认识）这位禅师，敢问上下？

达　观　在下达观。

汤显祖　哎呀！久闻大名，今日幸会。

达　观　哈哈哈哈……你我相见还在二十年后。

汤显祖　怎么？二十年后我们方能相会？

达　观　若士，乾坤谁陡挽，滴水看心禅。（达观隐下）

汤显祖　滴水禅心……

297

紫　箫　滴水禅心……晶莹剔透青春，今古尽映其中。

　　　　【紫箫隐去，汤显祖入睡。

书　童　（内呼）相公——（上）相公！

汤显祖　（惊醒）紫箫、紫箫……

童　子　什么紫箫？您怎么在这儿睡着了？老爷催您让您回家呢！

汤显祖　回家……（忽有所悟，南宁小学，美女，那一定是美女）哎呀呀，梦中知人生啊，哈哈……

　　　　【光渐暗；接尾声。

第一章　痴情《紫钗记》

【幕间曲。

【字幕：二十年后。

【时间：1589 年，汤显祖时年 39 岁。

【地点：金陵詹事府。

【顾宪成、李志清分别立于两束光下。

顾宪成　下官——

李志清　本秀才——

顾宪成　吏部文选司郎中顾宪成。

李志清　狂生一个李志清。

顾宪成　为举贤才定家邦，

李志清　平生落拓游四方。

顾宪成　汤显祖难得的治国奇才，正要举荐他进京，偏偏此时他上《论辅臣科臣疏》……

李志清　海若兄上疏直言谏奏皇上心无志向，披露奸相专权，只谋私利，忠心为国有何不是，有何不对？

顾宪成　此刻上疏不是时机，待等考核之后，他的官升五品，我们相扶相帮，岂不更好？

李志清　你呀，你就是胆小怕事！

顾宪成　哎呀，你哪里晓得海若兄十八年的坎坷之路。……你不懂哦！一辈子中个秀才到了头了！告辞！

李志清　哪里去？

顾宪成　詹事府去找汤显祖！

李志清　嘿嘿，《紫钗记》正要上演，海若兄忙得很哪！

顾宪成　啊？偌大一部传奇《紫钗记》，不到半载，竟然上演了？

李志清　走走走，到詹事府看《紫钗记》，先睹为快，先睹为快！

【光暗，二人隐下。

【地点：金陵詹事府。

【舞台上为詹事府后院，曲桥幽静，绿竹泛清香。

汤显祖　（内呼）唱得好啊哈哈哈……

（唱）"紫钗"新声——

【汤显祖率领吴迎红、汤士蘧及众伶人上。

汤显祖　（唱）小玉痴情笃甚。

叹女儿千载泪痕，

有豪侠撑，正义热血滚滚。

众　人　啊老爷——

汤显祖　嗯，叫先生。

众　人　先生。

吴迎红　先生为何叫我们停下来？

汤显祖　哦……你们呀，一个霍小玉，一个李益，今日在台上未动真情。

汤士蘧　爹爹，何能起真情？

众　人　是啊。

299

汤显祖　你们青春年少，难道不晓男女之情吗？

众　人　这……不敢。

汤显祖　不说实话，先生我恼了。

众　人　先生勿恼啊！

汤显祖　哈哈哈……这些娃娃……我何尝恼，是要你们知道演戏虽是虚，处处是人生。

【音乐起，顾宪成、李志清上。

人生而有情，歌舞因情生。

端而虚拟，贵在入情守精魂。

意、趣、情、色。

众　人　请教先生何为"意"呀？

汤显祖　心意呀，无心意何来情哪？

众　人　是，是是！

书　童　"趣"就得由我们"丑"行占先啦？

汤显祖　哈哈……传奇，传奇，无趣不奇。

书　童　对对对，那什么叫"色"呀？

汤显祖　"色"就是美呀！

书　童　对呀，不美谁来看戏啊？

汤显祖　缘境起情，因情作境。

戏有极善——极恶——通人生。

李、顾　好好好！海若兄！

汤显祖　哎呀，我为了等你们，把戏都停了下来。

李志清　我们要是来早了，哪里去听这番高论哪？

【众人与李、顾见礼。

众　人　参见顾大人、李先生！

李、顾　少礼，少礼！

汤显祖　你们是来看《紫钗记》的？好，今日请你们看看我将《紫箫

　　　　　记》改作《紫钗记》好是不好？

顾宪成　《紫箫记》—《紫钗记》（音乐"序"箫声再现）……海若兄，那紫箫，是你的青梅竹马，为何要将紫箫改去？

汤显祖　唉，可叹紫箫姑娘在我初次落榜的时节就为我病故了……

李志清　痴情而死？谁能为我痴情而死，我就同她同赴黄泉！（箫声止）

汤显祖　好！李贤弟好个真性情之人！……来来来，你们看，这饰演李益的是我的长子士蘧。

顾宪成　哦，这就是"文章惊动两鸿师"的才子，也能度曲演戏，真乃是汤氏祖传家风！

李志清　饰演霍小玉者便是若士兄诗称赞的"教吟啼彻杜鹃声"的名伶吴迎红。

汤显祖　（悄悄对顾宪成）她也是书香门第出身哦……（对汤士蘧、吴迎红）你们上戏去吧。

　　　　【汤士蘧、吴迎红下。

顾宪成　海若兄，《论辅臣科臣疏》难道还不曾撤吗？

汤显祖　顾仁兄，你我不是同发誓愿，力挽大明狂澜吗？

　　　　（唱）怎空食六品俸禄？

　　　　举丹心剑刃腐败邪恶！

　　　　羡美玉待雕琢，

　　　　也难学柔曼骨。

　　　　宁食玉山薇，

　　　　宁栖珠树枯；

　　　　雪白自本性，

　　　　云清不从俗。

李志清　（对顾宪成）碰壁、碰壁，自找碰壁！

顾宪成　唉，我是真真担心你的前程啊！

汤显祖　（唱）光明正大铮铮处，

　　　　　望京城必不教直言枯。
顾宪成　达观禅师不曾劝阻于你吗？
汤显祖　达观禅师曾言道："天有无妄灾，无我心自寂。"
顾宪成　这是警示于你啊！
汤显祖　不不不，讲的是"无我"的境界。
李志清　（劝和）好了，好了……我们还是看戏要紧。
汤显祖　是啊，书童，方才戏演到哪里了？
书　童　演到"剑合钗圆"了。
顾宪成　《太平广记》话本中《霍小玉》并无有"剑合钗圆"的情节呀？
李志清　哎呀，看戏你就明白了。
顾宪成　哦，看戏明白了、看戏明白了。
汤显祖　看罢之后，还要听你们的指教啊，哈哈哈哈……
　　　　【汤显祖、李志清、顾宪成下。
　　　　【书童看三人下，笑转身。
书　童　这顾大人还不知道我们先生写戏，从来是取话本之题，大不同于话本。要说这《紫钗记》呀……
　　　　（数板）《紫钗记》大不同"霍小玉传"，
　　　　李益不是负心汉。
　　　　就因为不愿攀附卢太尉，
　　　　那李益，被贬西北玉门关，
　　　　小玉、李益情相盼，不得相见。
　　　　小玉能作有情痴，盼坏了身子病怜怜；
　　　　卢太尉心毒的坏水咕嘟……咕嘟的一串串；
　　　　关起了李益假意招赘放谎言。
　　　　那李益手捧紫钗心不变，
　　　　若不是黄衣客救出了李益打马裹挟到了金陵，
　　　　让他们夫妻重相见，

哪有真情再团圆、再团圆！

（念）我呀，看戏去喽！

【暗转，戏中戏。

【光启，黄衫客上，二胡奴上。

黄衫客　侠义常为不平事，醉后平消万古嗔。

来，将那负心的李益，裹挟回金陵！

【胡奴抓出李益。

黄衫客　你是李益？

李　益　正是。你是？

黄衫客　不必多问，快快走！

黄衫客　（唱"不是路"）

玉碎香悭，为你怒冲冠把剑弹。

【黄衫客打马，胡奴为李益打马同行。

李　益　我今离去，则怕卢太尉害了人也。

黄衫客　怎生这般畏之如虎？

李　益　卢太尉霸掌朝纲，遣玉门棒打鸳鸯，还京城强逼招赘，囚室中捧玉钗相思泪汪汪……

黄衫客　你可曾应允招赘了吗？

李　益　我爱小玉，怎能忘却乌纱阑三尺素缎写下的誓言？

黄衫客　哦？三尺素缎写誓言？你那小玉思你病入膏肓……

李　益　啊？闻此言如紫钗插我胸膛。

【乐止。

黄衫客　卢太尉是甚娘儿比。俺自能暗通宫掖，那厮若撞着俺的剑儿，也不分雌雄！你还不与我回家。

李　益　到你家？

黄衫客　不是请你到俺家去，是请你到你家！

（接唱）好伤残，你骑着俺将军战马平心看，抵多少野草闲花满目斑。

李　益　感足下高义。愿留姓名。书之不朽。

黄衫客　唉！偶遇红丝绽，为谁羁绊……霍郡主，快看，你的李十郎来也！

【黄衫客下。

【霍小玉上。

李　益　妻呀，我妻——

（唱【二郎神】）

年光去。辜负了如花似玉妻，

霍小玉　十郎……

李　益　（接唱）叹一线功名成甚的？

生生的无情似剪有命如丝，

妻呵，别的来形模都不似你。（南扶旦不起）

怎抬得起这一座望夫山石！

霍小玉　（接唱）寻思起，你恁般舍得死别生离。

李　益　我妻，你看！（李益从袖中取出钗）

霍小玉　我那紫玉钗……

（唱【玉莺儿】）

玉钗红腻，尚依然红丝系持。

磊心情几粟明珠，点颜色片茸香翠。

侧鬟儿似飞，懒妆时似颓。

病恹恹怎插向菱花对？

二　人　（同唱）事真奇，相看领取；

还似坠钗时。

李　益　（接唱）燕钗重会，与旧人重新有辉。

霍小玉　（接唱）影差池未渍香泥，翅琶琵尚萦纤蕊。

李　益　（接唱）一炷誓盟香，

霍小玉　（接唱）乌丝阑凑尾；

二　人　（同唱）再团圆胜似那元夜会。

霍小玉　十郎！

李　益　我妻！（相拥而泣）

　　　　【音乐声中渐渐压光，汤显祖立于定点光下。

汤显祖　（唱）紫玉钗头恨不磨。

　　　　黄衣侠客侠情魄。

　　　　恨流岁岁年年在，

　　　　情债朝朝暮暮多。

李志清　哦，"《紫钗记》侠也"，说的就是这个黄衫客吧？

顾宪成　啊！海若兄，你可是将一十八年为你仗义执言的御史们，都写在黄衫客的身上了？

汤显祖　忠臣、侠义、丹心，人情之本也。不过——小弟写的是戏呀！

李志清　哦——是啊，若无侠义丹心相撑扶，哪有有情人终成眷属！

汤显祖　（拉顾宪成）哎呀呀，你二位真是我汤显祖的知音哪，哈哈哈哈……

太　监　（内）圣旨下！

　　　　【高台光束下太监站立，汤士蘧、吴迎红、书童上。

汤显祖　万岁！（众人下跪）

太　监　跪听宣读："汤显祖以南部为散局，不遂己志，敢假传奇污国事攻击元辅……本当重究，念尔才名，姑且从轻，贬汤显祖为徐闻典史即刻南下赴任。钦此！"

　　　　【太监隐退。

　　　　【一声大筛，众人惊寂无声。

顾宪成　（搀扶）海若兄……

李志清　这颠倒黑白的圣旨，真让人愤愤不平！

顾宪成　海若兄，徐闻在海南雷州，此行蛮荒瘴疠路千里……

汤士蘧　爹爹……孩儿情愿同往徐闻，不离爹爹左右。

吴迎红　迎红情愿侍奉先生！（哭）

书　童　还有我呢！（哭）

汤显祖　（唱）

　　　　勿伤……

　　　　偶上疏犯上，

　　　　贬徐闻恰如汉陆贾出使南越疆；

　　　　沧海桑田看茫茫……

【汤显祖、汤士蘧、吴迎红、书童隐下。

顾宪成　定是《论辅臣科臣疏》传到申时行老贼手上，他们寻衅报复来了！

李志清　唉！海若兄如何挨得过这颠簸之苦？

顾宪成　字挟披肝苦，章飞战血哀……遭贬不移志，教民知兴衰。海若兄在徐闻建"贵生书院"，亲身讲学，开拓蛮荒。

李志清　三年之后，又被升迁浙江遂昌知县。

顾宪成　你是怎么知道的？

李志清　我怎么不知？我还知道这是顾仁兄举荐之功。

顾宪成　哎呀，虽说是小小县令——

【起乐。

顾宪成　海若兄一展他治国才能，修书院，建射堂，减科条，劝农桑，把个遂昌县治理得呀。

李志清　怎么样啊？

顾宪成　大明第一"桃花源"。

李志清　哦，大明第一"桃花源"？后来呢？

顾宪成　后来？你看戏呀！

二　人　（笑）啊——哈哈哈哈……

【压光。

第二章　春情《牡丹亭》

【字幕：1598年，汤显祖时年48岁，任遂昌县令。

【地点：浙江遂昌，汤显祖书房。

【太监、书童各立于定点光下。

太　监　遂昌县地下矿金仓银窖，汤显祖铁公鸡一毛不拔。

书　童　三年来治遂昌百废俱兴，都称颂"桃花源"赖有汤公。

太　监　嗨，遂昌县衙有人吗！

书　童　（出门）哟，公公又来啦？有什么话您跟我说吧。

太　监　你算哪棵葱，给我通禀！

书　童　是喽！（进门）有请大人！

【汤显祖上。

汤显祖　何事？

书　童　矿监使又派那个太监来了。

汤显祖　请他进来。

书　童　是，我家老爷请您进去呢。

【太监进。

汤显祖　（起身）啊，公公。

太　监　我说这个汤显祖啊，咱家少说跑了三趟，腿都跑断了！

汤显祖　遂昌县年年税清，何劳公公再三催账！

太　监　什么？催账？想你这遂昌县，金矿银矿，遍布七十三处，你一不上报，二不开采，三不上税，皇上钦派我们爷们儿，从北京来到浙西，千里迢迢不辞劳苦勘查矿情，一路之上所遇州官、府官、县官，哪个不是尊圣旨金银奉上，偏偏遇上了你这铁公鸡一毛不拔，还要抗旨说话。

汤显祖　哈哈哈……

（唱）好一个不辞劳苦，勘查矿情，

所到处勒官逼吏剽窃行；

结党贪官掠金银，

强人入税监中。

民怨苦，声声震，

刺骨剜心痛，

万里江山——地无一以宁，

山怒眦将崩。

（白）回去对钦差曹公公言讲：天地之性人为贵，掠夺百姓之事汤显祖不能为！

太　监　　什么？万里江山、地无一以宁难道说是我们爷们儿的罪过？

汤显祖　　天下有公论，送客！

太　监　　干、艮、偏、藏，好，好……汤显祖你接着我的！

【太监下，顾宪成上与太监撞面，顾宪成、李志清进门。

顾宪成　　海若兄，看他变脸变色而去，你莫非又得罪了他？我看你遂昌县令难保！

汤显祖　　顾仁兄，你惧怕这些宦官？

李志清　　哎呀海若兄啊！顾大人皆因不容宦官之恶，阻谏当今派矿监税使，不想昏君厌恶，因此以"忤旨"之名，降罪顾大人，当即革职了！

汤显祖　　顾仁兄，弟错怪你了！弟知你十数年身居庙堂，荐贤、斥恶、忠正、无邪，如今哪……一颗丹心遭践踏，胸中积郁肝肠摧。我这小小的七品县令，怎能力挽狂澜？也罢，弟也要挂冠回乡……

顾宪成　　海若兄！

【书童、汤士蘧、吴迎红上。音乐起。

汤显祖　　可叹慷慨趋王术，子建为文亦自伤；况是折腰过半百，乡心早已到柴桑。

顾宪成　好……好……好，我们各自回乡！只是可惜你这身才学！

汤显祖　自被贬徐闻，又治遂昌，《紫钗》之后，辍笔十年，此番挂冠回乡，再填新词传曲唱……

顾宪成　哦？想是新作构想孕育已久？

李志清　可是六年前跟随海若兄被贬徐闻在大庾岭同游南安府后花园，遇到的那桩奇事啊？

汤显祖　哈哈哈……两年后汤某五十寿诞，二位同来临川观赏拙作就是。

顾宪成　海若兄五十大寿，我们定到临川贺寿、观赏。

三人同　拜别了！

【顾宪成、李志清下。

汤显祖　（对家人）收拾行囊，准备上路。

书　童　回家？回临川啦！太好啦，我收拾行囊去了。（书童下）

汤显祖　且慢……（乐止）

【汤士蘧、吴迎红止步。

汤显祖　为父挂冠，可曾折了儿报国志向？

汤士蘧　这个……孩儿不敢忘却爹爹教诲："光阴贵似金，报国跃龙门！"

汤显祖　好，好，好！只因为父一生难改亢正不阿的性情，为此科举坎坷，宦海沉浮，做官做家，都不起耳，如今还乡行，怎能拖累我儿——一个餐英披秀、有王佐之才的你？（起乐）你……唉，明春又当大比之年，你不必随我们回转临川，你沿江北上，直赴金陵，不要误了赴考……迎红，与他收拾行囊，代我送他一程。

吴迎红　是。（下，与士蘧收拾行囊）

汤士蘧　爹爹——孩儿遵命，爹爹要多多保重。

汤显祖　爹爹自知，倒是你……前程自重。

　　　　【压光，汤显祖、书童隐下。

　　　　【吴迎红上，送汤士蘧。

吴迎红　士蘧！

汤士蘧　迎红！

吴迎红　执手相看泪眼，

汤士蘧　竟无语凝噎；

吴迎红　留恋处——

汤士蘧　《紫钗》初歇……

　　　　【吴迎红另拿出一包首饰、私房银两。

吴迎红　士蘧，先生多年为官两袖清风，橐不名一钱，你此番赴考，身有几何？我些许的私房银两，你且拿去，只身一人，不可委屈了自己！

汤士蘧　迎红，委屈了你……

吴迎红　士蘧——千重，万重，身体保重！

　　　　【二人分别，汤显祖暗上，瞩目儿子远去，音乐止。

汤显祖　（暗自神伤）想我汤显祖初次赴考的时节，紫箫也是这般的送我，谁想一别成永诀，唉！谁为真情唤青春？情不知所起，一往而深，生生死死情之至也，回乡，回乡传奇可书也！

　　　　【琴曲声入。

　　　　【一束光映照汤显祖。

　　　　【另束光映照达观。

　　　　【二人隔时空对话。

达　观　海若贤弟，别来无恙？

汤显祖　达观禅师，你我金陵一别，九度春秋无不思念。

达　观　为度贤弟千里迢迢来到临川。

　　　　【二人相见，交流。

汤显祖　弟有一部传奇《牡丹亭》酝酿已久，禅师可愿听我一叙？

达　观　君不见，世缘老，"桃花源"中横烦恼。

汤显祖　学无漏，去情厚，本于纯真相击叩？

达　观　明明灭灭参佛理，

汤显祖　生生死死多为情！

达　观　人生一瞬，已近知天命之年，有什么青春之情难断？

汤显祖　唉，被贬徐闻，途经南安，亲闻亲见，纠结心中八年呵！

（唱）则为在——大庾岭南安府，

后花园村人愤懑伐梅树，

有女冤魂哀泣苦，

遗恨绵绵绕冥途。

只为与秀才梅下幽相见，

被爹娘锁庭屋。

无奈丹青自描拼将一死九泉赴。

叹生生死死遂人愿，

便酸酸楚楚无人顾。

似这般年少风流情难诉，

却偏遭千年霜剑严相戮！

海若心结久郁定要抒，定要抒！

玉茗堂前朝复暮。

红烛映人竟得江山住。

但得相思莫相负，

牡丹亭上三生路。

牡丹亭上三生路。

杜丽娘　（画外音）牡丹亭上三生路……

【压光。

【暗转；【曲二十五】

【杜丽娘似一道月光,站立在舞台深处。

杜丽娘 (唱【绕池游】)

梦回莺转,乱煞年光遍,人立小庭深院……

【字幕:时间:1600年,汤显祖50岁诞辰。

【地点:江西临川"玉茗堂"。

【音乐起。

【光起,戏中戏。

【杜丽娘入睡,入梦。

【柳梦梅持柳枝上。

柳梦梅 小生哪些儿不曾寻到,你却在这里,恰好在那花园内折得垂柳半支。姐姐,你既淹通书史,可作诗以赏此柳枝乎?

杜丽娘 这生素昧平生,何因到此?

柳梦梅 姐姐,咱爱煞你哩。

(唱【山桃红】)

则为你如花美眷,似水流年。

是答儿闲寻遍,在幽闺自怜。

(白)姐姐,和你那答儿讲话去。

杜丽娘 哪边去?

柳梦梅 喏——

(唱前腔)

转过这芍药栏前,

紧靠着湖山石边?

杜丽娘 秀才,去怎的?

柳梦梅 (唱前腔)

和你把领扣松,衣带宽,

袖梢儿揾着牙儿苫也……

则待你忍耐温存一晌眠。

二人合　（唱前腔）

　　　　是哪处曾相见？相看俨然，

　　　　早难道这好处相逢无一言。

　　【众花神上，舞蹈。

众　合　（唱【画眉序】）

　　　　好景艳阳天。

　　　　（接唱）

　　　　万紫千红尽开遍。

　　　　满雕栏宝砌，云簇霞鲜。

　　　　（唱【滴溜子】）

　　　　湖山畔，湖山畔，云蒸霞蔚。

　　　　雕栏外，雕栏外，红翻翠骈。

　　　　惹下风愁蝶恋，三生锦绣般，非因梦幻。

　　　　一阵香风，送到林园。

　　【收光。

　　【光起。

李志清　好传奇、好传奇！

顾宪成　（引）还魂一曲"上薄《风》《骚》，下夺屈、宋"。

李志清　（引）真个是：道尽人间未了情；

顾宪成　海若兄，《牡丹亭》真不愧你五十大寿之日为天下人献上的传奇。

汤显祖　半百之期，了却为天下女子张目的心愿！

达　观　情若越理之上，痴迷难归也。

顾宪成　不然，不然，理至酷于情，如杜丽娘般的天下女子何堪重负？

达　观　痴则近死，近死而不觉。心几颓矣。

汤显祖　我心不颓，甘为情作使！

达　观　这——阿弥陀佛！

【收乐，收光。

第三章　情愕《邯郸梦》

【时间：1601年，距前场两年后。
【地点：临川玉茗堂。
【光启，遂昌乡民拥汤显祖绢本肖像，手捧文稿。汤显祖、吴迎红、书童在场。

众　人　请先生过目！
汤显祖　哎呀呀，汤某有何德能，遂昌父老为我立下生祠，又绘制绢本肖像？惭愧！
一秀才　汤公为官，行可质天地鬼神，文能安民人社稷。
众　人　我们要让汤公政绩、书文画像，映照百年！
汤显祖　（接稿看）呀！
　　　　（唱）平生慷慨趋王术，
　　　　偏教以"情"治遂昌，
　　　　看颂文，瑞光字闪，
　　　　徒令浃汗淌。
　　　　（白）为官者分内之事，愧煞人也！
一老者　汤大人，说哪里话来，大人做我们的父母官，乃是遂昌百姓的福分哪。
百　姓　（呼唱）"官也清，吏也清，百姓无事到公庭，农歌三两声。"
书　童　唉，你们唱的还真是实情，既然乡亲们来了就请大家伙儿先看看我们正排演的《邯郸梦》好不好？
众乡民　《邯郸梦》讲什么故事啊？

书　　童　听我道来：山东卢生秀才狂，

　　　　　　慵懒农田一心把官道上；

　　　　　　邯郸偶遇吕仙长，

　　　　　　赐枕一梦黄粱；

　　　　　　中进士，靠"孔方"，

秀　　才　靠钱。

老　　者　靠金钱买的。

书　　童　偏偏不拜宇文丞相，

　　　　　　"小鞋"一双接一双，

　　　　　　竟落得死刑上法场。

　　　　　　血刃刀前悟性恶，

　　　　　　时运一到他步步高，

　　　　　　利欲熏心贪婪无妄是贪婪无妄！

众乡民　贪婪无妄乃是败坏人的本性，倒要看看这《邯郸梦》。

【李志清、顾宪成急上。

李志清　海若兄——大事不好了！士蘧在金陵他……

汤显祖　他怎么样？

顾宪成　只因那主考听说他是汤门之子，便向他索取贿赂。

李志清　士蘧拒付，他无端寻了公子一个错处，将他赶出考场，士蘧一气，旧病复发，竟然身亡了！

汤显祖　哎呀！（昏厥，倒坐）

吴迎红　天哪！（昏厥，被扶住）

汤显祖　（唱）江天卷地黑风，吾家玉树倾。

吴迎红　（唱）空叫弱冠敌才名，卿死奴何生？

汤显祖　（唱）猿叫三声肠断尽，到无肠断泣无声……

【音乐连续。

吴迎红　先生……迎红即刻起身前往金陵，亲扶汤郎灵柩还乡。

二秀才　我们保护吴小姐一同前去!
书　童　我也要去!
汤显祖　你们去吧……
李、顾　海若兄、迎红,节哀!
吴迎红　先生节哀,我们启程了!
　　　　【众人拜别汤显祖,吴迎红走到门口猛回头看到一下子苍老的汤显祖……
吴迎红　爹爹——(扑向老人)
汤显祖　迎红,可叹士蘧五岁丧母,为父的一手带大,他十七岁文章惊动两鸿师,歌赋传奇红金陵,为父的不……不该让他随我南下颠簸,更不该逼他北上赴考,挣的什么进士?考的什么状元?挣的什么进士!考的什么状元!我耽误你们的青春,我糊涂啊!(大恸欲绝)
李、顾　海若兄,节哀,珍重!
吴迎红　爹爹!
　　　　【音乐止。
　　　　【光渐暗。
　　　　【另光区起,太监立于高处。
太　监　圣旨下:"前遂昌县令汤显祖,笼络人心,沽名钓誉,妄行改治,实为浮躁,着即削去官籍,罢黜为民,永不录用,钦此。"
　　　　【太监光区压落。
　　　　【古琴音乐起。
顾宪成　这样大的天下,竟容不下一个汤显祖吗!
　　　　【远远望见汤显祖与达观对话。
达　观　清香冉冉度悲号。
汤显祖　达观禅师来之何速?
达　观　士蘧西去,超度亡灵特到临川。

汤显祖　唉！门阑几尺通天水，不合生儿望作龙！汤家从此不仕途，权留传奇警人生！（顿足）《邯郸梦》排演起来！叫那卢生上场第二十出"死窜"！

【压光。

【戏中戏。

【画外音："定西侯卢生，交通番将，图谋不轨。奉圣命即刻拿赴云阳市，明正典刑，钦此。"

【刽子手押卢生上。

卢　生　（唱【北出队子】）

　　　　排列着飞天罗刹。

【众人围观法场，刽子手向卢生叩头。

卢　生　什么人？

刽子手　是伏事老爷的刽子手。

卢　生　（惊怕）吓煞俺也！

　　　　（接唱）看了他捧刀尖势不佳。

刽子手　有个一字旗儿，禀老爷插上。

卢　生　是个什么字？

众　人　是个斩字。

卢　生　恭谢天恩了。俺卢生只道是千刀万剐，却只赐一个斩字儿，领哉，领哉。

　　　　蓬席之下，酒筵为何而设？

众　人　光禄寺摆有御赐囚筵。一样插花茶饭。

卢　生　哦——

　　　　（接唱）这旗呵——当了引魂幡，帽插宫花。

　　　　锣鼓呵——它当了引路笙歌赴晚衙。

　　　　这席面呵，当了个施艳口的功臣筵上鲊。

众　人　趁早受用些。是时候了。

卢　生　这朝家茶饭，罪臣也吃够了。则黄泉无酒店，沽酒向谁人？
　　　　罪臣跪领圣恩一杯酒，（跪饮价）怎咽下也。
　　　　（接唱【幺】）
　　　　暂时间酒淋喉下，
　　　　还望你祭功臣浇奠茶。
众　人　领了寿酒，快些行罢。
刽子手　咦。看的人一边些，不要误了时候。
卢　生　（接唱）一任他前遮后拥闹哜喳，
　　　　挤得俺前合后偃走踢踏；
　　　　难道他有什么劫场的人？
　　　　也则看着耍。
　　　　（白）前面幡竿之下是何去处？
众　人　西角头了。
卢　生　（接唱【南滴溜子】）
　　　　幡竿下，幡竿下立标为罚。
　　　　是云阳市，云阳市风流洒角。
众　人　休说老爷一位。
　　　　（接唱）少什么朝宰功臣这答。
　　　　套头儿不称孤，便道寡。
　　　　（白）用些胶水摩发，
　　　　（接唱）滞了俺一手吹毛，
　　　　到头也没发。（卢生恼，挣断绑索）
卢　生　（唱【北刮地风】）
　　　　呀。讨不得怒发冲冠两鬓花，
刽子手　（摸卢生颈）老爷颈子嫩，不受苦。
卢　生　咳！（接唱）把似你试刀痕俺颈玉无瑕。
　　　　云阳市好一抹凌烟画。

众　　人　老爷也曾杀人来？

卢　　生　（接唱）哎也——俺曾施军令斩首如麻，
　　　　　　领头军该到咱。

众　　人　老爷，不要走了，这就是落魂桥了。

卢　　生　（接唱）几年间回首京华，
　　　　　　到了这落魂桥下。
　　　　　【喇叭声鸣，刽子摇旗。

刽子手　时辰已到，请老爷升天。

卢　　生　（笑）哈哈……
　　　　　（接唱）则你这狠夜叉也闲吊牙！
　　　　　　刀过处生天直下。
　　　　　　哎也——殃及你断头话须详察，
　　　　　　一时刻莫得要争差。
　　　　　　把俺虎头燕颔高提下，
　　　　　　怕血淋浸沾污了俺袍花。

刽子手　走！（刽子手踹卢生）
　　　　　【光暗，大风陡起……

刽子手　好大风，刮的这黄沙……难睁眼。老爷的颈子在哪里？老爷的颈子在哪里？

卢　　生　（惨叫）哎呀！
　　　　　【定点光束收。
　　　　　【汤显祖、顾宪成、李志清等上。

李志清　哎呀呀，做官的人儿啊，真真是朝不保夕，海若兄，写活了啊哈哈哈……

顾宪成　那卢生到底死了无有啊？

汤显祖　他呀，梦还未醒，怎能死？

李志清　他呀，把肠儿都悔断了，这梦怎样做下去啊？

达　观　梦虽易醒人难醒哦——

汤显祖　宇文融势力倒，他反手为宰相，贪婪无妄结朋党；唯靠神仙超度，他方能梦醒黄粱。

顾宪成　海若兄分明借邯郸一梦做个障眼法，写尽大明官场现形！

达　观　阿弥陀佛！不明理则情恶，成仙亦无果。贪婪恶之本，明性归佛门。

汤显祖　贪婪之情本性恶，假借仙衣梦《邯郸》，达观禅师，那《南柯记》明了佛性，皈依佛门，请禅师一览！

书　童　（上）先生，先生！咱《南柯记》中的开打好热闹啊。

汤显祖　戏演到何处了？

书　童　"瑶台"都演过去了。檀萝国太子发兵抢公主，公主带病而战，淳于棼刚刚赶回来！

【战鼓声起。

【压光。

第四章　佛性《南柯记》

【第四章字幕。

【地点：同前场。

【时间：接前场。

【光渐起，舞台上进入戏中戏。

【开打：瑶芳与檀萝太子开打不支，淳于棼上救瑶芳，檀萝太子败下。

淳于棼　（寻找）公主——公主——公主！

瑶　芳　驸马！（上）（二人见面，公主晕）

淳于棼　不想公主病体如此沉重……也罢！待为夫亲送你回京城静养！

瑶　芳　驸马——为妻病痛事小，堑江城尚在危机之中，我岂能贪恋儿女私情，弃南柯百姓于不顾啊？

淳于棼　哎呀公主，我怎能放心你独自还乡啊？

瑶　芳　驸马——

淳于棼　公主——

瑶　芳　（唱【集贤宾】）

论人生到头难悔恐，

寻常儿女情钟。

有恩爱的夫妻情事冗。

（夹白）则恐我先去了呵。

累你影凄凄被冷房空。

淳于郎，看人情自懂，百凡尊重。

淳于棼　（生泣介）公主呵！

（接唱）来日重叙恩爱大槐宫。

二　人　（合）心疼痛。只愿得凤楼人永。

淳于棼　公主，这一路之上你要多多地保重啊……公主，我平复了战事，就会回来见你的呀……

瑶　芳　驸马……

【众蚁兵上，淳于棼目送公主乘彩舆离去。

淳于棼　众将官，堑江城去者。

【田子华掩护周弁上，被淳于棼撞见。

周　弁　嘿！

淳于棼　周弁兄！

周　弁　淳于兄……

淳于棼　你因何全身赤体，单骑至此？

周　弁　众兵将赤甲山被虏围，堑江城失守了！

淳于棼　城中的百姓呢？

周　弁　怕是已被敌军血洗。

淳于棼　那五千人马呢？

周　弁　五千人马……怕是已全军覆没了。

淳于棼　呀呀呸，你身为南柯司宪、一城守将，你不在堑江城镇守，你到哪里去了？

周　弁　我……饮酒去了……

淳于棼　（气极）呵，呵呵……将周弁斩了！

田子华　且慢。淳于兄，念及兄弟情分，你还要三思，还要三思啊！

【淳于棼犹豫。

周　弁　淳于棼，要杀，你就用当年赠我的这把宝剑！……亲手将我杀了吧！

淳于棼　哦呵——

周　弁　（挑衅地）还是将我斩了吧！

淳于棼　——也罢！

田子华　淳于兄，治理南柯也有他行事之功。功过相抵，你还是免其死罪吧！

淳于棼　周弁哪，周弁！我也曾再三嘱咐与你，重任在身，酒要少饮，不想你贪杯误事，丢失城池，临阵脱逃，军法难容，论罪当斩，我若徇私，将你饶过，怎生面对这南柯郡的百姓哪？

周　弁　哈哈！看来右丞相信上所言不假，你分明就是想除掉我弟兄二人，独自领赏升任左丞相？

淳于棼　一派胡言！

周　弁　我呸！

（唱）你你你，忽地波怒吽吽坏脸皮。

厚颜吞功倚势施为。

　　　　　那些儿刘备、张飞，

　　　　　原是腹剑口蜜。

淳于棼　（唱）咬碎银牙横生怒气，

　　　　　败军的狂言反唇相讥。

　　　　　三尺剑寒光照弟兄情义，

　　　　　俺堂尊荐及，你睁醉眼不识高低！

周　弁　（唱）什么高不高来低不低，

　　　　　你划（chàn）口儿闲胡戏。

　　　　　俺战沙场挣得将军扬眉，

　　　　　也强似做老婆官儿无耻雄踞！

淳于棼　（唱）气、气、气，气得我愤慨难抑，

　　　　　百般忍让反被欺。

　　　　　二十载为劬劳功德沾民政碑记。

　　　　　恨谰言无耻倚势雄踞，

　　　　　怎受鄙夷，怎受鄙夷！

　　　　　恨不得把酒鬼，枪挑刀劈。

　　　　　（白）斩斩斩！

　　　　【右丞相内呼"圣旨下——"上。

右丞相　圣上有旨："南柯太守淳于棼治理南柯郡二十年功不可没，着升任左丞相，即刻启程。命司农田子华接任南柯太守之职。钦此！"

众　人　千岁、千岁、千千岁。

右丞相　快与周弁松绑。

淳于棼　且慢！国法难容！

右丞相　法外施恩！

淳于棼　嗨！

右丞相　（对周、田）自家兄弟呀——

三人笑　哈哈哈……

【三人下。

【紧接前场，校尉。

校　尉　（感叹）这真是王门一闭深如海，从此萧郎是路人。大王命我送淳于棼回去，我得备牛车啊！

【校尉备牛车。

校　尉　（唱山歌）一个呆子呆又呆，大窟窿里去不去，小窟窿里来不来，你道呆也不呆。畜生，快走。请宰相爷爷上车！

【淳于棼上，校尉搀上车，两人前行。

【舞台四周突然战鼓齐鸣、杀声震天。

淳于棼　校尉大哥，你看国都为何火烟缭绕？

【内呼："檀萝国发兵槐安国，众将官与我杀！"

淳于棼　哦！校尉大哥，让我回去，待我统兵灭了那檀萝贼子！

校　尉　醒醒吧……你以为你还是左丞相呢？快走吧！

【淳于棼失落，无奈继续行路，喊杀声更加激烈，火光越来越烈。

淳于棼　（突然想起）校尉大哥，让我回去，我儿子还在城中。

校　尉　圣上有旨，何人敢违？走！

【继续行路，火光冲天。

淳于棼　（哀求）校尉大哥……

校　尉　休得啰唆！

淳于棼　你就让我回去吧。

校　尉　广陵城已到，下车！

【校尉踢淳于棼下牛车，淳于棼摔倒在地。从梦中惊醒。

【校尉下。

淳于棼　（高呼）让我回去……让我回去……让我回去呀——

【山鹧儿急上。

山鹚儿　少爷，你这是怎么了？

淳于棼　哦，儿啊。你可曾受伤？

山鹚儿　什么儿子？！少爷，我是山鹚儿，山鹚儿！

淳于棼　山鹚儿……

山鹚儿　少爷，您睡了一觉怎么连我都不认识啦？

淳于棼　睡了一觉……

山鹚儿　是啊，您刚才睡得雷打不醒，就连田子华、周弁亡故的事都没法告诉你。

淳于棼　（惊愕）什么？周、田二位仁兄仙逝了？

山鹚儿　可不是吗，他二人和您辞别之后，行至城外突然暴毙身亡！

淳于棼　不不不，他二人现在槐安国位极人臣，春风得意！

山鹚儿　您这什么跟什么呀？什么槐安国？这里只有一棵大槐树。

　　　　【淳于棼看见槐树，大惊。

淳于棼　秋槐……秋槐落尽空宫里……快，快取锹锄过来！

　　　　【山鹚儿应声下。

　　　　（唱）备锹锄看槐根影形。

　　　　【山鹚儿持锹锄上，淳于棼接锄，寻树根挖地。

山鹚儿　这是蚂蚁的洞穴，一丈有余。有城墙，有楼台……真好玩！

淳于棼　（唱）怎只见空中楼阁层城，绛台深迥。

山鹚儿　蚂蚁围过来，向您点头俯首呢！

淳于棼　（唱）有何德政？二十载也亏他赤子们相支应。

　　　　【顿时风雨大作，淳于棼疯狂地挖槐树。

山鹚儿　少爷，大雨来袭，你我躲过一旁吧？

淳于棼　快，快取雨布遮掩！

　　　　【山鹚儿应声下，淳于棼以身为蚁穴遮雨。

淳于棼　（唱）为他绕门儿把宫槐遮定。

　　　　【山鹚儿持雨布上，二人持雨布遮雨。

　　　　　【风雨渐息。
山鹧儿　（俯身看）少爷，这一穴蚁儿都让雨淹死了！
　　　　　【淳于棼看，大惊。
淳于棼　这一穴蚁儿皆因我而亡，淳于棼大罪也。
　　　　　【淳于棼悲恸不已。
　　　　　【钟声、佛乐、念佛声大起，光渐暗，淳于棼循声而去。
山鹧儿　少爷，您要去哪儿？少爷，少爷！（转眼找不到淳于棼，四处寻找，下）
　　　　　【淳于棼似乎走近佛像，双膝下跪，顶礼膜拜。
　　　　　【画外音：淳于棼，你可曾破除烦恼？
淳于棼　未能破除……
　　　　　【画外音：一切烦恼皆因情障而生。
淳于棼　弟子愚钝未曾悟出。却有心愿恳祈请——
　　　　　【画外音：你有何心愿？
淳于棼　第一要见瑶芳妻子升天。第二要槐安一国普度升天。第三愿尽朋友之道超度周弁、田子华升天。
　　　　　【画外音：淳于生，当初留情，不知他是蝼蚁，如今知道了，还有情吗？
淳于棼　尽吾生有尽供无尽，但普度的无情似有情。
　　　　　【画外音：你可敢燃指为香，以报虔诚？
淳于棼　这燃指为香吗？（思考）罢、罢、罢。
　　　　　【天火一把，淳于棼烧三个指顶。
淳于棼　（唱）焚烧十指连心痛，
　　　　　　　　也不枉这坛功德无边。
　　　　　【佛乐四起。
淳于棼　天门开了！
　　　　　【画外音：大槐安国军民蝼蚁五万户口同时升天。

淳于棼 （高兴地）好了，好了，分明说大槐安国军民蝼蚁五万户口升天，咱南柯百姓都在了。

【众校尉，引蚁王上。

淳于棼 前大槐安国左丞相驸马都尉臣淳于棼叩头迎驾。

蚁　王 淳郎，生受你了。

淳于棼 敢问此去升天，比大槐宫何如。

蚁　王 去三千大千，不似小千般。

淳于棼 （唱）三十三天看人间，

又好似缘槐看蚁两争战。

立江山几年、立江山几年，

有何善非善，宦海沉迷亦梦幻。

【段功、田子华、周弁上。

淳于棼 段相国，周、田二君。

周　弁 淳于公，我被你气死也。

田子华 我田子华始终得老堂尊培植。

右丞相 恩怨都罢了。如今则感淳于公发这大愿，我们升天。

淳于棼 （唱）无功无名无争辩，

叹人生功利当头动刀剑。

是同朝几年、是同朝几年，

弟兄情亦恋，天上人间再见难。

【琼英、上真、灵芝上。

淳于棼 三位天仙请了。

三　女 淳郎！我四人滚得正好，被人打断了我们的恩爱！

淳于棼 这话休提了，三位姐姐下来，小生有话讲。

三　女 我等是天身了，怎下得来？便下来，你人身臭，也不中用。去也。公主来了。

【琼英、上真、灵芝下。

【众宫女引瑶芳上。

淳于芬　天上走动的,莫非是我妻瑶芳公主吗?

瑶　芳　久别夫君,奴在云端稽首了,
　　　　我为妻不了误夫君。

淳于芬　廿载南柯恩爱分。

瑶　芳　今昔相逢多少恨。

淳于芬　万层心事一层云。

淳于芬　公主,你去后。

（唱）受不尽百般段东君气,
和你二十载夫妻南柯里,无端两拆离。
我日夜情如醉,相思再不衰,
你升天可带我重为赘。
你归天也吊下咱,人间为记!

瑶　芳　淳郎,你既有此心,我则在忉利天依旧等你。你要加意修行。

淳于芬　不不不,我要扯着你的留仙裙带儿一同上天重做夫妻。

瑶　芳　夫啊,你须知人天气候不同,为妻去也……（飘然而去）

淳于芬　（急追）公主……妻啊……

【众人隔开淳于芬与瑶芳,转瞬全都消失,只剩下淳于芬一人,四周一片寂静。

淳于芬　（惨淡、凄然地）

（唱）呀!则道她拔地升天是吾妻,
猛抬头在哪里?
虽识破众生皆蝼蚁,
怎生又这般缠恋情难弃?
笑孔儿中做下得家资,
看人间君臣眷属、苦乐兴衰一向决疑迷;
一点情千场影戏,

做来无明无记。

【李志清、顾宪成、达观同上。

李志清　好传奇，好传奇！海若兄，《南柯记》淳于梦一生多建树，醒来方知功名利禄不过是南柯一梦。

顾宪成　唉，官居宰相，历尽人生荣辱，不过是官场噩梦！

汤显祖　历尽人生荣辱，不能破除烦恼，只有问禅于佛。

达　观　万事无常，一佛圆满。

汤显祖　（唱）都则是——

都则是因果轮回起处起，

教何处镜花水月立因依？

笑空花眼角无根系。

达　观　（接唱）梦境将人殢。

长梦不多时。

短梦无碑记。

汤显祖　（接唱）漫道说梦醒迟断送人生三不归，

斩眼儿还则痴在南柯梦里。

顾、李　哎呀呀，回首人生都是梦——

汤显祖　是情！

顾、李　是情？

达　观　是理！

汤显祖　（笑）哈哈哈……正是：仰天大笑成四梦，一生郁垒尽真情；长传短寄亦封笔——

李志清　封笔……不写了？

顾宪成　天下人还等你石破天惊的妙笔呀！达观禅师可是啊？

达　观　四梦览尽大千世界，普度浮屠。

汤显祖　——纯白自隐在玉茗。

顾宪成　"玉茗……"就是这堂前的玉茗花！

【众花神上。

众　　人　"玉茗堂四梦"——

顾、李、达观　千古流芳！

【起曲四十五。

李志清　（唱）《紫钗记》不负痴情；

顾宪成　（唱）《牡丹亭》千古青春；

达　　观　（唱）《南柯记》淳郎善情被恶吞，

　　　　　回头来向佛性；

汤显祖　（唱）看卢生，警世人，

　　　　　贪婪情恶布霾云！

众人合　（唱）哦呵临川"四梦"何处醒？

　　　　　醒是梦，梦是醒……

　　　　　梦中之情，似神仙境，

汤显祖　（唱）天理尽在人情中。

【造型，压光。

尾声

【幕间曲入，清纯飘然，如云烟梦绕般……（同序）

【舞台上碧水蓝天呈现在太极圆形的画框中。

【伴唱声远远传来：

　　少小逢先觉，平生与德邻；

　　为情甘作使，"梦"留万世馨。

【音乐连续。

【"四梦"人物飘然而来，汤显祖穿插其中，各自定格。

【汤显祖在玉茗花道中定格。
【音乐止。

——全剧终——

2015 年 11 月

正气歌

创作背景

《正气歌》是写民族英雄文天祥的故事。这个版本的创作是受到谭富英先生20世纪50年代创作时留下的几段唱腔的启发。该剧完成于2016年，意在为2017年谭富英先生逝世40周年献礼。

我原在北京京剧团做演员时，经常见到谭富英先生到排练场看望演员，并聆听他讲京剧各种功法，因为是在"文化大革命"中，并没有讲过传统戏和历史戏。谭先生很平易近人，对我们隔辈年轻人，有问必答，诲人不倦，至今回想起来仍是历历在目。

谭富英先生所排新戏都是爱国忠义题材，其中有1952年排演的《将相和》，1954年排演的《正气歌》等。但20世纪50年代没有先进的录像设备，没有留下完整的影视资料。我写这个剧本是想让谭先生《正气歌》的唱在新编戏中复活。

我和谭门六代传人谭孝曾是挚友，戏写成后就直接送给他，北京京剧院曾答应第二年排演该戏，但因各种因素的干扰，在纪念谭富英先生逝世40周年时，没见到有什么新剧目，为此我深感遗憾。更遗憾的是，自1954年谭富英先生创作演出《文天祥》后，全国京剧舞台上，再也没有创作过以中华民族英雄代表文天祥为题材的戏曲。

在这次出版中，我重新整理了《正气歌》，也减去了谭富英的"谭派"原唱段，是为了减去"流派"的束缚，各派都可以演出。我认为文天祥是中华民族一位了不起的民族英雄，但是明末那段历史很难写。为了写好这个戏，我浏览了各"流派"京剧版本，并认真读过七本关于文天祥的历史书籍及小说，努力确定准确的规定情景和历史事件。当然写戏不是写历史，要虚构一些故事。但是文天祥的重大事件，这个版本是经得起推敲的，我想这也是写历史剧的基本要求。

最近北京曲剧团上演了《文天祥与忽必烈》，不知有什么新的观念，但是歌颂文天祥是肯定的。民族英雄是一个民族的脊梁，京剧善演历史戏，殷切期望中华民族英雄以鲜明的形象屹立在京剧舞台上。

剧情梗概

年轻时的文天祥，同弟弟文璧一起，在白鹿书院向欧阳守道习武学文，欧阳守道将养女欧阳仪文许配文天祥。

1260年，24岁的文天祥殿试夺魁，只因直言上疏，得罪了贾似道等奸佞，屡遭罢黜，39岁时落任赣州知州。是年忽必烈称帝大元，举兵南下，侵犯南宋，以屠城为策，所谓屠城，杀尽男子，强暴所有妇女。有李虎、陈龙等逃至赣州，为文天祥所救。

同年，南宋理宗薨，度宗年幼，太后垂帘，诏文天祥勤王。文天祥赣州兵少，急国之难，四方挂榜，八面招贤，三天之内召集五万兵马。母亲曾氏，倾所有嫁妆以为军饷。文天祥起兵勤王，势如破竹，未至国都便被封为右丞相，统兵抗元。

与文天祥并称南宋三杰的张世杰、陆秀夫虽然抗元，并不与文天祥合作，裹挟小皇帝逃往海上。南宋原宰相留梦炎降元，与元统帅张弘范定计，全军扑向潮州，企图一举剿灭文天祥。文天祥在五棵松，兵败被俘。

元皇帝忽必烈，在元大都囚禁文天祥三年后，接见文天祥，用尽计谋，劝降文天祥。为文天祥正气所慑，遂下决心先囚禁，后斩首。

文天祥在狱中，会见妻子和女儿，晓之大义，并写《正气歌》，表现中华民族品格和气质。文天祥被斩之时，坚持换上大宋服装，永久屹立在元大都的最高处。

人物表

文天祥　民族英雄

欧阳仪文　文天祥妻

曾　氏　文天祥母

文　璧　文天祥弟

欧阳守道　文天祥老师、欧阳仪文养父

柳　娘　文天祥女儿

环　娘　文天祥女儿

陈龙复　南宋抗元老将军

李　虎　难民、猎户、后文天祥军将领之一

陈　龙　李虎难友

张　汴　南宋抗元将领

方　兴　南宋抗元将领

赵　时　南宋抗元将领

金　应　南宋抗元将领

南宋太监

忽必烈　元开国皇帝

悖　罗　元宰相

张弘范　元平宋大元帅

张宏正　元军先锋

李　恒　元平宋副元帅

留梦炎　原南宋宰相，后降元封兵部尚书

元中军　元狱卒　南宋百姓若干　南宋兵若干　元兵若干

序

【1283年1月。

【元大都，柴市口。

【悲壮音乐起，伴唱起。

（伴唱）辛苦遭逢起一经，

干戈寥落四周星……

【画外音起：奉大元皇帝诏令：将文天祥押往柴市口明正典刑！

【伴唱声中，定点光启。红光照亮满身罪衣罪裙的文天祥。

文天祥 （大笑）哈哈哈哈……

【文天祥大步坦然向刑场走去，后光渐起，监斩官、刽子手显现。

【伴唱继续：山河破碎风飘絮，

身世浮沉雨打萍。

欧阳仪文 （内呼）老爷——

柳　娘 （内呼）爹爹——

【欧阳夫人与女儿柳娘、环娘手捧丞相服、相雕冲上，众百姓随同上。

欧阳仪文　遵从老爷之命，大宋丞相衣冠送上……

监斩官　抓了起来！

【众刽子手上前凶恶地抓起欧阳夫人与女儿柳娘、环娘，丞相服、相雕落地，文天祥扑向官服……

【突然，狂风陡起，人群吹散……

【元丞相悖罗带领校尉上。

悖　罗　大元皇帝诏令：忠烈赤心天神共佑，赦免文氏妻女，准送大宋丞相大宋官服文天祥上路！

【剑子手松开文夫人与柳娘、环娘，三人与文天祥穿大宋丞相服。

【伴唱继续：人生自古谁无死，

　　　　　留取丹心照汗青——

众百姓　文丞相！

文天祥　哪面是南方？

【众百姓手指南面方向，文天祥整冠理髯向南方三跪叩首。

文天祥　我事毕矣！

【文天祥转身向后走上高台，猛转身向观众。

【红光聚向文天祥。

【渐收光。

第一场

【1253年，文天祥18岁。

【庐陵白鹭洲书院。

【古琴乐起。

【乐声中光起，欧阳守道抚琴而歌。

欧阳守道　（唱琴曲）世事烟云扰书院，

　　　　　国事那堪……

　　　　　尽付尘缘指一弹。

【欧阳仪文捧茶上。

欧阳仪文　爹爹用茶。

欧阳守道　好个孝道的女儿，（饮茶）今日功课做完了吗？

欧阳仪文　尚未做完，爹爹唤我，想是用茶。

欧阳守道　我何曾唤你呀？

欧阳仪文　喏，（弹琴吟唱）

　　　　　尽付尘缘指一弹……

　　　　　这"指一弹"不就是召唤女儿吗？

欧阳守道　好个聪明的女儿！

欧阳仪文　爹爹琴音当中，似有无限忧患？

欧阳守道　可叹大宋三百年，如今胡蒙入侵，无恶不作，百姓惨遭荼毒，这胡蒙虎狼之心比金邦更加凶残，大宋国国无宁日矣！

欧阳仪文　爹爹兴办书院，就是为国家培养栋梁啊！

欧阳守道　栋梁，这白鹿书院是真真正正出了几个栋梁之材！（打量女儿）儿啊，为父再弹一曲你可能辨哪？

欧阳仪文　女儿恭听。

欧阳守道　（弹琴唱）

　　　　　愿言配德兮，携手相将。

【欧阳仪文害羞，撒娇捶打欧阳守道。

欧阳仪文　爹爹以琴曲戏我，爹爹以琴曲戏我！

欧阳守道　怎说戏你，今日呵：喜鹊上枝头，婚书一纸上门求！

欧阳仪文　婚书上门……爹爹，女儿不嫁，女儿不嫁，女儿要终身侍奉爹爹！

　　　　　（唱）难忘怀金人血洗长陵郡，

　　　　　火海中救出小仪文。

　　　　　怀中只会牙牙语，

　　　　　颠沛南国十五春；

　　　　　自到这白鹿书院有安稳，

　　　　　书香沐浴我成人。

　　　　　养育之恩孝未尽，

　　　　　若婚嫁离爹爹唯有泪痕伴终身！

欧阳守道　哎……喜事到了，怎么哭起来了？有道是男大当婚，女大当嫁，我儿青春当年，若是不嫁，我怎对得起你那亲生的父母，况且嫁个好人家，爹爹有那半子之福，有道是：错过好姻缘，终身落遗憾！

欧阳仪文　……爹爹说来说去，到底是哪一家呢？

欧阳守道　啊？

欧阳仪文　是……哪一家……

欧阳守道　害羞了……哈哈，不要害羞。哦……我有一字谜，猜得出啊我便应允，若是你不愿猜，爹爹便回断人家，作罢如何？

欧阳仪文　这……就依爹爹。

欧阳守道　你且听到：历世十三迁庐陵，盘古一斧清气升，瑞气冉冉飘五彩，豁达豪爽一后生！

欧阳仪文　这个……（*面有喜色*）

欧阳守道　啊？

欧阳仪文　（*决心回答*）历世十三迁庐陵……乃是文家，姓文，
　　盘古一斧清气升……乃天，
　　瑞气冉冉飘五彩……祥瑞之祥……文天祥！
　　好个豁达豪爽一后生！（*羞，跑下*）

欧阳守道　好个聪明的仪文！哈哈哈……

　　【18岁的文天祥和17岁的文璧同内白。

文天祥　贤弟请！

文　璧　兄长请！

　　【二人持剑上。

文天祥　（唱）弟兄双双书院进——

文　璧　（唱）习罢功课拜师尊。

二人同　参见欧阳先生！

欧阳守道　罢了，罢了。

文天祥　今日功课完毕，

文　璧　请先生指点。

欧阳守道　你们手持刀剑这是让老夫看武的啊，还是要看文的呀？

文天祥　手持刀剑拜见先生真真失礼（忙放下刀、剑），我们还是先文后武。

欧阳守道　哦，先文后武……听题：国事不可败于相，

文天祥　（紧接）御史唯有谏真言。

【欧阳仪文暗上。

欧阳守道　（指文璧）典出——

文　璧　这典出……这个，

文天祥　淳祐元年欧阳先生殿试廷对的名言。

文　璧　哦是是是，是先生的名言。

欧阳守道　（指文璧）接题——先天下之忧而忧，

文　璧　后天下之乐而乐。

欧阳守道　典出——

文　璧　此人熟悉得很，一时想不起来……

欧阳仪文　我大宋先贤范仲淹所作《岳阳楼记》。

文　璧　好师妹呀，好才女！

欧阳守道　诵《岳阳楼记》末段——

文天祥　天祥领题。"嗟夫！予尝求古仁人之心，或异二者之为，何哉？不以物喜，不以己悲；居庙堂之高则忧其民，处江湖之远则忧其君。是进亦忧，退亦忧。然则何时而乐耶？其必曰'先天下之忧而忧，后天下之乐而乐'乎。噫！微斯人，吾谁与归？——时六年九月十五日。"

欧阳守道　哈哈哈哈……

　　　　　（唱）天祥句句答得准，
　　　　　　　先贤胸怀铭刻心。

　　　　　喜看后辈逐浪涌，

　　　　　大宋又出忠良臣！

文　璧　先生，别看我习文的落后，习武的决不让步！

　　　　【文璧持剑把刀递给文天祥，二人起打，文璧不慎刺中文天祥左臂，欧阳仪文急忙为文天祥包扎。

欧阳仪文　师兄不要紧吗？

欧阳守道　儿啊，你要看仔细！

文　璧　师妹你——不对，不对！今日是师妹，来日是嫂嫂！

　　　　【二人轮唱。

欧阳仪文　（唱）一句话说得我红飞双颊，

文天祥　（接唱）一句话好似那明月心挂；

欧阳仪文　（接唱）伟岸雄姿立神骅，

文天祥　（接唱）锦绕青春彩云霞；

欧阳仪文　（接唱）文深武精压天下，

文天祥　（接唱）贤淑贴心心已化，

欧阳仪文　（接唱）双目顾盼并蒂花。

文天祥　（接唱）九曲黄河万里沙，

　　　　　浪淘知音自天涯。

　　　　　如今直上银河去，

　　　　　同到牵牛织女家。

欧阳守道　好了，好了，这回呀我要找我的东翁……不不不，亲家翁吃喜酒去了啊……哈哈哈……

　　　　【四人造型，收光。

第二场

【1275年,文天祥时年39岁,任赣州知州。

【距前场21年。

【郊外,张汴上。

张　汴　(内白)马来!(趟马上)

(念)文大人殿试夺魁,贾似道仗势驱贤!

宦海沉浮十五年,飘摇江山谁挽?

嗨!我家文天祥文大人,15年前,得中状元,殿试夺魁,只因直言上书,得罪了贾似道一干奸党,屡遭罢黜,如今直落得赣州提刑之职!可恨那贾似道,在鄂州与元蒙定下纳贡割地的合约,以致养虎成患,忽必烈称帝大元!那忽必烈举兵南下,侵犯大宋国土,围困襄樊三载,文大人心急如焚,上奏朝廷无回音,唯有聚兵积粮以备国用。我张汴奉文大人将令,打探军情。眼见襄樊将破,元军攻破长江,国事危急,待我赶回赣州禀明文大人,就此马上加鞭!

【张汴加鞭打马下。

【紧张音乐起,火光冲天,二元将率四元兵追赶逃散的百姓。

【有两对夫妻被追上。元将杀死丈夫。

元兵将　将这二女子绑在大树之上,扒光她们的上衣下裙,大家轮番取乐!

元兵将　哈哈哈哈……

【突然李虎、陈龙持刀闯上,杀死元将,开打,杀死元兵,二妇女逃生。

李　虎　(唱)可恨蛮蒙似虎狼!

陈　龙　(接唱)屠城百姓难逃亡。

【李虎妻，搀老母上。

李　虎　（接唱）惨不忍睹家国丧，

陈　龙　（接唱）拼一死也要杀尽蛮羌！

　　　　【元兵上冲散李虎夫妻，李母倒地；李妻被元兵抢掠。

李　虎　娘——（欲搀扶母亲）

李　母　（指李妻方向）媳妇！

陈　龙　李嫂——

　　　　【陈龙去救李虎妻，被元将杀死。

李　虎　啊！（冲向元将、元兵，开打）

　　　　【李虎怒杀元将，又有元兵扑向李虎。

　　　　【文天祥率领方兴、赵时、金应、张汴和宋兵冲上，救李虎、李母、李妻。

　　　　【开打，文天祥和众将杀死二元将、众元兵。

李　虎　陈龙兄弟啊……（跪哭）

李　母　还不谢过这位大人！

李　虎　多谢大人救我李虎全家。

文天祥　这一壮士打从哪道而来？

李　虎　元军攻破鄂州，我一家随从百姓逃难至此。

文天祥　鄂州乃长江咽喉要道，朝廷拥有重兵，守将程鹏飞哪里去了？

李　虎　守将投降蒙鞑，献出城池，元兵屠城烧杀抢掠如潮水一般……

　　　　【音乐起。

文天祥　（念）国破最是百姓苦，

　　　　　　　铁蹄入侵愧臣心！

　　　　【内："圣旨下"，太监上。

太　监　江西提刑文天祥接旨：

文天祥等　万岁！（跪）

太　监	"先帝驾崩，嗣位君年幼，吾以耄耋之年垂帘勉御。今元蛮丑虏破江向南，尽虎狼之性涂炭百姓，特诏诸州诸路迅集勤王之师，速救临安，钦此。"
文天祥	万万岁！（文天祥接旨，众同起）
太　监	哎呀文大人哪！如今朝廷之上，主战主和莫衷一是，太后深知文大人忠君之心，盼文大人回朝主事，望眼欲穿！
文天祥	文天祥自当遵旨而行，只是赣州数千人马，怎当勤王重任？
太　监	文大人智谋高远、帷幄千里，速速组建勤王之师，半月之内赶到临安，江山可保，再若延误，大宋休矣！话已讲明，咱家告辞了！

【太监下。

众　将	我等唯大人之命是听。
文天祥	众位将军！国家有难，义无反顾，四方挂榜，八面招贤。方兴听令：前往我家乡庐陵；赵时听令：前往长洛；金应听令：前往南康；张汴听令：前往南康景宁一带等处。尔等挂榜张文：就说国家危难，我文天祥跪拜赣州父老乡亲挺身救国，三日之内回报与我。
李　虎	文大人！我李虎也曾练就一身武艺，特投大人帐下为国报效，我想难民之中多与元虏有深仇大恨，晓之大义定有数千人投军！
文天祥	好哇！ （唱）剑戟闪闪聚赣城， 　　　勤王不愁数万兵； 　　　丹心一寸坚如铁， 　　　惊天矢石令元惊！

【众造型，切光。

第三场

【暗转，三天后，夜。

【"圣旨"挂于中央，文天祥独自徘徊于孤台下。

文天祥　（唱【导板】）三日来盼聚兵——心头淬砺！
　　　　时光逝更显得此时刻国情急；
　　　　君年幼太后圣诏声含泣，
　　　　夜月南望子规啼；
　　　　谁言城郭春声阔，
　　　　唯有楼台昼影迟；
　　　　乌云并天浮雪界，
　　　　墨浪江海无云旗；
　　　　赣州风雨十年梦，
　　　　心在江湖万里思；
　　　　倚栏怒目时北顾，
　　　　空叹泪眼湿南曦。
　　　　三天来急火焚心底——

【众将内呼："文大人！"急上。

方　兴　启禀大人，家乡庐陵感大人忠心，齐聚一万五千兵马已到帐下！

赵　时　长洛一带，感念大人为官清正，投军七千已到帐下。

金　应　南康县令带领八千人马已进赣州！

李　虎　难民之中已有三千人待命。

张　汴　南康畲族族长聚集一万畲族兵愿为国效劳！

文天祥　畲族兵？中华民族广，大宋之福也！
　　　　（唱）民心如日照云霓！

士兵甲　（报上）报——老将军陈龙复率五千兵将来投！

文天祥　快快有请！
　　　　【陈龙复率兵上。
陈龙复　文贤侄！啊哈哈哈哈……
文天祥　陈叔父！啊哈哈哈哈……
陈龙复　闻听临安告急，我从家乡招募这五千兵将特来交你统领勤王。
文天祥　陈叔父此来，统兵之帅有矣。
陈龙复　拼着老命辅佐于你，看你这聚兵如闪电一般，朝廷可有军饷拨来？
李　汴　朝廷只有勤王的圣旨，军饷分文不见！
陈龙复　有军无有饷，主帅空自忙！
文天祥　这军饷嘛……
　　　　【文天祥沉思，定点光聚文天祥。
　　　　【渐压光。

第四场

　　　　【赣州文家室内。
　　　　【欧阳仪文上。
欧阳仪文　（唱）勤王旨犹如那惊雷震响，
　　　　　　　　聚兵马筹粮饷愁坏天祥；
　　　　　　　　暗地里多次与我商量，
　　　　　　　　为军需自筹粮倾尽家当。
　　　　　　　　只怕是家资不足、难统兵将——
　　　　【文母曾氏上。
曾　氏　（唱）但愿得兵马齐早日勤王。

（白）媳妇，可知天祥招募了多少人马？

欧阳仪文 已是五万有余。

曾　氏 哦，五万有余……如此说来，天祥他……他即日就要启程勤王去了？

欧阳仪文 正是。

曾　氏 唉，儿啊……

（唱）叹大宋偏安朽木怎经风浪，

此一去难再见我这残泪烛光；

母子情国大义孰重孰轻？

【文天祥上，听。

曾　氏 （唱）祈祷苍天佑天祥。

【文天祥叩门。

欧阳仪文 想是天祥来了。

【欧阳氏开门，文天祥进门。

文天祥 孩儿参见母亲。

曾　氏 招募兵马一事怎么样了？

文天祥 孩儿张榜下去，不曾想到振臂一呼应者云集，三日之内竟招来五万人马！

曾　氏 （点头）好，好，好……人人都是为国家弃小家！

文天祥 人人皆知大义，国之幸也。

曾　氏 国之幸，更在臣正君明。

文天祥 母亲教导甚是。

曾　氏 如此说来，你都准备好了？

文天祥 这……勤王之事已然齐备，只是孩儿还要安顿母亲、家室。

曾　氏 怎样安顿？

文天祥 孩儿要派一支人马将全家送回庐陵。

曾　氏 你待怎讲？

文天祥　派一支人马将母亲送回庐陵。

曾　氏　哼！不去！

文天祥　或送至惠州二弟文璧那里。

曾　氏　越发不去！

文天祥　或是送到我舅父家中避难。

曾　氏　天祥，你竟如此小视你亲娘！

【起乐，文母背过身去，面向墙壁。

文天祥　如今元兵铁蹄踏入江南，屠城凶险，猪狗不如。母亲留在此处，孩儿如何放心得下？母亲，母亲！（跪）

曾　氏　你这满门家眷，不过是一小家，你母亲虽然年迈，自信还能安置，只是你——一心勤王向临安，若是不得重用又该如何？

文天祥　孩儿只为抗敌报国，不想官职高低。

曾　氏　这大宋在昏君奸佞手中，眼见大厦将倾，你抗敌报国，倘若无果又当如何？

文天祥　谋事在人，成事在天！

曾　氏　方才你得意言道：振臂一呼应者云集，三天之内招来五万人马，我来问你，朝廷可有钱粮军饷拨来？五万人马他们靠什么行军打仗？这领军大家之事难道你准备齐全？真真大言不惭哪！

（唱）虽说你为国家忠心坦坦，
宦海中恶风浪儿尚未了然；
想当年殿试夺魁你冒死直谏，
被罢黜也只能自吞苦言；
贾似道合约割地害国大患，
你也曾连参数本、层层罢免、被贬赣州、
空怀壮志对苍天；
恨元胡虎狼入侵百姓涂炭，

　　　　到如今勤王旨意羽檄飞传；
　　　　娘忧你到临安奸佞难防范，
　　　　对强敌你可能稳操胜券、胜不骄、败不馁、意志可坚？
　　　　虽说是振臂一呼聚兵五万，
　　　　统大军粮饷未见你的兵将吃甚穿甚你尚自茫然！
　　　　（摇）为娘我今已是古稀将半，
　　　　怎奢望小家团圆国家不圆。
　　　　说到此不由得泣声不断——

文天祥　母亲不必伤心，儿变卖家产也要勤王临安。

曾　氏　（唱）快把那后堂箱柜抬到庭前！

文天祥　抬上来！

　　　　【四家院抬两木箱上。

曾　氏　（白）天祥，儿啊！为娘知道你想变卖家业，挥家产，纾国难，想你祖上家业萧条，你为官清正家产又有几何？为娘祖上殷富，陪嫁千金，本当用来补贴度日，怎奈你爹爹不允，方得存留。如今国难当头，我儿你、你、你且收下，权当我们文、曾两家的忠义心愿——

文天祥　谢母亲！
　　　　（唱）母亲大义纾国难，
　　　　句句情憾血泪斑；
　　　　娘教诲，百姓唤，
　　　　驱逐胡虏复中原；
　　　　儿心本自磁针碾，
　　　　不收南方不肯还；
　　　　天祥不负娘心愿，
　　　　泣血也要勤王赴临安！
　　　　【起乐；文天祥、欧阳仪文同跪。

【收光。

【画外音起：圣旨下："尊太皇太后诏曰：文天祥勤王临安，率兵一路破敌有功，忠心可嘉，特封大宋右丞相，襄理朝政，都督诸路人马。钦此！"

【闭幕乐起。

第五场

【距前场三年后，1278年，冬。

【元进兵音乐起。

【幕启：扬州，元军元帅府。

【留梦炎上。

留梦炎　奉了元帝旨，来到扬州城。门上有人吗？

【中军上。

元中军　哦，尚书留梦炎大人到了，待某通报，启禀元帅，留梦炎尚书到。

张弘范　（内）大开军门，有请！

【元兵上。

【元平南都元帅张弘范、副都元帅李恒上。

留梦炎　二位元帅！

张弘范　尚书大人！请。

李　恒　尚书大人！请。

【张、李归座。

留梦炎　下官留梦炎参见二位元帅。

张弘范　尚书大人少礼，请坐！

留梦炎　谢坐。

　　　　【留梦炎落座。

张弘范　留大人从大都赶来，必有万岁旨意。

留梦炎　哪里，哪里？万岁有恐二位元帅，不明南国国情，差我前来以为辅佐。

张弘范　端宗赵昰病亡，张世杰、陆秀夫又立赵昺为君，他们裹挟那个小皇帝，漂泊海上，我大元兵马，正不知向何处进发。

李　恒　是啊，想留大人原为大宋丞相，可知内中详情，今到军中，正可相助一臂之力。

留梦炎　是是是，下官虽然原为大宋宰相，归降以来对大元忠心耿耿，二位元帅且听我道来：

　　　　（念）大宋江山虽破败，官场上明争暗斗难更改，

　　　　陈宜中那胆小的宰相不足虑，陆秀夫只识儒书不知把兵排，

　　　　张世杰惯习水战好称霸，若灭宋大军直发崖门山脉！

张弘范　崖门山脉？可是广东海湾八十里的崖山？

留梦炎　正是，下官已然将地图带来了！

张弘范　如此说来只用水军？

留梦炎　水军足矣。

李　恒　（冷笑）哼哼哼……以我看来，剿灭张世杰、陆秀夫易如反掌，倒是有一人不除，大宋难灭也！

张弘范　李元帅所指何人？

李　恒　就是那文——天——祥！万岁也曾叮嘱再三：灭国先灭擎天柱，剿宋先擒文天祥！

张弘范　本帅焉能忘却万岁叮咛，只是自赣州突围，文天祥并无踪影，也似虎落平阳了。

留梦炎　啊元帅，那文天祥现在潮州。

张弘范　你是怎么知道的？

留梦炎　大宋的投降人多，我的耳目也多呀。

李　恒　进军潮州，与文天祥交锋，只怕又要损兵折将。

张弘范　对文天祥不可轻敌，即刻将围困惠州、清远人马撤回，集中兵力先剿文天祥！

留梦炎　二位元帅，下官也有妙计在此。

张弘范　有何妙计快快讲来。

留梦炎　（念）潮州守备名陈懿，与文天祥私怨甚深是仇敌；
　　　　说降凭我三两语，背后插刀不耗兵和力。

张弘范　留大人且照计行事，本帅二十万人马，李元帅统兵十万包抄潮州，本帅统领十万随后进发崖山。

李　恒
留梦炎　大人用兵如神。

张弘范　正是：兴兵布下天罗网，

李　恒
留梦炎　剿宋先剿文天祥！

【收光。

第六场

【潮州演兵场。

【文天祥，挥舞军旗，众兵将演阵。

【文天祥上。

文天祥　（唱）报国家在潮州招兵演阵，
　　　　端宗薨张世杰又立新君；
　　　　崖山为都南迁境，

为报新圣尽忠心。

李　虎　（内呼）丞相！（上）启禀丞相，户部侍郎惠州统领文璧大人单枪匹马来到城下！

文天祥　啊？二弟单枪匹马到此必有重要军情，快快请来相见。

李　虎　有请二将军！

文　璧　（上）兄长！

文天祥　贤弟！

文　璧　兄长！

【文璧下马。

文天祥　贤弟！你单枪匹马至此必有所为？

文　璧　哎呀兄长啊！小弟在惠州与胡元厮杀半月有余，日前胡元忽然撤兵，甚是蹊跷，为此小弟特地赶来与兄长报信！

文天祥　哦，胡元从惠州撤兵？

文　璧　正是。

文天祥　胡元正在猖獗之时，撤兵必有所为，莫非要重新集结兵力，先来吞并我潮州不成？

文　璧　小弟也深为此担忧，兄长要早做准备！

文天祥　哎呀贤弟呀！元将张弘范惯于用兵，见我屯兵于此定要强攻，潮州必有一场恶战，想这潮州、惠州乃朝廷掎角重地，元胡安得不重来？你我弟兄皆系大宋安危，重担不得不挑，虎狼不得不防，贤弟千里迢迢赶来报信，多受辛苦，快到后帐歇息片刻，还要赶回惠州布兵预敌，准备大战元军！

文　璧　兄长！大战在即还讲什么歇息，兄长保重，小弟就此去也！

文天祥　贤弟！（示意李虎下，取干粮）千里迢迢日夜兼程你……你要多多保重！

文　璧　兄长放心，小弟拜别了！（李虎持粮袋上，文天祥亲手递文璧手中）

文天祥　贤弟呀！（唱）

　　　　贤弟千里来送信，

　　　　顷刻又要两离分；

　　　　壮行酒一杯情难尽，

　　　　平安早到惠州城；

　　　　心中只把——胡虏恨，

　　　　害得大宋不安宁；

　　　　救民水火无旁贷，

　　　　抗敌为国并肩行；

　　　　同胞同长同发奋，

　　　　同为栋梁同忠心；

　　　　忍看江山狼烟滚，

　　　　救民水火情最真；

　　　　不负文氏祖先训，

　　　　国破更要把天撑；

　　　　贤弟且饮杯中酒——

　　【文璧接酒，一饮而尽，上马。

文天祥　（接唱）共驱严寒早迎春！

文　璧　兄长保重！（加鞭下）

文天祥　且住！我想元军撤去惠州人马，必是集中兵力夺我潮州，如今我两万兵将不足，何以拒敌？（想）若以水陆两军夹击元兵，潮州尚可以保……（对陈龙复）陈老将军！

陈龙复　丞相。

文天祥　为今之计，只有回朝搬兵，若能请宰相陈宜中说动张世杰携领水军，接应我军方为上策，这满营将官，唯有老将军可担此重任……

陈龙复　末将愿往！

文天祥　只是将军年迈……千里奔波……

陈龙复　丞相不必挂怀，我陈龙复虽老，也要为驱逐胡元、收复河山出力报效，不辱使命，俺就此去也！

　　　　（唱）老骥伏枥志千里！（上马下）

文天祥　（唱）浩然正气贯长虹。

　　　　（白）大小三军，军容肃整，严阵以待，兵慑敌魂者——

【众将率兵士操练。

李　虎　（上）参见丞相。

文天祥　李将军，夜静更深，有何军情？

李　虎　拿住元邦奸细，搜出书信地图，丞相请看。

文天祥　待我看来：（念信）"陈懿拜上张弘范大元帅：元军大兵一到，陈懿即刻率臣家五虎上将，两万人马以为内应，共剿文天祥，现将文天祥军营绘图献上。"

方　兴　（内呼）丞相！（上）启禀丞相，方才探马禀报，元军兵分两路，先锋张宏正，率十万大军直逼我潮州而来！那张弘范已率军十万杀奔五棵岭直逼崖山！

文天祥　啊？元军来得好快呀？！哎呀且住！我想五棵岭乃南通崖山咽喉之地，欲保朝廷必须守住五棵岭，传张汴将军！

李　虎　张汴将军走上！

【张汴上。

文天祥　张汴将军！

张　汴　丞相。

文天祥　元军张弘范又以十万大军取道五棵岭，五棵岭乃南通崖山咽喉之地，稍有疏忽，大宋朝廷危矣。如今必须放弃潮州，先占五棵岭，以阻胡元进攻崖山。刚刚派陈龙复老将军去右丞相处搬兵，如今我率领全军抢占五棵岭，命你在此等候老将军。若是陈老将军搬兵回来，引至五棵岭见我。

张　汴　得令（下）。

文天祥　众将走上。

李　虎　众将走上！

文天祥　方兴、赵时。

方　兴
赵　时　在。

文天祥　带领五千人马断后，陈懿若同元兵追来，杀他个措手不及！

方　兴
赵　时　得令。

文天祥　传令下去，大兵即刻撤出潮州转战五棵岭！

众　将　兵发五棵岭！

【音乐起。

【收光。

第七场

【前场一月后。

【元兵上，一元兵阻路，张宏正、阿里海牙、唆都上。

张宏正　前道为何不行？

一元兵　探马有军情回禀！

张宏正　人马列开！（众分开）有何军情讲！

一元兵　文天祥已将人马撤出潮州，转战五棵岭去了！

张宏正　再探！（一元兵下）二位将军，文天祥不愧用兵如神，就烦唆都将军带领五千人马占领潮州，余下兵将随我进军五棵岭！

【元军应声同下。

陈龙复　（内唱）陈宜中不发兵——（骑马上）

　　　　（唱）——枉为宰相！

　　　　【急切打马赶路。

　　　　（唱）将相不和误家邦！

　　　　星夜打马潮州往——（扫头）

　　　　【张汴上，拦陈龙复。

张　汴　老将军，搬兵一事如何？

陈龙复　可恨右丞相陈宜中不发兵将，张世杰意在推诿，将相不顾国之安危，真真气煞人也！

张　汴　文丞相为保圣上在崖山的安危，已然转战五棵岭，特命我在此等候老将军。

陈龙复　如此我们速往五棵岭回禀文丞相！

　　　　【二人打马，趟马上山。

　　　　【来到宋兵五棵岭山坡营盘。

陈龙复　有请丞相！

　　　　【众将引文天祥上。

陈龙复　参见丞相！

文天祥　哎呀老将军哪，敢是搬兵又有不测？

陈龙复　哎呀丞相啊，右丞相陈宜中，一心议和、不发一兵一卒，闻得敌众我寡，我军被困，他，他又要逃走了。

文天祥　好奸贼啊！（唱）听一言来心头恨，

　　　　骂声宜中狗奸臣；

　　　　敌众我寡难取胜，

　　　　内无粮草外无兵；

　　　　低下头来暗思忖，

　　　　再与众将说分明。

　　　　（念）众位将军，如今元兵围困已久，定要灭我国家，毁我宗庙，杀我黎民，国家安危社稷存亡在此一战，我等必须人人奋勇个个当先，以此报国也！

众　　将　　丞相，我等万众一心、肝脑涂地、万死不辞！

　　　　　【四面炮声响，张宏正率元兵上。

　　　　　【开打，宋将杀败，战死。

　　　　　【陈龙复上寻找文天祥。

陈龙复　　丞相！丞相！

　　　　　【文天祥上。

陈龙复　　哎呀丞相啊！将士战死大半，末将拼死赶来保护丞相杀出重围以图再举！

　　　　　【元兵上，陈龙复保护文天祥，被元兵杀死。

　　　　　【文天祥扑向陈龙复。

文天祥　　老将军——

　　　　　【元兵将包围文天祥。

元兵将　　活捉文天祥！活捉文天祥！

　　　　　（唱【上小楼】）心已碎——

　　　　　【文天祥唱中杀元兵。

　　　　　——悲愤快，

　　　　　诸英烈魂悲丧，

　　　　　望天祭胆气雄壮，

　　　　　望天祭胆气雄壮！

　　　　　杀尽元虏兵和将，

　　　　　俺刀枪闪耀光芒，

　　　　　俺刀枪闪耀光芒；

　　　　　奸佞误国耻难忘，

　　　　　且看俺忠心赤胆慑虎狼！

众元兵将　（同）活捉文天祥！

【红光照射文天祥独立山头,叱咤风云般……

【众元兵将被震慑,后退。

【收光。

第八场

【1282年,冬。

【元大都(燕京)正殿。

【元帝忽必烈来回踱步。

忽必烈　(念)只嫌大漠蓝天小,

　　　　　金戈铁马并金辽;

　　　　　黄河长江收眼底,

　　　　　欲服人心费煎熬!(音乐持续)

　　　　　(白)自先祖开疆以来,北驱欧里巴地中海,西霸天山大细亚,东占高丽,南并大宋,疆土广袤。

　　　　　朕常思之:占天下者必须有为于天下,剿宋之时降官、降将,皆为贪生怕死之徒,并无为人刚强骨气。如今治国若重这些阿谀奉承之辈,民心难服。有南宋丞相文天祥者,气节高亮,深孚众望,故被俘三年,朕不忍杀害,若是此人为我大元所用,何愁天下,民心不归矣!

【元丞相悖罗上。

悖　罗　启禀圣上,文天祥带到,这三年之中。万岁准他穿汉服,行汉礼,今日又叫他汉服上殿,只恐怕大宋的降臣心中不服。

忽必烈　那些大宋的降臣,不过是猪狗之辈,哪里有文天祥的硬骨?留梦炎、文璧可曾传到?

悖 罗	正在朝房候旨。
忽必烈	吩咐文武列班。
悖 罗	万岁有旨，文武列班。

【乐起；元兵、大锴上，伯颜、张弘范、李恒上。

忽必烈	传留梦炎、文璧上殿。
太 监	传留梦炎、文璧上殿哪！

【留梦炎、文璧上。

留梦炎	臣留梦炎参拜万岁！（跪）
文 璧	臣文璧参拜万岁！（跪）
忽必烈	留梦炎，文天祥被囚燕京三载，命你劝降为何并无尺寸之功？
留梦炎	万岁，那文天祥，是铁石的心肠，不堪融化，留之无益。
忽必烈	嘟！留与不留在朕一念，何须你暗自揣摩！（留梦炎不断叩头不敢抬起）朕今日要召见文天祥，我倒要看你怎样劝降于他！
留梦炎	臣当尽心尽力，遵旨行事！（匍匐于地）
忽必烈	文璧将军，你与文天祥，一奶同胞，今日以手足之情晓之大义，倘若你兄长心回意转，是你大功一件。
文 璧	文璧当献忠心。
忽必烈	留梦炎、文璧！你们一个曾为大宋丞相，一个曾为广东统领，朕以宽大为怀收降尔等，如今大宋已亡三载，你们高官居上，无所作为，倘若今日你们劝降无功，各降官职一级！罚俸半载！（留梦炎、文璧吓得匍匐于地，不断叩头）朕忽必烈不是你们亡宋的儿皇帝！下面准备去吧。
留梦炎 文 璧	臣等遵旨！（下）
忽必烈	带文天祥。
悖 罗	万岁有旨，带文天祥！

【画外音：带文天祥！带文天祥！

【文天祥傲然进殿，如入无人之境。

文天祥　（唱）三载被囚在京畿，

　　　　劝降如犬空吠迂；

　　　　人间顶天有正气，

　　　　元帝枉自费心机！

悖　罗　（脸一拉，厉声大吼）见了万岁，为何不跪下？

文天祥　（冷笑）宋臣只拜宋君。我乃堂堂大宋状元丞相，哪有见到异邦君主下跪之理？

悖　罗　（大吼）来人！要他跪下！

【数名武士拥上，掣肘、推背、按头……文天祥依然不跪！

忽必烈　哈哈哈哈……好个不跪异邦之主，待朕下位。文丞相请坐！

【文天祥坐。

忽必烈　文丞相高风亮节，国亡不改忠心，朕敬佩之至。

文天祥　我身为大宋之臣，未能拒敌于国门之外，愧对天下。

忽必烈　天下有德者居之，改朝换代，乃顺天之理。

文天祥　大汉礼德数千年之久，顺之为天理。胡蒙亦有祖，侵略华夏称帝，天理不容百年耳！

忽必烈　哦这个……

【悖罗示意留梦炎上前。

留梦炎　文丞相，万岁最爱才之心是真，你不要辜负圣意呀。

文天祥　既为鹰犬，又是劝降，文天祥听之恶矣，还不退后！

留梦炎　识时务者为俊杰，如今大宋国亡，你的才能谁人知晓，你的正气又有何用啊？

文天祥　留梦炎！当初理宗在位，你为状元，度宗之时，又为宰相，谁想你趋纣里、背君心、弃黎民、承欢胡儿是不战而降，大宋王朝就丧在你们这些不忠、不义、不仁、不孝贪生怕死的奸佞手中，如今又来劝降于我，真是良心丧尽恬不知耻，衣冠禽兽也！

（唱【快板】）你本是禽兽把人害，

无耻匹夫小奴才；

文天祥生死有光彩，

不似你奸佞之徒枉为人来！

【留梦炎向悖罗示意，退后。

【悖罗挥手文璧上。

文　璧　参拜兄长！

【文天祥上下左右打量文璧。

文　璧　兄长，兄长！

文天祥　你……你是我兄弟文璧吗？

文　璧　正是小弟。

文天祥　你为何元军的穿戴呀？

文　璧　哎呀兄长啊！张世杰奋战身亡，陆秀夫背幼主跳海，大宋气数已尽，当今圣上待嫂嫂、侄女不薄……

文天祥　住口！你可是早已归降了元军？

文　璧　兄长（跪），宋室先亡，弟而后归元，良禽择木，贤臣择主啊！

文天祥　呸！先祖遗训、父母教诲、恩师遵嘱……你、你、你都忘怀了吗！

悖　罗　大宋已然亡国，还讲什么先祖遗训、父母教诲、恩师遵嘱？

文天祥　自然要讲，你们懂什么中华的尊严！为人的正气！

文　璧　兄长……元国新立，你满腹治国的才华定能施展……

文天祥　住口！

文　璧　（抱住文天祥腿）兄长！兄长不可一条死路走向黄泉哪！

文天祥　你、你与我站了起来！

文　璧　兄长……

文天祥　在这元都金殿，你的脊梁断了吗！

（唱）同胞人媚敌涎我心痛剜，
曾立志救国家共苦共甘；
孔孟学我弟兄同学书院，
临荣辱忍分手如隔壑渊；
人生在天地各有志愿，
悠悠白日横苍烟；
苟延屈膝脊梁软，
怎做顶天立地男；
摇尾乞怜不如犬，
凛然赴死有尊严；
弟兄一囚一乘马，
同父同母不同天。

【文璧愧退下。

悖　罗　文丞相，自家兄弟何必如此？何必如此啊……

文天祥　哼哼……哈哈哈哈……你们还有什么劝降的诡计就来、来来呀！

（念）天祥一寸丹，光耀好河山。
展翅青天看，蒙胡无百年。

【文天祥归座。

忽必烈　哈哈哈哈……朕若无心学汉，为何再三礼贤下士？如今朕为中朝之主，宋亡在先，你若归顺乃是顺从天意。不担"归降"之名，为朕开元帝盛世，何止百年？

文天祥　大汉千年铸就江山，蒙胡从漠北铁骑流窜入境，焉能占我中华百年？

忽必烈　朕为大元兴盛，才以真心待你，你若辅佐大元，即刻封你大元宰相！

文天祥　我乃大宋丞相，做什么元之宰相！

忽必烈　不做宰相，就做枢密如何？

文天祥　哈哈哈哈……胡蒙外邦入侵中原，烧杀抢掠的虎狼之师，屠城暴虐，惨无人道！一时占领中朝，安得永年！大宋既亡，文天祥唯一死之外，别无他求！

忽必烈　（无可奈何地一挥手）文天祥你……嗨！（拂袖下）

【随忽必烈下，压光。

【大筛一击。

【画外音：将文天祥囚禁死牢，更换囚衣，圣旨一到，即刻斩首！

第九场

【前场数日后。

【狱卒立于追光下。

狱　卒　唉！文丞相多好的人品呢！威武不能屈，富贵不能淫。给个大丞相也是至死不投降，我们万岁也是爱他的人品，爱他的才华，那天，押进死囚牢了还是天天地派人劝降，文丞相连眉头都不皱一下呀！人哪，就得有这么股子劲儿，就得有这么股子气儿，要不怎么千古流传《正气歌》呢！

文天祥　（内唱）踏过了元金阙污垢恶障！

【光起，文天祥罪衣罪裙。

（接唱【回龙】）言厉斥降将、手足断肝肠，

酣拒元帝亦声朗，

拼将热血书华章！

（接唱）立悬崖等闲看阡陌万丈，

　　　　　雪花飞扶铁窗梦里家乡；

　　　　　望天朝千百载沧桑俯仰，

　　　　　人一世为尊严无悔无伤；

　　　　　叹大宋君臣无为苟安享，

　　　　　大好社稷怎能不亡？

　　　　　可叹我国亡已有三载……有三载君王啊……

　　　　　国亡家亡挡不住正气光芒——

　　　　【音乐继续，狱卒上，欧阳氏携女儿柳娘上。

狱　　卒　你们要小点声，文丞相，您看谁看您来啦——

柳　　娘　爹爹，爹爹——

文天祥　女儿——

　　　　（唱）数载未见儿已长，

　　　　　爹爹我未能尽心——

欧阳氏　夫啊！（唱）——养儿自有为妻担当。

　　　　　见儿夫枯瘦形骸浪，

　　　　　好一似万把刀剜我胸膛；

　　　　　恨元胡作践你天良尽丧；

　　　　　相逢难止泪汪汪……

文天祥　（接唱）未料想再见亲人我亦泪淌，

　　　　　六年来与敌周旋你、你、你……怎度时光？

欧阳氏　（接唱）自你勤王临安往，

　　　　　携儿奉母辗转回乡；

　　　　　五棵岭传凶信你囚锁北上，

　　　　　老娘亲含悲含愤含恨亡；

　　　　　最悲痛两个儿染瘟疫双双命丧，

　　　　　恨为妻不能为你保住子嗣几次投江；

　　　　　今日里见一面真情禀上……天祥啊……

自尽黄泉无彷徨!

【欧阳氏拔钗欲自尽,文天祥急拦。

柳　娘　娘——我不要你死,爹,柳娘也不要你死,我要爹、我要娘——

文天祥　柳娘,女儿……人谁无妻儿骨肉之情?爹爹于义当死,如今管不得女儿……奈何?奈何!

(唱)爹无奈也要把伤心话讲,

柔情利刃割心肠;

死别亲人怎忍悲怆?

爹爹我于义当死,

"奈何"二字志不迷茫;

有妻出糟糠,

结发不下堂。

乱世逢狼虎,

凤飞失其凰。

天祥赴难无别想,

养雏二三要靠亲娘;

魂在九泉将后世望,

浪涛滚滚大江东去历沧桑,

我与你数十年知音琴瑟和响——

天长地久永茫茫!

狱　卒　(急上)文丞相,上头查监来啦,夫人小姐快走吧!

【狱卒分开文天祥与妻女,欧阳氏、柳娘下。

【两边元兵持枪上。

文天祥　这样的着急?我还有未完之事!

【文天祥转身持笔,元兵大喝"丞相归元",元兵每喝一声,文天祥书写一笔;天幕上一笔一画显现巨大的"正"字。

文天祥　（念）天地有正气，杂然赋流形。

元　兵　丞相，归元！

文天祥　（念）下则为河岳，上则为日星。

元　兵　丞相，归元！

文天祥　（念）于人曰浩然，沛乎塞苍冥。

元　兵　丞相，归元！

文天祥　（念）皇路当清夷，含和吐明庭。

元　兵　丞相……

文天祥　哈哈哈哈哈哈……

【文天祥掷笔，元兵下。

文天祥　（接唱）这正气自民心青史照亮，

这正气造就后辈好儿郎；

这正气吓得豺狼胆魄丧，

哪怕是朝代兴亡正气长存日月同光！

【音乐起。

文天祥　正气一歌兮悲壮……哈哈哈哈哈……

【收光。

尾　声

【1283 年 1 月。

【悲壮音乐起。

【画外音起：刀斧手，将文天祥押往柴市口明正典刑！

（伴唱）啊……辛苦遭逢起一经，

干戈寥落四周星……

【伴唱声中，定点光启。红光照亮满身罪衣罪裙的文天祥。

文天祥 （大笑）哈哈哈哈……

【文天祥大步坦然向刑场走去，后光渐起，监斩官、刽子手显现。

【伴唱继续：山河破碎风飘絮，
　　　　　　身世浮沉雨打萍。

欧阳仪文 （内呼）老爷——

柳　娘 （内呼）爹爹——

【欧阳夫人与女儿柳娘、环娘手捧丞相服、相雕冲上，众百姓随同上。

欧阳仪文　遵从老爷之命，大宋丞相衣冠送上……

监斩官　抓了起来！

【众刽子手上前凶恶地抓起欧阳夫人与女儿柳娘、环娘，丞相服、相雕落地，文天祥扑向官服……

【突然，狂风陡起，人群吹散……

【元丞相悖罗带领校尉上。

悖　罗　大元皇帝诏令：忠烈赤心天神共佑，赦免文氏妻女，文天祥可着宋服，送大宋丞相文天祥上路！

【刽子手松开欧阳夫人与柳娘、环娘，三人与文天祥穿大宋丞相服。

【伴唱继续：惶恐滩头说惶恐，
　　　　　　零丁洋里叹零丁……

众百姓　文丞相！文丞相！

文天祥　哪面是南方？

【众百姓手指南面方向，文天祥整冠理髯向南方三跪叩首。

文天祥　我事毕矣！

【文天祥转身走向刑场。

【伴唱继续：人生自古谁无死，

　　　　　留取丹心照汗青——

【文天祥向正面走来，四方红光映照，定格。

——全剧终——

2024.7.31 定稿